바람의 유혹

바람의 유혹

초판인쇄 · 2015년 9월 10일
초판발행 · 2015년 9월 17일

지은이 | 이질범
펴낸이 | 서영애
펴낸곳 | 대양미디어

출판등록 2004년 11월 제 2-4058호
100-015 서울시 중구 충무로5가 8-5 삼인빌딩 303호
전화 | (02)2276-0078
팩스 | (02)2267-7888

ISBN 978-89-92290-84-5 03810
값 12,000원

이 도서의 국립중앙도서관 출판예정도서목록(CIP)은 서지정보유통지원시스템 홈페이지
(http://seoji.nl.go.kr)와 국가자료공동목록시스템(http://www.nl.go.kr/kolisnet)에서
이용하실 수 있습니다.(CIP제어번호 : CIP2015024501)

바람의 유혹

이질범 세 번째 단편소설집

대양미디어

어릴 적 추억은
저마다의 고절한 역사이기에…

강물이 흘러가듯 세월은 전시箭矢와도 같아 어느덧 내 인생의 후반後半으로 치닫고 있다.

어렸을 때에는 환갑을 지난 어른들을 보면 모두 허리가 굽고 몸은 허약해 노인老人으로 보였는데, 내 나이 지금 그러한 즉, 머릿결만 반半 정도 희어졌을 뿐 마음은 아직도 혈기血氣가 왕성한 청춘靑春이다.

어렸을 적에 병치레를 많이 한 탓인지 어머니의 젖꼭지마저 제대로 물지 못해, 언제나 할머니 품에서 지극정성 보살핌으로 자랐다.

배가 고프다고 칭얼대는 나에게 할머니는 미음을 끓여 먹이고, 무릎에 뉘여 옛날 옛적 '호랑이 담배 피우던 이야길' 곧잘 들려주곤 하셨다.

그때 내 나이 4~6세였는데, 지금도 어릴 적 할머니께서 들려주신

재미있는 옛날이야기들이 평생 내 가슴속에 요술궁전처럼 살아남아 환상幻想으로 비춰졌다.

삭풍朔風이 몰아치는 엄동설한嚴冬雪寒에 뉘엿뉘엿 한지韓紙로 바른 문풍지가 바람에 나부끼며 삼동三冬내내 파르르 떨고 있다.

마을 한가운데 괴물처럼 자리 잡아 버티고 선 당산堂山나무가 그날 밤 따라 유난히 밝은 달빛을 받아 괴기怪奇스럽게 다가왔다.

당산나무에는 어디에서 날아왔는지조차 모를 한 마리 소쩍새의 울음소리가 구슬프고 처량하기만 하다. 소쩍새 울음소리를 들은 할머니께서는 내게 소쩍새에 대한 슬픈 사연을 이야기해 주셨다.

할머니의 팔베개를 하고 이야기를 재미있게 듣고 있든 나는 점점 이야기가 깊어갈수록 무서움에 그만 이불을 뒤집어쓰고는 자꾸만 더 아랫목으로 기어들어갔다.

지금 생각해보면 별別로 무서운 이야기도 아니었건만, 그때 어린 마음에 그 이야기가 왜! 그렇게도 무섭던지… 조용히 생각하면 남몰래 빙그레 웃음이 저절로 나온다.

그런 기억 때문일까? 소중한 추억이 아로새겨진 어릴 때의 이야기들을 보석寶石처럼 하나 둘 모아 한 권의 책으로 엮어 '이질범의 세 번째 단편 소설집' 이라 이름하였다.

남이 보면 참으로 평범한 이야기일는지 모르겠지만, 나에게는 금쪽같은 전설傳說들이기에 내 영혼靈魂을 다해… 한 자字 한 획劃 정성껏 써내려간 의미들의 역사歷史이므로 한결 고절孤節함을 어찌 느끼지 않으리…!

또한, 앞으로도 내 창작創作의 열정熱情이 다하는 그날까지 내 어릴 적의 주옥珠玉같은 이야기를 주저리주저리 퍼즐을 맞추어가듯 챙기고 다독여 소박하나마 하나의 기록記錄으로 남길 것이다.

무릇, 평범한 나의 글을 읽고 단 한 사람의 독자讀者만이라도 공감共感한다면… 나는 그것으로 매우 만족할 것이다.

2015년 立秋
佛岩山 '槿花書齋'에서
지은이 識

차 례

01

아들 바보

바람 끝이 차갑게 느껴지는 걸 보니 가을이 왔나 봅니다.

이렇게 가을이 올 무렵이면, 저는 언제나 양지바른 베란다 흔들의 자에 앉아 있습니다. 뼈를 깎을 정도로 고생스러웠던 지난날들이 주마등처럼 내 머리를 스치면, 때로는 절규도 하고 때로는 허탈웃음을 지으며 마치 정신병자처럼 살아갑니다.

그렇게 살아온 제 나이도 어느덧 올해로 7학년이 되었습니다. 8남매 중 둘째 딸로 태어나서 딸 셋, 아들 둘을 낳아서 시집 장가를 모두 보냈으므로 종족 보존의 역할은 충분히 한 셈이지요. 그러나 이제는 혼자서 살고 있습니다. 제 나이 38살에 남편은 뭐가 그리도 급했는지, 자식 5남매를 저에게 떠넘기고 자기 혼자서 아무 일도 없었던 것처럼 양지바른 산속에 편안히 누워 있습니다.

인생살이가 고달프고 힘이 들 때면 남몰래 찾아가 수없이 울면서 원망도 해보고 투정도 부려봤지만 좋다 싫다 말 한마디 안 해주는 무정한 사람을 평생 가슴에 안고 살아가고 있지요. 그렇게 지 마음대로 가버린 사람이 살아 있을 때나 저에게 잘해 줬다면 참 좋았을 텐데, 너무나 완고하고 대쪽 같은 시아버지의 눈치를 보느라 결혼 생활도 그렇게 행복한 줄도 모르고 청춘을 보냈습니다. 한편으로 너무 억울한 생각마저 들지만 지나간 세월 이 모든 것 또한 나의 팔자소관이 아닐까 해봅니다. 그래서 출가한 딸들이 사다주는 콩나물 한 줌과 겨울내의 한 벌에도 행복해 하면서 살고 있답니다.

옛 말에도 '나그네가 하루 길을 가다가 보면 소도 보고 중도 본다'는 말이 있듯, 사람이 한평생을 살면서, 있어서는 안 될 일들이 어디 한두 가지며, 눈물 나는 사연이 어디 한두 가지겠습니까. 하지만, 제가 겪은 시집살이가 하도 눈물이 나서 제가 죽는 날까지 잊으려야 잊을 수 없는 사건이 있었습니다.

그 시절에는 여느 집들이 다 그러하듯 많은 식구가 한집에서 뭉쳐 살아가고 있을 때였지요. 시아버지 시어머니 큰 시숙 내외, 우리 내외, 시동생 셋에 시누이 둘까지, 그리고 어린 조카 둘까지 한데 살다보니 집안이 항상 바글바글 끓었지요. 요즘이면 무슨 잔칫집 같은 분위기였을 것입니다. 새벽같이 일어나 밥을 해 먹고 들에 나가 하루 종일 허리가 휘도록 일을 하고 집에 들어오면 전기도 없는 호롱불을 켜 놓고 저녁 몇 숟갈을 먹기가 일쑤였습니다. 더구나 형님과 둘이서 설거지를 마치고 방에 들어가 좀 쉬려고 하면 장난꾸러기 시동생들이 참외서리, 수박서리, 복숭아서리도 모자라 남이 키우는 닭까지 훔쳐와 요리를 해 달라고 하는 통에 하룻밤도 맘 편히 잠든 날이 없었지요.

　그래도 젊고 건강한 남편 하나만 믿고 의지하며 10년이란 세월이 지나면서 자식 농사는 어지간했는데 그게 그리 간단하지 않았습니다.

　첫 딸을 낳을 때였습니다. 시아버님이 방문을 휙 열면서,

　"뭐 낳았냐?"

하고 물으시는데 시어머니가

　"딸 낳았어라우."

하시니까, 시아버지가 맘에 안 든다는 투로

　"에이~!"

하고는 방문을 쾅 닫고 돌아서시는 겁니다. 저는 그 아픈 산고도 잊은 채 미안한 마음에 안절부절 못하고 있으니까 시어머니가 무슨 눈치를 채셨는지,

　"얘야 너무 걱정하지 말고 편히 쉬고 있어라 아직 젊은디, 다음에 아들 낳으면 되는 것 아니겠냐?"

하시며 위로를 해주셨습니다.

　제가 그렇게 첫 딸을 낳고 눈치를 보게 된 것은, 큰 며느리인 형님은 첫 아들과 둘째까지 내리 아들을 낳고 셋째를 임신하고 있었습니다. 저도 첫째는 아들을 낳고 싶었는데 딸을 낳았기 때문이었습니다. 그런데 그 후 2년 있다가 애를 낳았는데 저는 또 딸을 낳고 말았습니다. 출산을 하는 날 방에서 배가 아파서 소리를 지르며 뒹굴고 있는데 "으~앙~" 하고 대찬 소리를 지르고 나온 건 아들이 아니고 딸이었습니다.

제가 방으로 들어가 극심한 산고를 겪고 있을 동안이었을 것입니다. 앞마당에서 뒷짐을 지고 왔다 갔다 하시던 시아버지는 우렁찬 아기의 울음소리를 듣고는 직감적으로 아들이라고 믿으셨는지 제가 몸도 미처 추스르지도 않은 상태에서 방문을 활짝 여시고는,

　"뭐냐? 아들이지?"

　그러자 아기를 받고 있던 시어머니는,

　"또 딸잉께, 빨리 문 닫아요."

　그 말을 못 믿겠다는 아버님은,

　"뭣이라고! 참말로 또 딸이여?"

　"그래요 딸이여라우, 내가 영감한테 거짓말 하겠어유."

라고 말하자, 방문을 "쾅~" 하고 닫으시면서,

　"음마! 시방 이것이 뭔 일이라냐?"

하시며 웅얼거리며 밖으로 나가 버리셨습니다. 그런데 시어머니의 대꾸를 듣는 순간, 시아버지 보다 섭섭한 사람은 바로 제 자신이었습니다. 누구보다도 이번에는 아들손자를 낳아서 시아버지 품에 안겨 드리고 싶었는데 또 딸을 낳다니! 나는 마치 무슨 큰 죄를 지은 것처럼 산후 조리도 제대로 못하고 애를 낳은 지 하루 만에 힘겹게 일어나 밥하고 빨래하며 시아버지의 눈치를 봐 가며 살아가야 했습니다.

　문제는 상황이 이 정도임에도 남편은 그런 제 마음을 아는지 모르는지 저에게 통 말 한마디 없이 소처럼 묵묵히 일만 하고 있었지요. 시숙님이 어려서부터 소아마비를 앓아서 다리를 제대로 쓰지 못하여 집안의 모든 일을 혼자서 도맡아 하는지라, 남편은 아기를 한번 제대로 안아볼 시간도 없이 일만 하는 무정한 사람 같았습니다.

그러는 사이 형님은 이번에는 딸을 낳아, 위로 아들 둘까지 있는 터라 집안의 귀여움을 독차지하고 있었어요. 저는 딸만 둘이라는 것 때문에 집안에서 죄인 아닌 죄인이 되었습니다. 밥을 먹을 때에도 식구들의 밥은 방으로 차려 드리고 혼자서 부엌 아궁이에 걸터앉아 밥을 먹어야만 했습니다. 부엌에 앉아 혼자서 처량하게 밥을 먹는 서러움을 몰라주는 집안 식구들은 "누가 안 볼 때 밥을 많이 먹으려고 혼자 부엌에서 밥 먹는다"고 농담 아닌 농담을 제게 하면서 쿡쿡 웃었습니다. 그럴 때마다 저는 어떻게든 저도 아들을 낳아서 남들 보란 듯이 고개를 들고 한번 살아 보리라 생각하며 남편을 달달 볶아 댔습니다.

"여보? 나는 좋은 밭을 가지고 있으니께, 당신이 씨를 잘 골라 뿌려야 되지 않겠어라우? 그러니께 이번에는 실수하지 말고 확실하게 아들 씨를 잘 뿌려보란 말이어요."

"앗다! 이 사람이, 시방 뭔 말을 하는 것이여! 내가 아들 씨도 잘 뿌리고 딸 씨도 잘 뿌렸는디 그놈의 밭이 이상하게 딸만 골라 만들어 내놓는구만."

"아니 그럼 내가 딸만 낳는 것이 순전히 내 잘못이라는 말이어유?"

"아니 그럼 내 잘못이당가?"

"그라믄 우리 친정을 좀 보랑께요. 친정 아부지는 3대 독잔디 아들을 여섯이나 쫙 뽑는 것 보면서도 당신은 고런 말을 허시요?"

우리는 삼삼해야 할 밤에도 서로의 잘못이라고 티격태격 싸움 아닌 싸움을 하고 있었습니다. 그러던 어느 봄날 저는 또 다시 임신을 하였습니다. 그러자 제 사정을 너무나 잘 알고 있는 동네 아낙들은 둥근 배를 만져보더니 이번에는 아들이 틀림없다며, 꼭 아들을 낳으라고 모두 응원을 해주었습니다.

저도 기분이 그래서 그런지 배 안에서 놀고 있는 놈이 틀림없이 아들이라고 믿고 있었습니다. 그러면서도 '이번에도 딸이면 어쩐다지, 설마 또 딸이야 낳겠어.' 이렇게 혼자 걱정하고 혼자서 위로를 하면서 열 달을 보내고 있었지요.

"음마! 배가 고렇게 둥그렇게 보름달 같이 부르면 딸인디 어떡한디야?"

"아따, 엄니도 사람 불안하게 뭔 말씀을 고렇게 하시오? 설마하니 이번에도 또 딸이야 낳겠어요?"

하며 저는 스스로 위로를 하며 무거운 몸을 끌고 다니며 집안일을 했습니다.

이번에는 아주 추운 동지를 막 지난 무렵에 출산을 하게 되었습니다. 저는 그 지독한 산고를 걱정 반 믿음 반으로 소리 한번 제대로 지르지 못하고 아기를 낳았는데, 아뿔싸! 저는 이번에도 또 딸을 낳고 말았습니다.

"아이고~ 어쩐다냐! 또 딸인디, 큰일 나부렀네."

시어머니의 탄식을 듣는 순간, 제 마음은 억장으로 무너졌지요. 또 딸이라는 것을 안 시아버님은 노발대발 난리를 피우셨습니다. 저는 몸이 아픈 것도 추스르지 못하고 소리를 내어 '엉엉' 울고 있었습니다. 시아버지가 방문을 활짝 열고서,

"남의 집 귀한 아들에게 시집을 왔으면 대를 이어줘야 함에도 불구하고 딸만 퍼질러 낳은 네가 뭐를 잘했다고 집안에 곡소리를 내는

것이냐! 내 자식의 대를 이어야 하니께 넌 보따리 싸가지고 니네 집으로 돌아가그라!"

하시며 몸조리도 못한 나를 이불 보따리와 함께 대문 밖으로 내쫓고는 대문을 잠가버렸습니다. 그때만 해도 입이 열 개라도 할 말이 없는 나였지만, 아픈 몸을 끌고서 20여 리나 떨어져 있는 친정집으로 가서 친정 부모님 얼굴 뵐 낯은 더더욱 없었습니다.

저는 시아버지의 바짓가랑이를 붙잡고,

"아버님 제가 잘못했어라우, 한번만 용서해 주세유, 지는 죽어도 친정집에는 못 간당께요."

애원을 하고 또 했으나 한번 "쾅" 하고 닫힌 대문은 다시는 열리지가 않았습니다. 나는 이불 보따리를 깔고 앉아서 서럽게 울었습니다. 하늘을 쳐다봐도 서럽고 땅을 쳐다봐도 서러웠습니다. 세상에 아들이 무엇이란 말인가? 빈번이 딸만 낳은 것이 순전히 여자의 탓이란 말인가? 저는 엄동설한에 옷도 제대로 못 입고 대문 밖에서 사시나무 떨 듯 벌벌 떨면서 이불 뭉치 위에 올라앉아 눈물만 펑펑 흘리며 울고 또 울었습니다. 매섭게 느껴지는 한겨울의 하늘이었지만 하늘은 파랗다 못해 눈이 부실 정도로 청명하였으며, 하얀 뭉게구름은 갖가지 모양을 하고 둥둥 떠서 세상에 아무 일도 없다는 듯 한가로이 움직이고 있었습니다.

저는 추운 것도 추운 것이지만 배고픔이 더 참기가 힘들었습니다. 저는 시아버지가 미운 것 보다는 제 팔자가 더럽다고 탄식을 하고 싶었습니다. 그나마 해가 있을 때는 좀 나은 것 같았는데 해가 넘어가고 어둠이 찾아들자 너무 너무 추워서 견딜 수가 없었습니다.

그 무엇보다 더 견딜 수 없는 것은 유일하게 제가 믿고 의지했던 남편의 행동이었습니다. 정말로 나쁜 놈! 점심도 못 먹고 대문 밖에 쫓겨나와 있는 저에게 어둠이 깔리도록 얼굴 한번 안 내미는 것이었습니다. 물론 시아버지께서 누구도 못 나가도록 엄명을 내렸다고는 하지만 그래도 제 남편인데, 어떻게 제 놈이 그럴 수가 있단 말입니까? 도저히 납득이 가질 않았습니다.

밤은 어두워지고 동네 이웃의 집에서 켜 놓은 불빛들이 하나둘 꺼져 가는데도 저는 혼자서 대문 밖에서 울다가 졸다가 하며 덜덜 떨고 있었습니다. 바로 그때였습니다. 누군가 슬며시 대문을 여는 소리가 났습니다. 형님이었어요. 형님은 좌우를 살피며 살금살금 걸어 나와 치마폭에서 뜨거운 누룽지를 한 그릇 내밀어주었습니다. 어찌나 고마웠던지 저는 급한 김에 떨리는 두 손으로 얼른 그 누룽지를 받아들었습니다. 막 마시려고 하는데 형님이 급하게 제 손을 잡으며,

"동서! 지금 막 끓여 와서 너무 뜨거워. 입 데일 텐데 천천히 마셔."

나는 그 말을 듣는 둥 마는 둥 아랑곳 하지 않고 누룽지 그릇을 입에 대고 허겁지겁 마셨습니다. 제가 누룽지를 다 마시는 것을 지켜본 형님은 제게 이렇게 말을 했습니다.

"지금 막 아버님의 방에 불이 꺼졌으니까 조금만 더 있다가 방으로 들어가. 내가 들어가면서 대문 열어 놓고 들어갈게."

나는 그런 말을 해 주는 형님이 너무나 고마워서 또 다시 눈물을 흘렸습니다. 눈물과 콧물이 범벅이 되어 흘러내리는 얼굴을 맨손바닥으로 쓱 한번 문지르고 얼어버린 입을 벌려 말을 하였습니다.

"형님 고마워라우. 내가 이 은혜 평생 잊지 않고 살게유."

"아따 자네, 그런 말 하지 마. 우리가 뭐 남남인가? 그리고 내가 방 따뜻하게 불 많이 때놨으니까 조금만 있다가 들어가서 몸부터 녹여." 하고는 살금살금 안으로 들어갔습니다.

"형님 고마워유!"

저는 조금 더 앉아 있다가 대문을 열고 방으로 들어갔습니다. 제가 밖에서 깔고 앉았던 이불을 들고 들어가려고 했는데, 몸 상태가 정상이 아니어서 이불보따리가 들리지 않아 그냥 내버려두고 몸만 간신히 끌고 들어갔습니다.

방에 들어가니 누워 있던 남편이 벌떡 일어났습니다. 남편을 보자 저는 또다시 하염없이 눈물이 났습니다. 저는 남편에게 울면서 한마디 했습니다.

"저는 지금까지 당신 하나만 믿고 살았는데, 어쩌면 그렇게 사람이 무심할 수가 있대유. 나, 날 밝으면 당신하고 헤어져서 친정집에 가서 영원히 오지 않을 거예유. 흐흐흑~"

저는 사실 그렇게 마음에도 없는 말을 남편에게 하고 있었습니다. 아니 그 순간, 저의 진심을 남편에게 말하고 있었는지도 모릅니다. 남편은 할 말이 없었는지 머리만 긁적이며 앉아 있었습니다. 남편 옆에는 태어난 아기가 세상모르게 자고 있었습니다. 저는 애를 안고 젖부터 먹이려고 하였으나 몸이 굳어서 움직여지지가 않아 애를 안을 수가 없었습니다. 그리는 와중에서도 하루 종일 애기에게 젖을 먹이질 못하여 팅팅 불어 흐르고 있었습니다. 그런데도 애기가 잠을 자는 걸로 보아 형님이 내 대신 젖을 먹인 것 같았습니다. 그래서 잠시만 누워 있다가 몸이 좀 풀리면 젖을 먹여야지 생각하며 누웠는데, 삭신이 노곤하여 저도 모르게 그냥 정신 줄을 놔 버렸나봅니다.

갑자기 천둥 번개와 함께 벼락이 치며 붉은 황토물이 집 안으로 넘쳐 들어왔습니다. 나는 황급히 일어나 세상모르고 자고 있는 제 딸들을 깨워 피신을 시키려고 하는데 몸이 더 이상 움직여지지 않고 꼼짝도 할 수가 없었습니다. 그래서 저는 있는 힘을 다해 소리를 질렀습니다.

"아~악~!" 하고 눈을 번쩍 뜨자, 어슴푸레 형님의 모습이 눈에 들어왔습니다.

"형님! 물! 물! 빨리 피신 하랑께라우!"

제가 형님 소맷자락을 잡으며 다급하게 외쳐대니까,

"아이고 얼마나 힘이 들었으면 헛소리까지 하는가? 한 겨울에 무슨 홍수가 낫다고 그래?"

말을 듣고 정신을 차려보니 제 온몸은 땀으로 흠뻑 젖어 있었습니다. 젖어 있는 것은 비단 몸뿐만이 아니었습니다. 입안은 다 헐었고 입안이 다 벗겨져서 말도 못하겠거니와 물 한 모금조차 마실 수가 없었습니다.

꿈이었나 봅니다. 제가 잠이 든 다음부터 아침이 지나고 밤이 지나도 내가 꼼짝을 하지 않고 땀만 뻘뻘 흘리며 자고 있어서 집 식구들은 제가 죽는 줄만 알았다고 했습니다. 아마 뜨거운 누룽지를 너무 급하게 마셔서 입이 다 데었는데, 그때는 그것을 못 느끼고 방으로 들어온 것 같았습니다.

"우리아기! 내 아기 젖 먹여야 하는디, 아기 좀 내게 안겨 주세요."

저는 아기를 안고 누워서 며칠간 못 먹어 팅팅 불어 있는 젖을 간신히 물렸습니다. 그날부터 보름이 흘러가도록 나는 꼼짝도 못하고 자리에 누워 있어야만 했습니다. 화장실도 갈수가 없었는데 때려죽이고 싶도록 미운 아기 아빠가 제 눈치를 슬금슬금 보면서 곁에서 시중을 들고 있었습니다. 그 남자가 보기 싫어 죽고 싶었습니다. 세상이 싫고 살아갈 용기도 나지 않았습니다. 저에게는 더 이상의 희망은 없었습니다. 그냥 이대로 조용히 죽었으면 좋겠다는 생각만 들었습니다. 저는 몇 날을 그렇게 자리에서 누워 울다가 자다가, 자다가 울었습니다. 언뜻 열린 창문 밖에는 언제 왔는지 모를 눈이 하얗게 내려 앉아 겨울 햇살에 눈이 부셨습니다. 제 눈에는 하얀 눈이 마치 천국의 양탄자 같이 느껴졌습니다. 그 하얀 눈을 밟고 한발 한발 천국의 문으로 들어서고 싶었습니다.

마을 앞 언덕 위의 교회에서 3시를 알리는 종소리가 은은하게 들려오고 있었습니다.

"딸랑~! 딸랑~! 딸랑~! 여기는 천국의 열차! 천국으로 가실 분은 빨리빨리 천국열차에 올라타세요. 딸랑~! 딸랑~! 딸랑~!"

저는 천국열차를 타기 위해 아픈 몸을 억지로 일으키려고 하는데 가랑이가 찢어지는 것처럼 아팠습니다. "아~악~!" 저의 비명소리를 듣고 급히 뛰어 들어온 형님은 저를 보더니 두 손으로 눈을 가리며 비명을 질렀습니다.

"아니 동상! 이것이 먼 일이다냐? 아이고 큰일 나부렀네, 빨리 병원으로 가야겠네."

저는 형님이 왜 그렇게 비명을 지르는지 영문을 몰라 어리둥절하면서 엉거주춤 서 있으니까 형님이 내 곁으로 뛰어와 내 다리를 붙잡고 애원을 했습니다.

"동상! 이것이 뭔 일이당가? 빨리 앉아봐. 뭐로 감싸보게."

라는 말을 듣고, 저는 그때서야 제 발을 내려다보니 제 바짓가랑이가 시뻘건 피로 배어 있었습니다. 저는 그걸 보자마자 다리에 힘이 확 풀리면서 그 자리에 풀썩 주저앉고 말았습니다.

"빨리 누워보랑께? 왜 이렇게 하혈을 많이 한디야? 큰일 났네."

저는 조심스럽게 자리에 누웠고 형님은 제 바지를 벗기며 수건으로 닦고 애기 기저귀를 갖다가 채웠지만, 하체에 감각이 없는 듯 느껴졌습니다.

"춘식아! 춘식아!"

마당에서 팽이를 치고 놀던 춘식이는 뒤를 휙 돌아보면서 대답했습니다.

"왜, 엄마!"

"빨리 가서 작은아빠 오시라고 해."

"작은아빠는 어딨는데?"

"아, 이놈아! 소 외양간에 소죽을 쑤고 있잖아."

"뭐라고 하면서 오시라고 해?"

"작은엄마가 많이 아파서 작은엄마 업고 병원에 빨리 가야 한다고 해."

조카 춘식이는 눈썹이 휘날리도록 마당을 가로질러 뛰어 나갔습니다.

"형님 난 괜찮허당께요. 애 낳고 바로 나가서 밤새도록 추위에 얼

어서 그 얼음이 풀리면서 잠시 그럴 건디, 조금 참고 있으면 괜찮아
질 거예유.”

저는 애써 그렇게 말을 했지만 마음속으로는 겁이 덜컥 났습니다.
아니 차라리 이렇게라도 죽었으면 좋겠다고 생각했다. 그렇게 조금
누워 있으니 남편이 방안으로 뛰어 들어왔습니다.

“임자! 빨리 병원으로 갑시다.”

“괜찮허당께요, 그냥 이렇게 누워서 죽어불라요.”

“임자! 내가 너무 무심했구려, 미안하오. 빨리 병원으로 갑시다.”

“괜찮다니께요, 왜 갑자기 이렇게 호들갑이래유?”

아무리 울지 않으려고 마음을 굳게 먹어도 나도 모르게 자꾸만
눈물이 흘렀습니다. 다시 형님의 다급한 목소리가 내 귓전을 울렸
습니다.

“춘식아! 셋째 삼촌한테 리어카 끌어다가 마루 밑에 대라고 해라!”

병원에 가려면 리어카로 4㎞쯤 달려 읍내에 나가야 조그만 의원
과 산파집이 있었다. 하지만 늦은 오후에 미끄러운 눈길이어서 리어
카로 4㎞를 달려간다는 것은 거의 불가능한 일이었습니다. 병원에
가서 딱히 치료를 받을 만한 것도 없거니와 오며 가며 고생하고 추
위에 떠는 것이 더 겁나고 싫었습니다. 그래서 저는 병원에 안 가려
고 손사래를 치며 거부했던 것입니다. 완강한 나의 거부에 남편도
더 이상 강요를 하지 않고 이불을 덮어주고 나갔습니다.

그날부터 꼬박 일주일을 더 누워 있다가 저는 겨우 자리에서 일어
나 문밖을 출입할 수 있었지요. 우물가 샘터에 빨래를 들고 나가니
마을 아낙들이 반갑다며 모두 한마디씩 나에게 인사를 했습니다.

"오매! 우리 남이 엄마! 모두가 다 죽는다고 했는데 이렇게 살아서 다시 보니 반갑네?"

"세상에 저런 몹쓸 영감태기가! 아니 누군 딸만 낳고 싶은 사람이 어딧다고."

"딸만 낳는 것이 무슨 여자만 잘못이라고 사람을 그렇게 쫓아내고 개고생을 시킨디야? 참말로 별난 영감태기야!"

서로 얼굴들을 바라보며 자신들의 일 인양 호들갑스럽게 떠들었습니다. 하기야 저 자신이 생각을 해봐도 깊은 수렁으로 빠졌다가 죽음 앞에서 다시 살아온 기분이었습니다.

육신이 다치면 영혼도 다친다고 했던가요? 그런 일이 있은 후, 저는 시아버지와는 죽어도 함께 못 살겠다고 하며 분가를 내줄 것을 원했지요. 그러자 시아버지는 그런 저에게 뭐라고 할 말이 없으셨는지 동네 어귀에 있는 밭에다 집을 새로 지어 분가를 내주셨습니다. 분가를 한 다음 얼마 안 되어서 나는 임신을 하게 되었으며, 10개월 후 꿈에서도 원하던 아들을 낳았습니다. 그때의 내 심정은 이 세상을 다 얻은 기분이었습니다. 애기는 남편이 직접 받았습니다. 남편은 어디서 보고 들었는지 탯줄을 배꼽에서부터 한 뼘 정도 재서 양쪽으로 묶고 가운데를 자르기 전에 불을 피워 가위를 소독까지 하고 조심스럽게 잘랐습니다. 애기 태는 짚으로 조심스럽게 싸서 뒷동산에 묻었습니다.

시부모님이 올라와 축하를 해줬지만 나는 시아버지가 무섭고 싫어서 인사도 제대로 하지 못했습니다. 그런데 말입니다! 그런데, 어떻게 세상에 이런 일이 나에게……

아기 목욕을 시키던 남편이 깜짝 놀라서 나에게 하는 말,

"어이 임자! 뭔 애기가 항문이 없어?"

"뭣이라고요? 당신 시방 뭔 말을 하는 것이요?"

"애기가 똥구멍이 없어요!"

하며 남편은 아기를 정신없이 살펴보았습니다.

"이것이 뭔 일이다요!"

저는 억장이 무너지고 정신이 혼미해졌습니다.

"빨리 읍내로 가서 택시를 타고 대학병원으로 갑시다. 우리가 죽는 한이 있어도 내 아들을 살려내야 한당 게요."

남편의 말에 나는 한 가닥 희망을 안고 읍내로 달려 나갔습니다. 읍내에서 택시를 잡아타고 대학병원까지 긴장을 늦추지 않고 먼 길을 달렸습니다. 병원 응급실에 도착하자 세상의 아픈 사람은 다 모인 것처럼 환자들이 여기저기 있었고, 침대가 모자라 복도 바닥까지 가득 누워 있었습니다. 우리 부부는 병원 응급실에 도착하자 의사부터 급히 찾았습니다.

"여기요! 의사 선상님! 울애기 좀 살려 주세요!"

하며 있는 힘껏 소리를 쳤는데 의사 선생님은 눈에 안 보이고 누워 있던 환자들만 깜짝 놀라 벌떡 일어나서 모두 우리를 쳐다보고 있었습니다. 나는 애기를 안고 덜덜덜 떨고 서 있는데 아주 젊은 의사가 뛰어 오더니 애기를 받아 안으면서 말을 걸었습니다.

"아기가 어디가 아파서 오셨습니까?"

나는 입만 벌리고 말이 안 나와 주춤주춤하고 있었지요. 남편이 의사에게 다가서면서 아기의 궁둥이를 보여주면서 말을 했습니다.

"아기 항문이 막혔습니다."

라며 아기를 잡는 남편의 손도 떨리고 있었습니다. 젊은 의사는 아기 궁둥이를 보더니, 막 다가서는 간호사에게 소리치듯 말했습니다.

"빨리 원장 선생님 내려와 보시라고 하세요."

하고는 나를 향해

"아기 난 지 며칠이나 되었나요?"

하고 물었습니다. 나는 대답도 못하고 손가락 두 개를 세워 보였습니다.

"이틀이나요? 젖은 먹였나요?"

"네! 병원에 오면서 택시 안에서 애기가 하도 울기에 젖을 좀 많이 먹였어라우."

"간호사? 수술준비 해 주세요. 원장님 아직 연락 못했나요?"

"연락했습니다. 금방 도착하실 거예요."

우리는 조급했고 초조했습니다. 마냥 태연하게만 보이던 남편도 긴장을 했는지 이마에는 땀방울이 송알송알 맺혀 있었습니다. 얼굴도 많이 상기되어 있었구요. 이때 나이가 좀 드신 원장 선생님이 응급실로 뛰어 들어오시며 젊은 의사에게 물었습니다.

"미스터 박! 그 아기가 쇄항환자라고 했나?"

"네, 원장님!"

"젖을 먹었나? 안 먹었나?"

"택시 안에서 내내 먹으며 올라오셨다는데요."

"뭣이라고? 그럼 큰일이지 않나?"

"그래서 급하게 수술 준비하고 있습니다."

"아니 쇄항환자에게 젖을 먹이면 어떡하자는 거야?"

"알고 먹이셨겠습니까? 모르니까 먹이셨겠지요."

말하는 동안 원장 선생님은 애기 포대기를 벌려 놓고 살펴보는데 유난히도 애기 배가 볼록 튀어나와 보였습니다. 포대기 안에 있는 애기는 괴로운지 몸을 뒤틀며 울어대기 시작하였습니다. 나는 그 모습을 보면서 아기가 불쌍해서 또 울기 시작했습니다. 그런 나의 모습을 원장 선생님은 힐끔 한번 쳐다보시더니,

"아니, 엄마가 울긴 왜 울어요? 괴로운 건 아기인데, 참!"

제가 울고 앉아 있는 사이 우리 아기는 수술대에 놓여 수술실로 들어갔지요. 우리 아기의 마지막 모습이 뿌연 안개에 가려 자세히 보이지가 않았습니다. 얼마 있으려니 집에서 늦게 소식을 들은 시부모님이 택시를 타고 도착하였습니다. 시아버지는,

"어떻게 된 것이냐? 우리 아기는 어디로 갔어?"

하며 두리번거리셨습니다.

얼마나 시간이 흘렀을까? 마치 한 10년은 기다린 것 같은 생각이 들었을 때 수술실 문이 열리고 의사들이 나왔습니다. 아기는 전신을 붕대로 감고 나왔는데 잠이 든 것처럼 미동도 하지 않았습니다. 그렇게 하룻밤을 병실에서 보낸 다음, 우리 아기는 눈도 한번 못 떠보고 하늘나라로 갔습니다. 우리 부부는 서로 부둥켜안고 울고 또 울었습니다. 이 세상에서 저에게는 아들 복이 없다고 느껴졌습니다. 그렇게 고추 구경만 시켜주고 떠나버린 제 아들을 앞산 양지바른 곳에 곱게 묻어주며 저는 간절히 기도를 올렸습니다. 아가야! 너하고 나하고 인연이 있다면 꼭 1년 후에 다시 돌아오거라. 그때 우리가 다

시 만나 행복하게 살아보자. 저는 이제 울 힘조차 눈물조차 없었습니다.

간절한 기도가 통했는지, 그로부터 딱 1년 후에 또 아들을 낳았습니다. 아들은 아주 건강하고 튼튼한 아들이었습니다. 얼마나 잘 뛰어노는지 집안 전체가 들썩들썩하는 것 같았습니다.

"개구쟁이라도 좋다. 튼튼하게만 자라라!"

우리 식구들은 그놈이 아무리 별짓을 해도 밉지가 않았고, 밥 먹는 것만 보아도 너무 귀여웠습니다. 3년 후 나는 또 아들을 낳았습니다. 정말 금두꺼비 같은 아들이었습니다. 그때부터 저는 남편에게 큰소리를 치며 가슴을 펴고 떵떵거리며 살았습니다.

"그때는 시아버지가 무서워서 제가 아들을 못 만들었지라우."

하며 농담을 하면, 남편은 속이 뜨끔했는지 아무 말도 못하였습니다. 그렇게 귀한 내 자식들을 시골에서 키울 수가 없어, 아니 시아버지가 보기 싫어 우리는 친정 식구들을 따라 서울로 이사를 왔습니다. 시골에서 농사를 짓다가 갑자기 서울에 와보니 우리가 할 수 있는 일은 아무것도 없었습니다. 그래서 언니네 식구들을 따라 청량리 시장 마늘가게에서 날품팔이 일을 시작하였습니다. 허리띠를 졸라매고 열심히 밤낮을 가리지 않고 일한지 3년 만에 제 가게를 장만하였지요. 그렇게 이제는 편히 좀 살만하다 생각했는데 갑자기 남편이 제 곁을 떠났습니다. 아직은 어린 자식들 5남매를 두고서 말입니다. 저는 다시 한 번 좌절을 느꼈습니다. 이제는 팔자타령조차도 나오지 않았습니다. 그러나 어린 자식들을 생각하면 하루도 쉴 수가 없었습니다. 남보다 일찍 열고 늦게까지 가게 문을 열었습니다. 남들이 쉬는 날도 우리 가게 혼자만 열었습니다. 가게 상인들이 가을 단풍놀이를 간다며 같이 가자고 했을 때 저는 "무슨 단풍놀이냐"며 단 한 번도 따라가지 않았습니다.

저는 비가 오나 눈이 오나 30년 동안 하루도 쉬지 않고 일을 했습니다. 몸이 으스러져도 일을 했습니다. 몸이 아무리 아파도 아프단 말을 할 사람이 제 곁에는 없었습니다. 그 억척에 아들 딸 5남매 모두 대학까지 가르쳐 시집 장가를 다 보냈습니다.

지금은 조용히 혼자서 보내고 있습니다. 오늘도 눈이 내리려는지 몸이 많이 쑤셔댑니다. 세월에 장사가 없다고 했던가요? 요즘은 꿈 속에서 남편이 자주 나타나 저랑 재미있게 놀자고 하네요. 저도 영감탱이가 나와 놀아주는 것이 싫지만은 않네요. 부부는 원수지간이라고 하는데 또 다시 만나게 될지는 알 수 없겠지요. 저 세상을 확실하게 알지 못하니 그냥 상상만 할 수밖에요. 저는 아무도 없는 방안에 혼자 쓸쓸하게 누워 가끔 이런 생각을 해 봅니다. '죽음도 삶의 일부분일 뿐이구나!'라고 생각하며 서서히 남편 곁으로 갈 준비를 하고 있습니다.

※ 2013년 11월호 「월간문학」 발표

02

상사초 사랑
-이연離緣-

거지 내 딸

한겨울 진눈개비가 휘날리는 산골마을, 허름한 초가집 마구간에서 머리를 산발한 여인은 땅을 치며 통곡을 하고 있었다. 그녀의 울음소리에 어느 누구도 관심을 가지고 같이 슬퍼해 주거나 달래주는 사람은 없었다.

여인의 울음소리는 얼마나 애절한지 듣는 사람으로 하여금 단장이 끈기고, 애가 다 녹아나는 아주 구슬픈 소리였다. 그런 애절한 울음소리는 하루, 이틀 삼일, 좀처럼 멈추지 않고 들려 왔다. 눈바람은 여인의 슬픔은 아랑곳 하지 않고 회오리쳐, 마당의 지푸라기와 낙엽들이 원을 그리며 돌다가 여인의 머리를 휘감자, 여인은 의식적으로 허리를 구부려 가슴에 안고 있는 아이에게 짧은 윗옷을 당겨 덮어주었다. 무릎 앞에선 나무토막처럼 바짝 마르고 피부가 새까만 남정네가 장승처럼 누워 있었다. 아니 누워 있는 남자는 이 모진 바람에도 꿈쩍 않고 누워있는 걸로 보아 이미 이 세상을 하직한 듯 보였다.

오호라! 그래서 저 여인은 그곳에서 어린 아이를 안고서, 밤낮으로 그렇게 슬프게 울었나보다.

시간이 얼마나 되었을까? 서산에 걸린 해가 세상을 마지막으로 비춰주듯 아름답게 반짝이고 있었다. 울다가 지친 여인은 누워있는 남자의 가슴에 얼굴을 묻고 잠이 들었는지 미동도 하지 않고 엎드려 있는데, 품에 안고 있는 아이가 배가 고픈지, 바짝 말라버린 엄마의 젖무덤을 움켜잡고 울기 시작했다.

"엄마! 엄마~! 으 흐 흐 흑!"

울어도 엄마가 반응이 없자 엄마를 밀치고 품에서 벗어나려는 순간, 엄마가 아이의 팔을 잡으며 이렇게 말했다.

"어디를 가려고 그래 이렇게 추운데!"

"나 배고프단 말이여!"

"추우니께, 여기서 가만히 있어, 엄마가 밥 얻어 올게."

여인은 눈을 뜨고 고개를 들어 사방을 두리번거리며 살펴보았다. 석양의 저녁노을이 붉게 물든 하늘엔 하얀 뭉게구름이 솜사탕처럼 두둥실 떠서 서서히 움직였다. 여인은 땅을 짚고 겨우 일어나려다 누워있는 남자의 배가 보이자 얼른 남자의 윗옷 섶을 끌어다 덮어주고는 안간힘을 쓰며 일어서서 아이의 손을 잡고 마당으로 나왔다.

아이는 4~5세 정도 되어 보이는 여자아인데 영양이 부족한 탓인지 또래보다는 키도 좀 작고 혈기도 없어 보였지만, 유난히도 검고 큰 눈동자와 뾰쪽한 콧날, 앵두 같은 작은 입술은 인형처럼 예쁘고 똑똑한 아이 같아 보였다.

이마가 둥그렇게 적당히 튀어 나오고 이목구비가 선명한 걸로 보아 귀티까지 나는 아이였다. 그런데 이 일을 어쩌랴! 엄동설한 눈보라 치는 이 겨울에 엄마와 아이는 여름에나 입는 삼베적삼에 광목 치마 옷을 입고 있지 않은가. 거기다가 발에는 버선도 없이 다 떨어져 가는 짚신뿐이니 보는 사람으로 하여금 측은한 생각을 들게 하였다.

"엄마! 저~ 웃동네 산 밑에 굴뚝에 연기가 나잖아요, 저녁밥 하는가 봐유."

아이의 손끝을 따라 엄마의 시선이 멈춘 곳은 이 고을에서 가장 부잣집, 이대감이 살고 있는 집이었다.

지붕이 고래등짝 같이 크고 웅장한 이대감집에서는 아이가 말한 대로 굴뚝에서 연기가 모락모락 피어오르고 있었다. 아이는 직감적으로 그 집에 가면 누룽지라도 한 숟가락 얻어먹을 수 있을 거라는 걸 알고 있었다.

그도 그럴 것이 이 마을에 들어와 구걸을 한지 5일 정도 되었으나 엄마는 그 집 근처에 들어가서 단 한 번도 밥 한술 달라고 해본 적이 없었다.

다른 집에서는 누룽지 한 숟가락 얻기 위해서 그 집 잡일도 해주고 길쌈도 했지만 유독 이대감 집 근처만은 마치 무슨 금기가 있는 것처럼 가까이 가지를 않았었다.

여인은 마치 혼이 나간 사람처럼 허공만 멍 하니 바라보고 있다가, 아이의 손을 꼭 잡고 첫 발을 때려는 순간, 어지러움을 느끼는지 잠시 몸이 휘청거리다가 이내 중심을 잡고 앞으로 한 발짝 한 발짝 나아갔다.

마치 무슨 비장한 각오를 한 듯 걸음을 점점 빠르게 걸어 그녀가 향하고 있는 곳은 바로 이대감 집이었다. 엄마의 손에 잡혀 끌리다시피 따라 가고 있는 꼬마 아이는 고개를 들어 엄마의 얼굴을 곁눈으로 힐끔 쳐다보았다.

마침내 커다란 대문 앞에 선 여인은 나무대문 중앙에 매달린 둥그런 문고리를 잡고서 잠깐 망설이다가 "쾅쾅" 내리쳤다. 그래도 안에서는 아무런 반응이 없자 좁은 대문 사이로 한쪽 눈을 대고 안의 동정을 살피다가 다시 한 번 "쾅쾅" 문고리로 내리쳤다.

"이리 오너라!"

여인은 아랫배에 힘을 주고 있는 힘껏 소리를 질렀지만 옆에서 듣고 있는 아이의 귀에는 그 소리가 너무나 작은 소리로 들렸다. 그보다 더 놀라운 일은, 그동안 긴 세월을 구걸 해 왔지만 지금처럼 엄마가 "이리 오너라!"라고 말한 것은 처음 듣는 말이어서 깜짝 놀라지 않을 수 없었다. 그 모습을 옆에서 지켜보고 있는 아이의 눈에는 마치 엄마가 며칠 동안 아무것도 먹지 못하여 정신이 이상한 것 같이 느껴지기도 하였다. 엄마는 안에서 아무런 반응이 없자 다시 한 번 온 힘을 다해 큰소리를 지르려다가 그 자리에 풀썩 쓰러져 버렸다.

"이봐유, 빨리 문 좀 열어줘유, 울 엄마 좀 살려주세유, 탕! 탕! 탕!"

아이는 있는 힘을 다해 손바닥으로 대문을 두드렸다. 그 소리가 너무나 절실했던지 행랑채에 있던 머슴이 재빨리 뛰어나와 "누구요?"라며 대문을 열었다.

건장하게 생긴 머슴은 대문을 열고 밖을 내다보다가 여자가 쓰러져 있는 것을 보고는 깜짝 놀라 뛰어나와 살펴보더니 여자와 어린아이의 행색이 거지꼴이라 대수롭지 않다는 듯,

"야! 저리가지 못해, 여기가 감히 어디라고 함부로 남의 대문을 두드리는 것이냐?"

하며 다시 대문 안으로 들어가려 했다. 그러자 아이가 재빨리 머슴의 바짓가랑이를 붙잡고,

"우리 엄마를 좀 살려주세요, 이대로 놔두면 우리 엄마 죽어요."

라며 울음 터트렸다.

"일 없데두, 썩 물러가라!"

"아재요, 울 엄마 죽어요, 울 엄마 좀 살려줘요. 으~ 흑흑흑!"

순간 안에서 굵은 남자의 목소리가 들려 왔다.

"왜! 밖이 이리 소란 하느냐? 무슨 일이 있는 게냐?"

"아닙니다, 영감마님! 웬 거지 모녀가 쓰러져 있습니다요."

하며 머슴은 허리를 90도로 숙이며 대답했다.

"아니에요, 울 엄마 거지 아니에유, 대감마님! 울 엄마 좀 살려 주세유, 울 엄마 그냥 놔두면 죽어요, 며칠 동안 밥 한 숟가락도 못 먹었어유, 흑흑흑!"

아이는 이 순간을 놓치면 엄마를 영원히 못 볼 것만 같아 필사적으로 매달리며 애원을 하였다.

"허허! 아주 딱하게 되었구나, 쯧 쯧 쯧, 삼용아! 그 아이의 처지가 아주 딱하게 되었구나, 안으로 들어서 치료를 해주고 저 아이에게 밥이라도 한술 먹여라."

하시며 안으로 들어가셨다.

"예! 분부대로 하겠사옵니다."

머슴 삼용은 다시 허리를 90도로 숙여 인사를 하고는 쓰러져 있는 여인을 조심스럽게 안고 안으로 들어갔다. 아이가 엄마를 안고 들어가는 삼용을 따라 안으로 들어가자 정원 뜰이 굉장히 넓고 집도 몇 채나 있어 안채는 보이지도 않았다. 그것뿐이 아니었다. 안에서 빨래하고 밥하고 청소하는 종들도 몇이나 되는지 왔다 갔다 분주했다.

아이의 엄마는 삼용의 팔에 안겨 어느 조용한 별채 방 아랫목에 뉘어졌다. 아이도 방으로 따라 들어가니 방안은 아주 따뜻하고 좋았다.

어느 사이에 날이 어두워졌는지 여종으로 보이는 한 여자가 들어와 호롱에 불을 붙였다. 처음엔 조그만 불꽃이 점점 커지더니 바람에 흔들리며 검은 연기를 내 뿜었다. 집 뒤 모악산에서 거센 강풍이 휘몰아쳐 울안으로 스며들었다. 순간 문풍지가 파르르 떨며 아이의 작은 가슴을 녹여냈다. 낯설고 생소한 집안 환경에 어리둥절하게 앉아 있는데, 방문이 열리더니 하얀 쌀밥 한 그릇과 김이 모락모락 나는 누룽지 한 그릇, 그리고 붉은 배추김치 한 접시가 담긴 상을 들고 여종이 들어왔다. 순간 아이의 눈이 반짝반짝 빛을 발했다. 그도 그럴 것이 며칠 동안 꽁보리밥 한 톨 구경 못하다가 갑자기 하얀 쌀밥을 보니 배속이 요동을 치며 입에서는 침이 고였다. 아이는 본능적으로 덤벼들어 손으로 밥을 한 움큼 낚아채 입에 넣기 직전이었다. 그 아이의 행동이 얼마나 민첩했던지 여종이 밥상을 방바닥에 놓는 순간과 거의 동시에 일어난 일이라 어떻게 말려볼 사이도 없었다. 아뿔싸! 아이가 밥을 쥐고 입에 가져다 넣으려는 찰라 벌린 입을 더 크게 벌리며 "앗 뜨거워!" 하며 손을 뿌리쳤다. 밥덩이는 방바닥에 나뒹굴었고 아이의 손은 파르르 떨고 있었다.

"음마! 뭣이 그리 급하다냐, 뜨겁지야?, 아이고 큰일 났네."
하며 여종은 치마를 들어 황급히 아이의 손을 닦아주었다. 아이는 움츠리며 손을 억지로 빼고 있었지만 어린 손은 이미 빨갛게 변해 있었다. 여종이 이렇게 말했다.

"야! 천천히 숟가락으로 먹어도 누가 안 뺏어 먹는디, 고렇게 급하게 손으로 먹냐이~! 괜찮으냐?"
하며 아이의 머리를 쓰다듬었다. 아이는 여종이 말하는 순간에도 눈은 하얀 쌀밥 그릇에 꽂혀 움직이질 않았다.

"아휴~ 큰일 났네, 니네 엄마가 빨리 깨어나야 할 텐디, 내 나가서 물 떠가지고 올 테니께 천천히 밥 먹고 있어라이."
하며 여종은 문을 열고 밖으로 나갔다. 여종이 밖으로 나가자 아이는 숟가락을 들고 정신없이 밥을 먹기 시작하였다. 제법 큰 그릇의 밥을 다 먹고 엄마를 한번 슬쩍 쳐다보더니 누룽지 그릇도 들고 먹기 시작하였다. 여종이 물을 가지고 방으로 들어왔을 때 아이는 상 위의 밥과 누룽지를 다 먹은 후였다.

"와! 너 그 많은 밥을 다 먹었냐?"

"……!"

아이는 배가 너무 부른지 배만 움켜쥐고 아무 말도 하지 않았다. 이때 그동안 꼼짝 않고 누워있던 엄마가 신음 소리를 내며 자리에서 일어났다.

"음~ 무 물 좀 줘!"

하며 누워서 손을 앞으로 내 밀었다. 여종은 아이 엄마 머리를 한손으로 받쳐 들며 그릇의 물을 먹이기 시작했다. 아이의 엄마는 물을 몇 모금 못 삼키고 다시 고개를 뒤로 재끼며 눈을 감아 버렸다.

"아주머이! 어떻게 한 모금이라도 더 마셔 봐요."
하며 물을 갖다 댔지만 다시는 미동도 하지 않고 누워 있었다. 여종은 하는 수 없이 아이의 엄마를 자리에 뉘어 놓고 물그릇을 머리맡에 놓고 상을 들고 밖으로 나가 버렸다.

여종이 나가자 아이는 너무 배가 불러 괴로워하며 엄마 곁에 앉아 있다가 그냥 잠이 들고 말았다. 얼마나 잤을까 찬바람을 느끼고 아이가 눈을 떠 보니 엄마가 일어나 문을 열고 밖으로 나가고 있었다.

아이는 이 낯선 곳에 자기 혼자만 떼어 놓고 엄마 혼자 어디로 가나 해서 벌떡 일어나 엄마의 뒤를 따라가기 시작하였다. 엄마는 거침없이 안채로 접어들어 안방마님이 있는 곳으로 들어가고 있었다. 아이가 생각하기엔 분명히 엄마와 처음으로 왔는데, 엄마는 이곳의 구조를 잘 아는 사람처럼 조금도 망설임이 없었다. 엄마가 안채로 접어들어 툇마루에 오르려는 순간 안방 문 앞을 지키던 또 다른 여종이 마루를 내려오며 "누구냐?" 하고 큰소리로 외치며 엄마의 팔을 재빨리 낚아채듯 잡아 당겼다. 순간 엄마는 "억!" 소리를 내며 쓰러졌고 꼬마는 재빨리 달려가며 "엄마~!" 하고 엄마의 다리를 붙잡았다.

"아니 여기가 감히 어디라고 함부로 안채로 들어오는 것이여?"
여종의 고함과 동시에 밖에서 일하고 있던 삼용이 재빠르게 안채로 달려들었다.

"엄니~! 저 두레예요."

엄마는 쓰러지면서 안채를 향해 외쳤고 그 말을 들은 여종과 머슴은 엄마를 끌고 밖으로 나가려다가 양 팔을 들어 얼굴을 자세히 들여다보는 것이었다. 그리고는

"아니 거지를 불쌍해서 거둬 줬더니 아씨 사칭까지 하네."

하며 밖으로 끌고 나가는데 안채의 방문이 열리면서

"아니 늦은 시간에 웬 소란이냐?"

하는 안방마님의 준엄한 목소리가 들렸다. 발길을 돌려 막 끌고 나가려던 삼용이 걸음을 멈추고 몸을 돌려 허리를 90도로 굽히면서

"예 마님! 대문 앞에 쓰러져 있던 떠돌이 거지 모녀이온데 대감마님이 불쌍하다며 별채로 들여 밥이라도 한술 먹이라고 하여 누여 놨는데, 정신을 차렸는지 갑자기 안채로 뛰어들어 막 내치려는 중입니다."

라고 말하자 안방마님은

"그런데 조금 전에 두레라는 소리를 들은 것 같은데 무슨 말이냐?"

"네, 마님! 이 거지 여편네가 자기가 두레라고 거짓말을 하고 있습니다."

라고 하자, 안방마님이 버선발로 마루를 뛰어 내려와 아이 엄마 얼굴을 잡고 들어 올렸다.

"엄마~! 흑흑흑!"

"아니 네가 정녕 내 딸 두레란 말이냐?"

"흑흑흑!"

아이의 엄마는 감정이 복받치는지 더 이상 말을 잊지 못했다.

"여봐라 햇불을 가져와 봐라, 햇불을."

안방마님의 손이 떨리고 있었다. 삼용이 햇불을 가져와 비추자 안방마님은 머리부터 발끝까지 찬찬히 살피더니 마님의 손과 몸이 심하게 요동치듯 떨면서 눈에는 눈물이 가득 고이기 시작하였다.

"오매오매! 세상에 둘도 없는 내 딸이, 거지 행색이 웬 말이냐, 네가 정녕 내 딸 두레란 말이냐? 흐흐흑!"

하며 와락 여인을 품에 끌어안으며 오열을 하였다.

"엄~마~!"

아이의 엄마도 마치 어린아이처럼 마님의 품안으로 얼굴을 묻으면서 오열하기 시작하였다. 그 모습을 옆에서 지켜보고 있던 아이가 쪼그려 앉으면서,

"엄마!"

하고 부르자 아이 엄마는 한 팔을 벌려 아이를 안으며,

"금옥아 이리와."

하며 안고, 그 둘을 마님이 다시 안으니 마당에는 세 여자가 한 덩어리가 되어 통곡을 하고 있었다. 햇불을 들고 있던 삼용과 여종은 그 광경을 보며 어리둥절한 표정으로 그 자리를 못 떠나고 있었다.

"마님 여기서 이러시면 안 됩니다. 몸 생각도 하셔야지유."

하며 삼용이 말을 했지만 세 여인의 울음소리는 좀처럼 끝날 줄을 몰랐다.

얼마나 시간이 흘렀을까 마님이 먼저 일어서며 말을 하였다.

"두레야 들어가자, 들어가서 금지옥엽 내 귀한 딸이 어떻게 이렇게 거지 신세가 되었는지 자세히 말해보려무나."

하시며 두레와 손녀딸 금옥을 부축하여 내실로 들어갔다.

부처님 은혜

여기는 전라북도 김제시 금산면 금산리, 백두대간 줄기를 쭉 따라 내려와 대백에 이르리 한 줄기는 남으로 통고산—주왕산—금정산에서 끝이 나고 또 다른 한 줄기는 서쪽으로 소백산—대야산—속리산—덕유산—영취산—지리산으로 이어지는데 전라북도 김제와 전주를 아우르는 명산, 큰 뫼, 또는 엄뫼라 불리는 마치 아기를 안고 있는 어머니의 형상 같다고 해서 붙여진 모악산母岳山이 있었다.

이 모악산 품속 금산에는 오래전부터 집안 대대로 지주로 살아온 이인선이라는 만석꾼 부자가 살고 있었다. 이인선 대감은 집안 대대로 내려오는 풍습에 따라 가난한 사람들에게 땅을 내주어 집을 짓고 살게 할 뿐 아니라, 농사일을 거들게 하여 끼니 걱정을 덜어주었다. 그 뿐이 아니고 대문 앞에 큰 창고를 지어놓고 그 안에 쌀을 가득 담아 놓아 동네 주민들이 양식이 떨어져 밥을 굶는 일이 없게 하였다. 하여 많은 사람들이 존경을 하는 그런 양반 중의 양반이었다. 그러나 그런 재력과 명예를 다 가진 이인선 대감에게도 고민이 한 가지 있었으니 그것은 다름이 아니라 다음 대를 이어주는 후사가 없었던 것이었다. 그렇다고 양반 체면에 후처를 덥석 들일 수도 없어 고민을 하다가 미륵신앙의 성지 금산사金山寺라는 큰 절에 가서 부부가 함께 100일 기도를 드려보기로 하였다.

이 금산사는 처음엔 그리 크지 않은 조그마한 암자와 같은 절이었으나 이 지역 출신인 진표율사가 변산에 있는 부사의방에서 '망신참 고행'을 통하여 미륵보살과 지장보살로부터 간자와 계본을 전수받는 도道를 통한 후 6년 동안(서기 762~766) 중창을 하여 미륵신앙의 성지로 만들어진 아주 유명한 곳이었다.

이대감 부부는 몸과 마음을 청결하게 목욕을 하고 새 옷으로 갈아입은 뒤 밤낮으로 미륵불 앞에서 3천배의 절을 올리며 후사를 이을 아들 하나 점지해 달라고 지극정성으로 빌고 또 빌었다. 하루 이틀 삼일, 그렇게 보낸 세월이 어느덧 100일 되는 날 밤, 이대감이 꿈을 꾸었는데 이런 꿈을 꾸었다.

"인선아! 나를 보아라!"

"네, 신령님!"

"네가 후사가 없음을 누구에게도 원망하지 마라라, 이는 곧 상제님의 뜻이고 너의 운명이니라."

하고 돌아서는 수염이 하얀 할아버지의 옷자락을 붙잡고 매달리는 이대감은 이렇게 애원을 하였다.

"제가 지금까지 살면서 어느 누구에게 죄지은 것이 없는데 왜 저에게 이런 고통을 안겨 주십니까?"

"그 대신 너에게는 평생 쓰고도 남을 풍족한 재물을 주었지 않느냐?"

"이까짓 재물이 저에게 무슨 소용입니까, 죽으면 아무짝에도 쓸모없는 재물인데요."

"하하하! 인선아! 어차피 네가 가지고 있는 모든 재물과 명예는 한

낮 보잘 것 없는 허구요, 꿈에 불과하지 않느냐, 그러니 모든 것을 내려놓고 때가 되면 올라와 영생을 누리도록 하여라."

"그렇다 하더라도 제가 가진 이 모든 재물과 재산을 내가 죽은 뒤에 누구에게 물려주라고 하시는 말씀이옵니까?"

"그런 건 걱정할 필요가 없느니라. 너에게 아들을 주면 그 아들 혼자서 배불리 먹고 살겠지만, 만약 아들을 주지 않으면 만인이 배불리 살 것인데 무슨 걱정이더냐?"

"아무리 그렇다 치더라도 사람이 태어나 부부의 연을 맺고 사는데 어떻게 자식하나 없이 무슨 재미로 살아가란 말씀이옵니까?"

"그러기에 너에게 돈과 명예를 줬지 않느냐?"

"신령님! 저는 돈도 명예도 다 필요 없으니 튼튼한 아들 하나만 점지하여 주십시오."

이대감은 머리를 골백번도 더 조아리며 애원을 했다.

"너의 운명에는 그런 아들이 없느니라."

"그렇다면 예쁜 딸이라도 내려 주신다면 내 평생 있는 재산을 다 풀어 가난하고 불쌍한 사람들을 돌보며 살겠습니다."

"그래, 그러는 너의 정성이 갸륵하여 내 상제님께 부탁을 한번 드려보도록 하마, 그러니 너도 나와의 약속을 평생토록 지키며 살도록 하여라."

"감사합니다, 신령님! 정말 감사합니다."
라며 절을 하고 있는데 옆에서 자고 있던 마누라가 일어나 흔들어 깨우는 것이었다.

"아니, 여보! 무슨 꿈을 꾸시면서 누구에게 그렇게 빌고 계세요?"

"음, 여보! 아무 일도 아니요."

이대감은 너무 긴장한 탓인지 온 몸에 땀이 흠뻑 젖어 있었다.

날이 밝자 이대감과 부인은 짐을 챙겨 절에서 나왔다. 그리고 다음날 이대감은 하인들을 시켜 금산사에 공양미 100가마를 보냈다. 그로부터 딱 1년 후 이대감 부인은 아주 예쁜 딸을 낳게 된 것이다.

그런데 그날 밤, 이대감 댁에서는 또 한 아이가 이날 태어났다. 머슴 지서방이 아들을 낳았던 것이다. 이대감은 아들과 딸이 서로 바뀌 나왔으면 하고 무척 아쉬워하였다. 그러나 모든 것을 운명으로 돌리고 현실을 받아들이기로 하였다.

이때에는 왜놈日本들이 우리 조선을 침략해 약탈과 노략질로 민심이 아주 흉흉한 시절이었다. 그래서 집 없이 떠도는 사람도 많았지만 집을 가지고 있는 사람들도, 땅을 많이 가지고 있는 지주 몇 외에는 끼니 걱정을 안 하는 사람이 거의 없었다. 그러는 중에도 이대감의 딸은 건강하게 잘 자라고 있었다.

"어디보자, 우리 공주 아버지가 한번 안아 보자."
하고 안아보는데, 박씨 부인이 빙그레 웃으면서 이대감께 이렇게 물어본다.

"애 이름을 뭐라고 지었으면 좋겠어요?"

이대감은 꿈을 잠시 생각해 보더니 이렇게 입을 열었다.

"두레라고 지으면 어떻겠어요?"

"아니! 두레가 무슨 뜻인가요?"

"두레라는 것은 우물에 기다리고 있다가 목마른 사람 누구나 찾아오면 물을 한 바가지씩 담아 주어서 갈증을 해소해 주는 귀물이에요. 그래서 이 아이도 커서 목마른 모든 사람들에게 갈증을 해소해 주는 귀인이 되라는 뜻으로 두레라 지읍시다."

라며 이대감은 부인의 얼굴을 살폈다.

"두레라는 이름이 그렇게 좋은 뜻이 있었군요! 좋아요, 이 애 이름을 두레라고 하겠어요."

이렇게 해서 이대감은 딸 이름을 두레라고 지었다. 그런데 그 순간 머슴 지서방도 이대감에게 아이의 이름을 지어 달라고 곁으로 다가왔다.

"대감님! 제 자식 이름도 하나 지어 주세유."

지서방은 글을 몰라서 아이의 이름을 스스로 지을 수 없을 뿐 아니라 각 집집마다 종들이 아이를 낳으면 웃어른들에게 작명을 부탁하는 것이 하나의 관습처럼 되어 있었다.

"음~그러지, 그 아이의 이름은 덕삼이라 하여라."

"덕삼이유! 예! 참 좋네유, 그런데 덕삼이란 무슨 뜻인가유."

"우리 부부가 금산사에서 3천배의 절을 100일 동안 올렸는데 그 복을 받은 건 바로 너이니라. 하니 평생 3천 번의 덕을 쌓고 살라고 덕삼이라 지었다."

하며 이대감은 빙그레 미소를 짓고 있었다.

"네! 명심하겠구만요, 감사합니다."

지서방은 허리를 깊이 굽혀 감사의 뜻을 표하고 자리를 떠났다.

두레는 무럭무럭 자라 100일이 지나고 첫돌을 맞이했을 때에는 온 동네 사람들에게 돌떡을 돌리며 돌아다니니, 온 마을 사람들에게 귀염을 독차지하기도 하였다. 이대감은 무남독녀 외동딸을 무척 아끼고 사랑했으며, 딸이 귀엽고 사랑스러울 때면 가난한 사람들을 찾아 곡식을 나눠주었다.

그래서인지 두레는 무럭무럭 자라나 3살 때 '천자문'은 물론 '명심보감'도 거뜬히 읽었으며, 이대감이 무릎에 앉혀 심심풀이로 가르친 육십갑자를 줄줄 외우기도 하였다. 그러던 두레가 어느덧 10살을 넘기고 13세가 되자 이대감은 딸을 무조건 시집을 보내겠다는 생각을 하였다.

이 시절은 보통 여자들이 10~12세 정도 되면 모두 시집을 보내던 시절이었다. 이 나라 조선의 역사를 통틀어 이때보다 더 여자들이 조혼을 한 일이 없었다. 그것도 그럴 것이 왜놈들이 7년 동안 두 번이나 침입을 해와 처녀들을 잡아가는 바람에 부모들이 조혼을 시켜 왜놈들에게 잡혀가는 것을 막았던 것이기 때문이다.

이대감은 귀엽다고 과년한 딸을 시집도 안 보내고 무작정 같이 살 수도 없고, 시집을 보내면 세상 어느 집에서 금지옥엽 귀여운 내 딸을 친딸처럼 잘해 줄 것 같지도 않았다. 이대감은 밥을 먹어도 밥맛이 없고 잠을 청해도 잠이 오질 않았다. 그것은 안채에서 사는 안방 주인 박씨 부인도 마찬가지였다. 부부는 서로 말은 하지 않고 지내지만 같은 고민으로 마음의 병을 앓고 있었다.

두레가 12세가 되던 해, 이인선 대감은 사랑스런 딸을 아무에게나 시집보낼 수가 없어 한 가지 묘안을 짜 내었다.

집안의 하인들을 총동원하여 각 지방에 방을 붙여,

"지혜롭고 용기 있는 자는 다 모여라. 내가 내는 문제 3개를 푸는 자에게 사위로 삼을 것임은 물론, 나의 전 재산 중 반을 부상으로 줄 것이다."

라고 하였다. 그리고는 그 밑에 단서 하나를 더 달았다. 단, 나이는 19세까지로 한다.

천하의 부자 이인선 대감의 사위가 누가 될 것인가는 몇 년 전부터 이 지방 사람들이라면 모두의 큰 관심거리였다. 그런데 이와 같은 방이 각지에 붙여지자 많은 사람들은 호기심과 욕심을 내고 있었다. 19세가 넘은 총각들은 땅을 치며 아쉬워하였고 19세가 넘지 않은 청소년들은 너도 나도 팔을 걷어붙이고 도전에 나섰다. 그날부터 양반집 자제들은 제 방에서 두문불출 외출도 하지 않고 글공부에 여념이 없었다. 그것은 이대감의 인품으로 보나 학식으로 보아 틀림없이 어려운 글제가 출제될 것이라는 생각에서였다.

드디어 기다리던 그날이 왔다. 아침부터 대문 앞에는 인산인해를 이루었다.

"시험에 응하실 분들은 이쪽으로 모이세요."

하인들은 넓은 마당에서 시험장 정리에 바빴다. 마당에 덕석을 넓게 깔아 놓고 들어오는 순서대로 줄을 맞춰 앉혔다. 그 중에 나이가 좀 많아 보이는 사람들은 나이를 확인하고 돌려보내려는데 나이를 속이고 앉아 버티는 사람도 있었다.

"아무리 봐도 20세는 넘어 보이는디."

"뭔 말이어유, 올해 나이가 딱 19센디."

"나이 속여 시험에 합격을 한다 해도 다 필요 없어유, 이담에 조사해 보면 다 알게 되는디, 헛수고 하지 말고 그냥 나가유."

상머슴 삼용의 으름장이었다.

"자! 시간이 다 되었으니 대문을 잠그고 더 이상 못 들어오게 하시오."

삼용의 말에 대문이 닫혀졌다. 시험 응시자들은 총 22명으로 집계가 되었다.

삼용이 뛰어가서 이대감에게 고하고 이대감을 모시고 시험장으로 나왔다. 이대감은 시원한 모시옷에 모시 두루마기를 걸쳐 입고 긴 곰방대를 입에 물고 팔자걸음걸이로 시험장에 도착하였다. 그리고는 점잖게 한마디 했다.

"여러분들이 공고문을 봐서 잘 아시겠지만, 시험은 세 번에 걸쳐 치러지게 됩니다. 1차에서 탈락자는 바로 집으로 돌아가시고, 나머지 합격자들만 따로 모여서 2차 문제를 풀어야 하고, 2차에서 합격을 해야만 3차 시험을 치르게 됩니다."

라는 말이 끝나기가 무섭게 한 응시생이 질문을 하였다.

"저~ 3차에 합격하면 약속대로 딸을 주실 건가요?"라든가,

"3차에 합격하면 전 재산의 반을 내어 주시나요?" 등의 질문이었다.

"물론 나 이인선은 여러분과의 약속은 틀림없이 지킵니다. 그러니 여러분은 모든 지혜를 총동원하여 문제를 잘 풀기 바랍니다."

하며 이대감은 검은 수염을 한번 쓱 쓰다듬었다. 장중에서는 이대감의 엄숙한 기세에 눌려 어느 누구도 더 이상은 감히 질문을 하지 못하였다.

"여봐라! 지, 필, 묵을 각자에게 가져다주어라."

이대감의 말이 끝나기가 무섭게 하인들이 재빠르게 움직이기 시

작하였다. 한 사람이 먼저 벼루를 한 아름 가져다 돌리자, 그 다음 사람은 붓과 먹을 돌리고, 그 다음엔 물을 담는 사발을 돌렸으며, 맨 마지막에는 10호쯤 되어 보이는 긴 종이를 각각 한 장씩 돌렸다. 마지막 주전자로 물을 사발에 반씩 부어주니 시험을 치르는 서생들은 각자 벼루에 물을 붓고 먹을 갈기 시작하였다. 그때 이대감이 삼용을 쳐다보며 눈짓을 하니, 삼용이 안으로 들어가 길이 2자 정도 되는 사각 진 나무토막을 하나 가지고 나와 대감이 서있는 앞 책상위에 올려놓았다. 나무토막은 가로 6치 반 세로 6치 반 길이 2자 정도의 직사각형을 이루고 있었으며 반질반질하게 광채가 나 보였다. 더욱 이상한 것은 어느 나무나 나이테가 있는 법인데 이 나무토막은 나이 테가 보이지 않았다. 시험 응시자들은 호기심어린 눈으로 나무토막을 보고 있는데, 이대감이 입을 열었다.

"자 지금부터 문제를 내겠다. 이 앞에 있는 나무를 보고 어느 쪽이 위고 어느 쪽이 아랜지 맞추어 보아라. 그냥 답만 써서 되는 것이 아니고 어떻게 해서 좌, 또는 우측이 상上이고, 어느 쪽이 하下인지 자세히 설명을 해야 한다."

라는 말이 떨어지자, 한 응시생이 벌떡 일어나 질문을 하였다.

"저~ 지들이 그 나무토막을 손으로 들어봐도 될까유?"

"그렇게 하도록 해라."

하는 말이 떨어지자 응시생들이 너도나도 우르르 앞으로 나가 만져 보고 들어보고 하였지만, 위아래의 무게가 똑같이 느껴졌다. 다만 나무토막 한쪽은 좌左, 다른 한쪽은 우右라고 쓰여 있을 뿐이었다. 차라리 나이테라도 있다면 나이테 무늬를 보고 위아래를 알 수 있을 텐데, 아무리 생각을 해 봐도 어느 쪽이 상이고 어느 쪽이 한지 도무지 알 수가 없었다. 그러나 어느 쪽이든 선택을 해서 답을 써야만 했다. 그러나 정답을 맞히는 것도 힘든데 설명까지 하라니, 응시생들에게는 참으로 난감한 일이 아니었다. 거의 다수의 응시생들은 정확한 답을 찾지 못하고 복불복으로 좌 아니면, 우라고 쓰고 정답의 설명은 제대로 내놓지 못하였다.

"딩~~~딩~~~!"

종이 울렸다. 문제를 풀 시간이 끝났음을 알리는 징소리였다. 응시생들은 답안지를 내고도 자신이 없는지 머리를 극적 이는 사람, 아예 자리를 떠나는 사람도 있었다. 시험지가 다 모이자 이대감은 직접 시험지를 들고 안으로 들어가며 머슴 삼용에게 이렇게 말하였다.

"내 안으로 들어가서 채점을 할 테니 너희들은 간식거리를 내다 주도록 하여라."

하고는 안으로 들어가 버렸다.

한편, 안채의 마님이나 두레는 응시생들의 시험 치르는 모습을 어떻게든 좀 보려고 담에 손을 짚고 목을 빼고 기를 쓰고 있었다. 심지어는 두레의 몸종 순덕이가 엎드리고 그 위에 올라가 넘어다 봐도 응시생들의 얼굴은 자세히 보이지 않았다. 그래서 중간 중간 덕삼를 불러들여 시시때때로 변하고 있는 시험장의 상황들을 자세히 묻고 있었다. 그러니 덕삼은 시험장과 두레 사이를 열심히 왕래하며 상황을 설명하기에 바빴다. 덕삼은 두레의 친구이자 가장 믿을 수 있는 심복 중 심복이었으나 모든 것은 올바로 일러주지는 않았다.

이대감이 채점을 해보니 정답과 오답이 거의 반반으로 나왔으나 원리를 정확히 설명한 사람은 하나도 없었다. 다만 "이 나무를 물에 띄워보면 위 부분이 약간 더 높이 뜰 것"이라는 토를 단 사람이 세 사람이 있었다. 그렇게 쓴 사람도 한 사람은 답을 틀리게 썼다. 이대 감이 찾는 답은 바로 이것이었다. 그래서 이대감은 약간 망설이다가 오답자도 정답자로 정리하고 시험지를 들고 밖으로 나가서 합격자 3명을 발표하였다.

"합격자를 발표하겠다. 모두 자리를 정돈하고 앉아라."
라고 말하자 응시생들은 모두 쥐죽은 듯 조용했다.

"박상수, 문정선, 서영일, 이 세 사람이 오늘의 합격자다. 이 세 사 람은 자리에 남고 나머지 사람들은 모두 집으로 돌아 갈 것, 이상."
하고 말하자 여기저기서 웅성웅성 소란이 일어났다. 그러나 그것도 잠시뿐 자리는 바로 정리 되었다.

"두 번째 문제를 내겠다. 이 앞에 항아리에는 똑같은 뱀이 2마리 가 있다."

응시생 세 사람은 모두 앞에 놓여있는 항아리를 주시하였다. 항아 리는 높이가 2자 남짓한 아주 아담하고 나무랄 곳이 없는 예쁜 항아 리였다. 이대감의 말이 계속 이어졌다.

"이 두 마리의 뱀 중에 어떤 뱀이 암컷이고 어떤 뱀이 수컷인지 맞 춰야 한다. 단, 앞전 문제에서도 말했듯이 왜 그런 답이 나왔는지 설 명을 정확히 하여야 한다."
라는 말이 끝나자 서영일이라는 응시생이 앞으로 걸어 나갔다. 서영 일은 대감 앞으로 나가 두 손을 아랫배에 포개고 공손히 인사를 하고 나서 항아리 뚜껑을 열어보니, 울긋불긋 똑같은 뱀 두 마라리가 항아리 안에서 똬리를 틀고 머리를 위로 향하고 있었다. 뱀을 한참동안 쳐다보고 있던 서영일은 자신 있게 이렇게 말을 하는 것이었다.

"소인이 이 두 마리 뱀의 배를 갈라 암, 수의 생식기를 가려내어 보여 드리겠습니다."

라고 말하자 이대감과 주위 사람들이 깜짝 놀라고 말았다. 누구나 뱀의 배를 갈라 보면 암, 수를 정확히 알 수 있을뿐더러 이대감 입에서 뱀을 죽이지 말라는 말은 하지 않았기 때문이다. 그 자리에 있던 모든 사람들은 일제히 이대감의 입만 쳐다보고 있었다. 그러나 이대감은 충분히 예상을 하고 있었다는 듯이 빙그레 웃음을 띠우며 이렇게 말했다.

"뱀을 죽여서 배를 갈라보면 누구인들 모르겠느냐? 뱀을 죽이지 않고 알 수 있는 방법을 찾아보아라."

"아니 대감님! 뱀의 배를 갈라 보지 않고서야 어떻게 암, 수를 알 수 있다는 말입니까? 모든 생물이 다 생식기를 밖으로 노출하고 있으나 유독 뱀만큼은 생식기가 배 안에 감추고 있어서 외관상으로는 도저히 알 수가 없는데, 무슨 수로 그것을 알 수 있다는 말씀인가요?"

하며 대들 듯 언성을 높여 당당하게 말을 하였다.

"그러기에 지혜를 발휘해 보라고 하지 않았느냐."

이대감의 말이었다.

"저에게는 그런 지혜는 이 세상에 없다고 생각합니다."

라고 하자 다시 이대감 하는 말이

"너에게 그런 지혜가 없다고 이 세상 모든 사람들에게 그런 지혜가 없다고는 생각하지 말아라."

라고 하였다. 그러자 다시 서영일 하는 말이

"세상에 이런 문제가 어디에 있습니까? 제 능력은 이것이 한계라 생각하고 여기에서 물러가겠습니다."

인사를 하고는 자리에서 일어나 그냥 나가 버렸다. 이 광경을 박상수와 문정선이 지켜보고 있다가 마주 쳐다봤다. 눈길이 서로 마주치자 무엇을 생각하였는지 똑같이 약속이나 한 것처럼 앞으로 천천히 걸어 나갔다. 둘은 항아리 앞에 서서 좀 망설이다가 정선이 먼저 허리를 굽혀 항아리 뚜껑을 열었다. 뚜껑을 열어 들여다보고 있는 정선의 머리를 살짝 밀며 상수도 고개를 숙여 항아리 안을 들여다보았다.

뱀은 어둠에 있다가 빛이 갑자기 들어와서 그런지 머리를 아래로 숙이며 자기 몸 밑으로 구겨 넣었다. 그러나 그 순간에도 다른 한 마리는 머리를 바짝 들어 주위를 살피며 경계를 했다. 정선은 순간 수뱀이 암뱀을 보호하려는 본능 때문에 그런 행동을 하는 거라고 생각하며, 고개를 들고 있는 뱀을 수뱀이라 지목하고 싶었다. 그러나 그런 주장은 어디까지나 예측에 불과한 것이고 더 정확한 입증 근거가 필요했다.

"틀림없이 어떤 증거를 주장할 수 있는 과학적 근거가 있을 텐데, 그것을 어떻게 입증한단 말인가."

라며 중얼거리고 있는데 상수가 갑자기 정선의 등을 탁 치는 것이었다. 정선이 상수의 얼굴을 쳐다보자 상수가 무엇을 알았다는 식으로 얼굴에 미소를 가득 품으며 손가락을 세워 입에 갖다 대며 조용히 속삭였다.

"뱀은 다리가 아닌 비늘을 움직여 이동하잖아?"

그 말에 정선이 무엇이 생각났는지 말했다.

"할아버지의 지혜!"

라고 말했다. 그리고는 둘이 똑같이 이대감을 향해 두툼한 솜이불을 내 달라고 요청을 하였다.

이대감이 미소를 띠며 삼용을 시켜 솜이불을 내 오게 하여 마당에 넓게 펴 놓고 상수와 정선이 항아리를 들어 이불 위에 쏟아 놓으니 2마리의 뱀이 이불 위에서 서로 춤을 추듯 움직이기 시작하였다. 그런데 얼마의 시간이 지나자 한 마리는 천천히 이불을 벗어나는데 다른 한 마리는 움직이고 있으나 그 자리에서 한 뼘도 앞으로 나가지 못하였다. 상수와 정선은 거의 동시에 이불을 벗어나고 있는 뱀을 가리키며,

"이놈이 수뱀이요."

라고 말하였다.

"그래, 그놈이 수뱀인 이유를 설명해 보아라."

라는 말에 상수가 대답하였다.

"뱀은 원래 배 안쪽의 비늘을 움직여 이동하는데, 딱딱한 물체 위를 이동하는 데는 문제가 없으나 바닥이 푹신푹신한 곳에서는 비늘의 움직임을 바닥이 받쳐주지 못하여 움직임이 둔한 겁니다. 특히 암컷은 수컷처럼 비늘 움직임이 강하지 못하여 솜이불 위에서 움직여도 제 자리를 벗어나지 못하는 것입니다."

라고 설명하자 옆에 서있던 정선도 허리를 숙이며 동감을 표하였다.

"음~ 아직 약관의 나이인데 그런 지혜는 어디서 얻었는고?"

이대감의 물음에 상수와 정선은 동시에 허리를 굽히며,

"할아버지께 서당에서 글공부 하면서 들어 알고 있습니다."

라고 대답하였다.

"그렇다면 둘은 같은 문하생인가?"

"그러하옵니다."

"어느 문하에서 공부하는 서생들이신가?"

"재 넘어 전주에 계시는 박상훈 선생님의 문하생이옵니다."

"아니 그 유명한 서예의 대가 박상훈 선생의 수제자란 말인가?"

"예 그러하옵니다."

정선이 대답을 하며 허리를 굽히자 옆에 서 있던 상수가 허리를 굽히며 말을 이었다.

"전 그 어르신의 장 손자이옵니다."

"오호라, 그럼 자넨 밀양 박씨의 대종손이 되겠구만?"

"미력하나마 그러하옵니다."

순간 상수의 앞면이 약간 붉어졌다.

"그렇다면 자넨 무슨 파에 속하는고?"

"규정공파 17대 손이옵니다."

라고 말하자 이대감은,

"밀양 박씨만 해도 양반 중 양반인데 규정공파손이라면 과히 어디에 내놓아도 알아주는 명문가지."

라고 하였다. 그러면서 이대감은 상수의 손을 잡으며 이렇게 말했다.

"어이쿠! 귀한 집 손이 우리 집을 찾아주었구만, 가문의 영광이로세. 하하하!"

이대감은 너털웃음을 웃으며 오른손을 들어 수염을 쓰다듬었다. 이대감은 명문가의 자제가 사위가 되겠다고 시험에 도전하는 것이 사뭇 흡족해 하고 있는 것 같았다.

"자! 두 번째 문제는 두 사람이 동시에 풀었으니, 따라서 동점으로 간주하고 내가 세 번째 문제를 내도록 하겠다."

이대감은 말을 마치자 삼용을 보면서 이렇게 말을 하였다.

"여봐라! 대청에 주안상을 준비하여라."

하고는 상수와 정선을 향해

"내 오늘은 특별한 날이니 두 사람은 안으로 들어 나하고 술이나 한잔 하도록 하지."

하며 성큼성큼 걸음을 옮겨 대청마루로 올라섰다. 두 사람도 이대감 뒤를 따라 대청마루로 올라갔다. 대청은 마당 한쪽에 육각 목조로 지어져 있었으며 뒤편에는 커다란 연못이 있어, 붉은색, 노란색, 황금색, 팔뚝만한 잉어 수십 마리가 한가롭게 헤엄을 치며 놀고 있었다. 이대감은 습관처럼 바구니에 있는 수수를 한 주먹 쥐고서 '휙' 뿌리니 잉어들이 몰려와 뒤엉켜 먹이를 먹는 모습이 과히 장관이었다. 상수와 정선도 처음 보는 모습에 신기해하며 연못에서 눈을 떼지 못하고 있었다. 그러는 사이 삼용이 교자상에 술과 안주를 차려 들고 올라와 대청 중앙에 놓고 내려갔다.

"자! 구경은 나중에 하기로 하고 이리 와서 앉게나."

라는 말에 상수와 정선은 중앙으로 와 이대감과 서로 마주보고 자리에 앉았다.

"모두들 술은 잘 배웠겠지?"

하며 술잔을 들고 잔을 권하자 정선이 무릎을 꿇고 앉으며 이대감이 들고 있는 술병에 손을 갖다 대며 말하였다.

"이리 주시지유, 이르신."

라고 말을 하자 이대감은 정선의 손을 물리치며,

"아닐세! 오늘은 내가 주인이니 자네들이 먼저 잔을 받게."

라고 하였다.

"아무리 그래도 그렇지 저희가 감히 잔을 먼저 받을 수 있겠습니까, 이리 주세요."

하며 재차 술병을 청하였다. 그러나 이대감은 완강했다.

"그러지 말고 잔들을 들게 내가 먼저 따름세."

하여 두 사람은 어쩔 수 없이 무릎을 꿇고 잔을 들고 이대감 앞으로 내밀었다. 술을 따르는 이대감도 흐뭇한 표정으로 술을 따르면서, 두 사람 중에 상수가 맘에 더 있는지 상수의 일거수일투족을 면밀히 살피는 기색이었다. 그러면서도 속으로 이런 생각을 하고 있었다.

"만약에 3차 시험에서 상수가 떨어지고 정선이 된다 하더라도 운명으로 받아들이는 수밖에 더 있겠는가."

이대감이 술을 다 따르자 정선이 술병을 들고 두 손으로 공손히 이대감 잔을 채웠다.

"자 오늘의 이 좋은 날을 위하여 건배하시게."

하며 먼저 잔을 비웠다. 뒤따라 상수와 정선도 잔을 비웠다. 잔을 비우자, 황급히 정선이 무릎을 꿇고 앉으며 이대감 잔에 술을 따르면서 고개를 돌려보니, 저 아래쪽으로 내려다보이는 마당에 언제 끌어다 놨는지 하얀 백마 두 마리가 나란히 서 있었다. 더 신기한 것은 두 마리의 백마가 크기도 똑같고 모습도 똑같았다. 정선은 술을 다 따르자 술병을 놓고 말을 쳐다보고 있는데, 상수도 정선의 눈을 따라 무심코 말이 있는 쪽으로 고개를 돌려 쳐다보게 되었다. 이때의 시간은 사시巳時가 지나 오시午時로 가고 있었다. 강한 햇살을 받은 말 등허리의 흰 털이 마치 우윳빛처럼 빛나 보는 사람으로 하여금 눈이 부실 정도였다.

이때 이대감이 기다렸다는 듯, 두 사람을 향에 말을 하였다.

"자네들은 저 두 마리의 말 중에 어느 말이 어미 말이고, 어느 말이 새끼말로 보이는고?"

라는 질문을 받고 상수는 이대감의 얼굴을 한번 쳐다보고 다시 말을 쳐다보았다. 두 말을 물끄러미 보고 있다가 갑자기 생각이 난 듯 이대감에게 이렇게 물었다.

"그럼 대감님! 이것이 3차 시험입니까?"

"하하하! 그렇다네."

그 말에 정선이 순간적으로 긴장을 하였다. 설마하니 그것이 3차 문제라고는 생각도 못했는데, 상수가 금방 그것을 알아차렸기 때문만은 아닐 것이다. 정선이 그렇게 긴장을 하는 것은 이대감의 출제가 너무 어렵고 난해했기 때문이었다. 정선은 정신을 바싹 차리고 두 눈을 똑바로 뜨고 말을 내려다보니 두 마리의 말 모두 암말들이었다. 그것뿐인가, 아랫배 밑 배꼽으로부터 샅까지 검은 털과 뒷다리 말굽 옆의 검은 점까지 똑 같았다. 그걸로 봐서 저 두 마리의 말은 모녀사이가 분명했다. 그런데 어떻게 저 두 마리의 말을 어미와 새끼를 가릴 수 있다는 말인가? 정선이 고심을 하고 있는 사이 상수가 잔에 있는 술을 홀짝 마시고 잔을 상위에 탁 놓더니 입을 열었다.

"대감님! 저 말 두 마리에게 여물을 줘 보면 금방 알 수 있습니다."

"오호! 여물을 줘서 이렇게 알 수 있다는 말인고?"

라고 말하는 이대감의 입가에는 미소가 가득 고였다.

"먹이를 줘보면 먼저 먹이를 먹는 쪽이 새끼이고 나중에 먹는 쪽이 어미이옵니다. 상수의 얼굴에는 자신감이 가득 차 있었다."

"왜 그렇지?"

"비록 미물인 말이지만 배가 고플 때 먹이가 생기면 새끼를 걱정하는 마음에 어미는 새끼가 먹이를 먹는 것을 보고 난 후에 먹이를 먹습니다."

옆에서 듣고 있던 정선도 세상 이치상 상수가 하는 말이 맞을 것 같았다. 그래서 고개를 끄덕이고 있는데, 이대감의 우렁찬 목소리가 귀를 때렸다.

"여봐라! 저 말들에게 여물을 주도록 하여라."

삼용이 재빨리 대답을 하고 헛간에 들어가 싱싱한 풀을 한 아름 가져다 말 앞에 놓았다. 그러자 지금까지 꼬리만 좌, 우로 한가롭게 흔들고 있던 말이 여물을 보자, 한 마리는 금방 달려들어 여물을 먹기 시작하였고 다른 한 마리는 그 모습만을 쳐다보며 그냥 서 있었다.

그 모습을 내려다보고 있던 상수는 자기의 말이 맞는다는 듯, 의기양양 하며 술을 연거푸 3잔이나 손수 따라 마셨다. 이 모습을 본 이대감은 상수가 처음 만난 자리에서 술을 너무 과하게 먹는 것이 아닌가 하며 심히 염려스런 얼굴로 상수를 쳐다보고 있는데도 상수는 술이 취해서 모르는 것인지 전혀 아랑곳 하지 않는 눈치였다.

정선이 분위기를 바꿔 보려고 말을 했다.

"참 신기합니다. 어떻게 말 못하는 말이지만 어미가 자식 생각하는 것은 사람이나 짐승이나 똑 같군요."

하며 약간 부러운 눈으로 상수를 쳐다보았다. 이대감도 상수가 아직 어린나이에 어디서 그런 지식을 얻었는지 궁금하여 상수에게 넌지시 물어보았다.

"그래 상수 자넨 어디에서 그런 지식을 얻었는고?"

라는 질문을 받은 상수가 이렇게 대답했다.

"꺽! 음! 그거야 어렵지 않지요. 제가 작년에 아버지를 따라 한양에 가서 아버지 친구 집에서 하룻밤을 묵게 되었는데, 아버지 친구분이 궁 안에서 집현전 부수찬으로 근무하시는 분이였습니다, 꺽!"

상수는 술에 취해 딸꾹질만 하는 것이 아니고 혀도 제대로 돌아가지 않는 눈치였다.

"그래서?"

이대감이 그 다음 말을 기대하며 다그쳐 물었다.

"그 양반 왈! 태조 이성계 대왕께서 왕자의 난이 보기 싫어 함흥 고향으로 들어가 두문불출하고 계실 때, 5남 태종(이방원)왕이 아버지를 모셔오기 위하여 함흥으로 여러 차례 차사를 보냈으나 이태조께서는 대문도 못 들어오게 하고 오는 차사마다 목을 치셨는데, 절친한 친구 '무학 대사' 께서 죽을 각오를 하고 대문 안으로 들어가셨답니다. 꺽!"

상수는 숨이 목까지 차는지 숨을 크게 들이마시며 이야기를 계속 이어갔다.

"자네도 날 데리러 왔나?"

라는 태조 대왕의 말에 무학 대사가 대답을 하였답니다.

"아니옵니다. 제가 뭣 때문에 대왕을 모시러 왔겠습니까?"

무학의 거동을 유심히 살핀 태조대왕이 의심의 눈을 풀며 하시는 말,

"아니 그럼 어인 일로 머나먼 함흥까지 오셨다는 말씀인가?"

"그냥 팔도를 유람 하다가 지나가는 길에 태상왕께서 여기에 계신 것을 생각하고 잠깐 들려 인사나 드리고 갈려고 들렸습니다. 하하하!"

이렇게 해서 태조대왕과 무학 대사는 같이 누각에 앉아 점심을 먹게 되었는데, 이때 머슴 한 명이 똑같은 말 2필을 끌어다 누각 옆에 매어 놓고 먹이를 주었는데, 말 한 마리는 열심히 여물을 먹는데 다른 한 마리는 옆에서 구경만 하고 있는 것을 보고 무학 대사가 하는 말이,

"저기를 보십시오, 태상왕님! 저 같은 미물도 자식을 사랑하는 마음이 저토록 깊은데, 어찌 자식이 상왕을 모시러 오는데 그렇게 잔인하게 차사들을 죽이시는 겁니까? 라고 하며 태상왕의 눈치를 넌지시 살폈다. 그 말을 들은 태상왕께서 크게 느끼시고는 대사를 따라 한양으로 오셨다 하셨습니다. 저도 그때의 그분 말씀이 불현 듯 생각이 나서 말씀 드린 것뿐입니다."

"오~! 그래 자넨 참으로 견문도 넓으이. 하하하!"

이대감은 호탕하게 웃었다.

옆에서 듣고만 있던 정선도 친구 상수가 그 정도로 학식이 넓은

것에 새삼 놀라고 있었다. 상수는 말을 하면서도 연상 술잔을 비웠고 옆에서 쳐다보고 있던 정선은 상수가 혹여 실수라도 할까봐 불안해하고 있었다.

이대감이 말했다.

"자넨, 평소에도 술을 그렇게 좋아하는가?"

"네! 저~"

상수가 대답하려는 것을 정선이 가로막고서는 이렇게 말하였다.

"아닙니다. 평소에는 술을 안 마시는 놈이 오늘따라 유난히 기분이 좋은지 술을 너무 과음하고 있습니다."

라고 하며 이대감의 눈치를 살폈다.

"되었네, 오늘은 그만하고 여기서 끝을 내세."

하며 일어서자, 상수가 혀 꼬부라진 소리로 말했다.

"꺽! 그럼 따님은 저를 주시는 겁니까? 대감님! 꺽!"

이제는 상수는 발음도 제대로 못하였다. 처음 자리에 앉을 때의 공손함은 찾아볼 수가 없었다.

"그래 인정하네. 그러니 오늘은 집으로 돌아가고 부모님과 상의해서 날을 정해 사주단자를 보내게."

말을 마치고 이대감은 자리에서 일어났다.

"자~ 장인어른, 그럼 저에게 신부의 얼굴도 보여 줘야 되는 것 아닙니까?"

상수는 몸도 못 가누면서 자리에서 일어서지도 못하고 이대감의 바짓가랑이를 잡아당기며 횡설수설 하였다. 그러자 옆에서 정선이 상수의 팔을 잡아 일으켜 세우며 말했다.

"상수야! 이제 그만 돌아가고 내일 나하고 이야기 하자."

하며 이대감에게 작별인사를 하였다.

"대감님! 저희는 오늘 평생 잊지 못할 하루를 보냈습니다, 앞으로도 기회가 된다면 대감님의 가르침을 잘 받들겠습니다."

라고 인사를 하자 이대감이 말했다.

"그래 여부가 있겠는가! 친구 데리고 조심해서 건너가시게."

이대감은 말을 하면서도 상수의 안위를 살피고 있었다.

"아~ 아니 되옵니다. 장인어른 오늘 지는 색시의 얼굴을 못 보면 집에 돌아가지 않겠습니다."

하며 정선의 팔을 뿌리치는 것이었다.

"아니 이 사람이, 의관이나 고쳐 매고 나가시게."

하며 이대감은 약간 언짢은 표정을 지으며 안으로 들어가 버렸다. 안으로 들어가던 이대감은 삼용과 덕삼을 불러 귓속말로 뭔가를 지시하고 들어갔다. 이대감의 명을 받은 두 하인은 집에 안가겠다고 떼를 쓰는 상수를 부축하여 정선이 안내하는 대로 전주재를 넘고 있었다. 해는 벌써 서산에 걸려 붉은 저녁노을을 연출하고 있었다. 전주재를 다 올라가서 삼용과 덕삼은 상수를 정선께 부탁하고 집으로 돌아왔다.

"그래 덕삼아! 상수라는 도령은 어떻게 생겼어?"

집으로 돌아온 덕삼이를 붙들고 두레가 무척 궁금한 듯 물어봤다.

"키도 훤칠하고 얼굴도 잘 생겼어유. 헤헤헤!"

덕삼은 질투라도 나는지 말을 하면서도 눈빛은 슬퍼 보였다. 그래 덕삼이 누구던가! 두레와 같은 날 태어나 걸음마를 걸으면서부터 두레 곁에서 지금까지 한 번도 떨어져 보지 않고 곁에서 수족 노릇을 해왔지 않는가. 철이 들면서 서로 정이 들었으나 주종관계이다 보니 좋아한다는 말 한마디 못하고 그냥 벙어리 냉가슴만 앓고 살면서,

"이 세상에 천사가 있다면 그건 바로 두레 아씨구만요."

라고 입버릇처럼 하곤 했었다. 그러면서 항상

"왜 나는 종으로 태어났을까?"

라고 자기의 처지를 비관하다가도

"아니야! 그래도 두레 아씨가 있어서 행복하고, 두레 아씨를 모실 수 있어 나는 행복혀."

라고 마음을 위로하고 살았다.

한편, 안채에서는,

"영감! 오늘 당신의 문제를 제대로 푼 청년이 둘이나 된다면서요?"

이대감이 안채로 들어서자 부인이 미소를 지으며 다가오는 것이 었다.

"아니요. 둘이 아니고 혼자요."

"그 청년이 누구인가요?"

"전주에 사는 박상수라는 청년이요."

"어때요, 당신 맘에는 들어요?"

"맘에는 드는데 술이 좀 지나치오."

"아니 그럼, 오늘 같은 날 술을 많이 먹고 술주정이라도 했단 말이 에요?"

"주정이야 했겠소. 다만 좀 걱정이 되어서 그렇지."

이대감은 애써 상수의 허물을 덮고 가려고 했다. 그러나 말은 그

렇게 했어도 속으로는 고민을 하고 있었다. 두레 어떤 딸인가? 천하에 둘도 없는 금지옥엽 외동딸이 아닌가!

그날 밤! 이대감은 자리에 누워 한잠도 못 이루고 하얀 밤을 꼬박 뜬눈으로 지새웠다.

두레의 결혼

한 달 후 사주단자가 도착했다.

단자 안에는 금년 상월 상일(음력 10월 3일)에 결혼을 하자는 날짜가 적혀 있었다. 그 며칠 전에는 신랑 댁에서 어른 두 분이 찾아와 집안을 둘러보고 신부 모와 신부도 접견하고 간 일이 있었다. 그날부터 이대감 집에서는 대사 치를 준비에 눈코 뜰 새 없이 바쁘기 시작하였다. 질 좋은 오동나무를 구해 대목장에게 장롱도 짜야 했고, 심어 놓은 목화를 손질해 솜이불도 10채나 꾸몄다. 우선 신랑신부의 원앙금침을 비롯하여 시부모, 시아버지, 시누이, 사돈네 팔촌까지 전부 고급 비단이불로 맞춰서 마련하였다.

혼수품은 그것뿐이 아니었다. 옷만 해도 수십 벌이요, 버선과 짚신까지 소달구지로 40여 대 분을 마련하여 시집에 보내니, 온 동네 사람들이 눈이 휘둥그레 입을 다물지 못하였다. 혼수품을 결혼 3일 전에 모두 보내고 결혼 하루 전부터 소와 돼지를 잡아 온 마을 사람들에게 잔치를 베풀기 시작하였다. 두레가 꽃단장을 하고 꽃가마를 타고 시집을 가는데, 평소에 두레의 몸종 꽃님이와 덕삼도 같이 따라가게 되었다. 이대감과 안방마님은 눈물을 흘리며 떠나보내도, 잔치는 밀려드는 하객들로 인해 북적대며 3일을 더 차려졌다. 잔치를 치르면서 들어간 소만해도 3마리, 돼지는 12마리나 되었다. 그래서 동네사람들이 말하기를 잔치를 베푸는 4일 동안 사방 십리 안 사람들이 다 와서 배를 채웠고, 집에서 밥을 굶고 있는 식구들을 위해 한 보따리씩 싸가지고 갔다는 말을 할 정도였다.

한편 신랑 댁에서는 새신랑 상수가 결혼 하루 전부터 친구들과 술을 먹기 시작하여 결혼식이 시작되었어도 몸을 가누지 못하고 흐느적거렸다. 집안 어른들이 나서서 야단을 쳐 봤지만 아랑곳 하지 않고 술독에 빠진 신랑은 친구들의 부축을 받아 겨우 혼례만 치르고 다시 술을 퍼 마시다가 친구들의 도움을 받고 신혼 방에 도착하자 바로 이성을 잃고 쓰러져 잠이 들었다.

신방에서 신랑만 기다리던 신부 두레는 원앙금침을 펴보지도 못하고 쓰러져 누워있는 신랑의 혼례복을 혼자 벗기느라 진땀을 흘리고 있었다. 그러나 신혼 첫날밤인지라 방문 앞을 지키고 있는 꽃님을 부를 수도 없고, 덕삼을 불러 시킬 수도 없었다. 겨우 혼례복만 벗기고 지친 두레는 장롱에서 금침을 꺼내 한쪽에 놓고 그 이불 위에 엎드려 잠이 들고 말았다. 얼마나 잤을까? 밖에서 소란이 일어났다. 무슨 일일까? 꽃님이 급하게 방문을 흔들었다.

"아씨! 아씨! 저 꽃님예유."

"무슨 일이냐?"

두레가 눈을 부비며 일어나 대답을 했다.

"안방마님이 왜 새신랑 새신부가 조석문안 안 오냐고 야단을 하십니다.”

“뭐? 무슨~?”

두레는 그때야 친정엄마의 말이 생각나 화들짝 일어났다.

“애야! 시집가면 매일 아침 일찍 신랑과 같이 시부모님 안방으로 찾아가 문안 인사를 드려야 한다.”

그렇다, 이 조석 문안은 고려 때에는 혼정신성婚定晨省이라 하여 시부모님이 살아계실 평생 동안 아침저녁으로 인사를 드렸는데, 이때에는 부모님의 배려에 따라 한 달 혹은 일주일 아주 짧게는 삼일 동안 신랑신부가 나란히 방 밖 마루에서 인사를 올리는 풍습이었다.

“문안인사요? 언제까지 드려야 하는데요?”

하며 두레가 엄마에게 물었을 때,

“그거야 시부모님들이 그만 오라고 할 때까지 드리는 것이란다.”

“아휴! 힘들겠다, 나 문안 인사 안 드리면 안 돼?”

하며 두레가 짜증을 내자,

“그런 건 너만 하는 것이 아니고 이 나라 모든 양반집 규수들이 다 하는 법도야.”

하시는 어머니의 웃는 모습이 떠올랐다. 두레는 벌떡 일어나 옆을 보니, 아직까지 코를 드르렁 드르렁 골며 정신없이 자고 있는 신랑을 깨워 일으키려 하였으나 신랑은 꼼짝도 하지 않고 잠만 자고 있었다.

“빨리 일어나 봐유!”

하는 수 없이 두레는 옷단장을 하고 꽃님이 안내하는 대로 안집으로 들어가는데 덕삼이 마당을 쓸고 있다가 두레를 보자 재빨리 달려와 고개를 숙이며 인사를 했다.

"아씨! 별일 없지유?"

두레는 덕삼을 보자 갑자기 집 생각이 나면서 눈물이 왈칵 쏟아졌다. 두레는 어린 나이에 신랑과 정이 있어서 시집을 온 것도 아니고 오직 부모님의 명으로 이 먼 타향에 산도 설고 물도 설고 사람들의 낯도 선 이곳까지 오직 신랑 하나 믿고 시집을 오지 않았던가. 그렇더라도 신랑이 자상하게 잘 해줬다면 그렇게까지 서럽지는 않을 텐데, 시집와서 첫날밤을 지냈지만 신랑의 얼굴한번 똑바로 보지 못한 처지라 앞으로 살아갈 생각을 하니 그냥 서러운 마음만 들었다. 그렇지만 덕삼 앞에서 눈물을 보일 수가 없어서 고개를 숙이고 안으로 들어갔다.

안집으로 들어가 마루에 오르자 방안에서 시어머니의 호통소리가 들려왔다.

"네가 시방 정신이 있는 게냐, 없는 게냐? 지금 해가 중천인데 새 신부가 지금까지 뭐하고 누워 있다가 이제야 인사를 와?"

"아닙니다, 어머니! 그이가 술이 취해서 아직……"

"시끄럽다, 여기가 뉘 앞이라고 감히 함부로 말대답을 하는 게냐?"

"참말이예유, 그 사람이……"

"그래두! 너 지금까지 너의 어미에게 그렇게 배웠냐?"

라고 말을 하자, 옆에 앉아있던 시아버지가 입을 열었다.

"여보! 새 아기에게 첫날부터 왜 그래요, 아직 몰라서 그러는데."

라는 말에 두레가 고개를 숙이며 다시 말을 했다.

"죄송해유, 인사 올리겠어유."

"됐다. 그렇게 억지로 하는 인사는 안 받아도 된다. 꽝!"

안방 문은 닫히고 두레는 두말도 못하고 우두커니 마루에 서 있다가 문 앞에서 무릎을 꿇고 큰절을 올리고 나왔다.

안집에서 나오면서 두레의 머릿속은 이렇게 어렵고 힘든 것이 결혼 생활이라면 모든 것을 다 버리고 그냥 친정집으로 가버리고 싶은 생각이 굴뚝같았다. 두레의 뒤를 따르고 있는 꽃님도 지금까지 곱디곱게 자란 두레에게 결혼으로 인해 일어나는 모든 일들이 상상도 할 수 없는 일들이라 어안이 벙벙하고 뭐라고 말할 수 없는 충격으로 다가왔다. 그래서 꽃님은 두레의 눈치만 살필 뿐 뭐라고 말 한마디 건네지 못하였다. 바로 어제까지만 해도 두레에게 이런 일이란 상상도 못할 일이었다. 또한 두레의 부모님이 두레의 이런 꼴을 본다면 어찌 생각하겠는가? 시집가서 행복하게 살라고 혼수도 바리바리 해주고 재산도 반이나 줬지 않은가! 그 모든 것은 오직 두레 하나 고생 안 시키려는 부모의 마음에서였다. 그런데 소위 명문가의 집안에서 이런 일이 생기다니 참으로 기가 찰 노릇이었다. 그러나 이런 일들은 두레 앞날의 고난에 시작에 불과하였다. 다만 두레가 그의 운명을 모르고 있을 뿐이었다.

남편은 매일 매일 술로 세월을 지냈고, 아침마다 두레 혼자서 문안인사를 드려야만 했다. 그러나 그때마다 신랑에게는 한마디의 충고나 꾸지람도 없이 오직 두레에게만 야단을 치는 시 어머니였다. 두레가 혹여 한마디 말만 했다 하면 물건이 밖으로 날라 오고 난리가 났다.

"오매! 저년이 친정이 좀 산다고 감히 시어머니를 무시하는 것이냐?"

라는 시어머니의 말에 두레는 억장이 무너졌다. 시집 온지 한 달이 다가도록 두레는 남편과 합궁도 못한 상태로 무늬만 부부로 세월을 보내고 있었다. 이런 것을 누구보다도 더 잘 아는 꽃님이 두레 곁에 바짝 붙어 두레를 보호하고 있지만 그 대신 꽃님은 온 식구들의 눈총을 받고 있었다.

남편 상수가 매일 술로 보내는 세월이 길어지며 결국엔 병이 깊어져 자리에 눕고 말았다. 처음엔 '아직 젊으니까 금방 일어나겠지.' 생각하며 며칠을 보냈는데, 가슴이 아프다던 상수의 배가 자꾸 불러오는 것이 아닌가. 집안 식구들이 백방으로 약을 찾아 몸에 좋은 약을 다 해 먹였으나 배는 하루가 다르게 불러 왔고, 유명하다 하는 의원들은 하나같이, "술을 너무 많이 먹어 간이 굳어버려 별다른 치료약이 없다"는 것이었다. 그렇게 병으로 누워 있는 상수에게 시어머니는 이렇게 말을 했다.

"야 이눔아! 장개를 갔으면 떡두꺼비 같은 아들이라도 하나 안겨주고 누워 있어야지, 장개간 지 1년이 다 되도록 뭐하고 있다가 이렇게 누워 있어?"

하며 병색이 짙은 상수를 원망하며 흔들어 댔다.

상수가 그렇게 된 것이 다 두레가 재산을 너무 많이 가져와 정신이 나태해져서 그렇다는 말을 하며 두레를 원망하기도 했다. 그러나 아직 나이 어린 두레는 그런 시어머니의 말이 무슨 뜻인지 이해를 못하고 있었다.

그러던 와중에 두레를 그림자처럼 따라 다니며 수족이 되어 주었던 꽃님이 갑자기 사라져 버렸다. 온 집안 식구들이 별당 안팎을 샅샅이 찾아보았으나 꽃님의 그림자도 없었다. 평소에 여기 저기 나돌아 다니던 아이가 없어졌다면 모르되, 꽃님은 두레를 따라 이곳으로 온지 1년이 넘도록 두레의 거처를 단 한 번도 벗어나 본 적이 없는 아이였다. 그런데 어젯밤에 별당의 작은 방으로 잠을 자기 위해 들어갔는데 갑자기 없어졌던 것이다. 아침에 꽃님이 보이지 않아 두레는 꽃님의 방으로 가 보았다.

"애도 무슨 병이 났나, 왜 아직 안 오지."

하며 두레가 꽃님의 방을 열어보니 방바닥에 이불은 깔려 있는데 꽃님의 모습은 없었다. 그런데 댓돌위에 꽃님의 짚신은 가지런히 놓여 있었다. 참 이상했다. 그래서 방안으로 들어가서 이불을 들고 살펴보니 꽃님의 저고리와 치마가 베개 머리맡에서 나왔다. 꽃님은 옷을 벗어 베개 머리맡에 가지런히 개어 놓고 없어진 것이다.

"이상하네, 그럼 이 애가 옷을 벗어 놓고 어디로 갔다는 말인가?"

두레는 갑자기 겁이 덜컥 났다. 두레는 버선발로 뛰어 마당으로 나가 덕삼을 찾았다. 외양간에서 소 먹이를 주던 덕삼이 급히 뛰어와 두레 앞에 서며 말을 했다.

"아씨! 무슨 일이라도 있으시나유?"

라는 말에 두레가 덕삼의 팔을 잡으며,

"꽃님이 어젯밤에 없어졌는데 무슨 낌새도 못 느꼈는가?"

두레의 말이 떨리고 있었다. 꽃님이 옷을 벗어 놓고 없어졌다는데 두레는 직감적으로 무슨 큰 변고가 있는 것으로 생각이 들어 긴장을 하고 있는 것이다.

"사랑채에는 아무런 기척도 없었는디요. 그리고 칠복 성님도 밤 새도록 나하고 같이 있었습니다요."

칠복이는 이집 머슴인데 덕삼이 보다 12살이나 위라서 같은 종살 이지만 덕삼이 깍듯이 형님 대접을 해 주고 있었다.

"오매! 이 일을 어쩐다냐? 빨리 찾아보더라고."

"예 알겠어요, 지가 집안 식솔들 다 동원해서 찾아보겠어요."

덕삼이 허리를 굽혀 인사를 하고 안채로 들어가 박대감께 보고를 하였다.

보고를 받은 박대감도 깜짝 놀라 칠복을 부르더니 모든 집안사람 들이 나서서 꽃님을 찾으라고 독촉을 하였다. 그러나 안방마님은 달 랐다.

"아니 그깟 종년 하나 없어졌는디 온 집안이 난리래요, 난리가."

라는 말에 이대감이 말했다.

"이사람! 입조심 혀, 집안에서 사람이 없어졌다는 디, 고런 말을 하면 쓴당가?"

라는 말을 남기고 박대감은 성큼성큼 걸어서 밖으로 나가 버렸다.

무엇보다도 꽃님이 없어진 데는 두레가 제일 가슴이 아프고 애가 탔다. 온 집안을 앞으로 갔다 뒤로 갔다 애를 태웠지만 꽃님은 흔적 조차도 찾을 수가 없었다. 그래서 하는 수 없이 두레는 시어머니 앞 에 가서 무릎을 꿇고 앉아 두 손을 모으고 이렇게 애원을 했다.

"어머니! 꽃님이 내 허락 없이는 울안에서 한 발짝도 안 떠나는 애 인데, 이렇게 하루가 지나도 안 나타나는 걸 보면 필시 무슨 곡절이 있는 것 같은데, 혹여 저희 친정집으로 갔는지 모르오니 덕삼과 같이 친정에 한번 다녀오겠습니다. 부디 허락 하여 주시랑께요."

울면서 매달리는 두레의 손을 뿌리치며 하시는 말,

"일 없다. 네년이 이집의 분란을 친정집에 다 고해바치려고 하는 수작인지 나는 다 안다."

라며 매정하게 돌아서는 시어머니의 치맛자락을 붙잡고 다시 한 번 애원하지만 무심한 시어머니는 허락하지 않으셨다. 두레는 할 수 없이 소맷자락으로 눈물을 훔치며 안채를 나오는데, 시아버지가 안채를 들어오시다가 두레의 모습을 보았다. 시아버지는 두레를 한쪽으로 불러 이렇게 말씀하셨다.

"얘야! 그렇게 해라. 내가 소달구지를 내어 줄 테니 덕삼이 데리고 한번 다녀오너라."

하시는 말을 듣고 두레는 기쁜 마음, 서러운 마음이 더해 엉엉 울어 버렸다. 눈물이 앞을 가려 걷지를 못하고 서서 엉엉 우는 소리를 덕삼이 듣고 달려와 두레를 달래니 두레는 이번에는 땅바닥에 주저앉아 서럽게 울었다. 이처럼 두레는 불과 1년 사이에 지금까지 생활과는 정 반대의 인생을 살아가고 있었다. 행복해야 할 결혼, 모든 사람들이 다 행복을 말하는 그런 결혼 생활이 두레에게는 아주 힘든 지옥 생활이나 마찬가지였다.

"엄니! 저 두레여요."

하고 친정집으로 뛰어드는 두레를 보며 달려 나가 두레를 반겨주는 친정어머니와 친정아버지, 어머니는 신발도 미처 신지 못하고 뛰어나와 두레를 안았다.

"오매! 내 새끼, 꿈속에서 그리던 내 새끼, 어디보자 니가 진짜 내 딸 두레란 말이냐?"

두레의 어머니와 아버지는 두레를 보며 그야말로 환장하게 좋아 하셨다. 불과 1여년 만에 만나는 두레의 모습은 많이 달라 있었다.

"아니 두레야! 너 시집살이가 힘드냐?"

"아니어라우, 엄마! 시집에서 시부모님들이 잘 해주셔서 행복하 게 살고 있어라우."

하며 두레는 울고 또 울었다.

"그런디 니 안색이 별로 좋아 보이지가 안헌 것 같은디?"

"아니어라우, 내가 시집에 살면서 몸이 자꾸 아파서 그래라우."

"그래, 그란디 뭣땀시 요로콤 기별도 없이 갑자기 온 거여?"

"꽃님이, 꽃님이가 집을 나갔나 봐유, 혹시 여기 안 왔지라우?"

"음마! 시방 고것이 뭔 말이라냐? 꽃님이가 왜 집을 나갔다고 그래?"

"모르겠어유, 갑자기 어젯밤에 없어졌어라우."

하며 두레는 소맷자락으로 눈물을 연신 닦아냈다. 두레를 안고 있는 엄마도 눈물을 계속 흘리고 있었다.

"들어가자, 들어가서 우선 밥부터 먹고 찬찬히 이야기하기로 하 고, 안으로 들어가자."

두레와 엄마는 두 손을 꼭 잡고 안채로 들어갔다. 소달구지에 이 바지를 이것저것 싣고 온 덕삼도 안채 마루에 짐을 다 풀어 놓고 밖 으로 나가 오랜만에 만난 삼용과 해후를 하였다.

두레는 오랜만에 만난 엄마와 이런저런 이야기를 하느라 새벽까지 잠을 한숨도 못 잤다.

　"아무리 생각해 봐도 꽃님이 보쌈을 당한 것 같어라우."

　"뭣이여! 무슨 근거라도 있냐?"

　"신발도 그대로 있고 옷도 벗은 채로 몸만 없어졌어라우."

　"오매! 그라믄 어떤 놈이 보쌈을 해 갔을까나?"

　"시어머니가 뭔가를 알고 있는 눈치였는디 증거가 없당께요."

　"시어니? 너의 시엄씨가 뭣땀시?"

　"엄마! 나 시집에 안가면 안 돼?"

　오랜만에 엄마 품에 누운 두레의 조심스런 말이었다. 안 그래도 두레의 몸이 바짝 말라있는 걸 보면서 엄마는,

　"왜 시집에 가기 싫으냐?"

　엄마는 틀림없이 두레에게 무슨 곡절이 있다고 느끼고 있었으나 설마 하고 있었는데, 두레의 다음 말을 듣는 순간 억장이 무너졌다.

　"나! 시집에 가기 싫어라우."

　두레의 말이 떨리고 있었다.

　"왜? 니이 신랑이 널 자상하게 돌봐주지 않니?"

라는 엄마의 말에 지금까지 있었던 일들을 엄마에게 쭉 이야기했다.

　"시상에 내 딸에게 시엄씨가 그렇게 혹독하게 했단 말이냐? 아이고, 이 일을 어쩐다냐?"

　이야기를 들으며 도저히 믿지 못하겠다는 듯이 엄마는 고개를 가로 젓고 있었다.

　"난 이렇게는 더 이상 도저히 못 살겠어라우. 흑흑흑!"

　울고 있는 두레의 얼굴을 안으며,

"울지 마라, 낼 니 아부지와 상의하도록 하고 이제 그만 자자."

엄마는 두레의 등을 토닥토닥 두드리며 달래 잠을 재웠다.

이튿날, 두레 엄마에게 대충 이야기를 들은 이대감은 가슴이 찢어지는 아픔을 느끼고 있었다. 세상에 하나 밖에 없는 딸, 눈에 넣어도 아프지 않을 딸이 이렇게 힘든 생활을 하다니, 이대감은 이를 앙다물고 가슴으로 울고 있었다. 그러면서도 두레에게,

"두레야! 꽃님이 여기 없는 걸 알았으니 얼른 가서 찾아 봐야지?"

라는 아버지의 말에

"아부지 저 시집으로 안 들어갈 거예유."

"뭣이여? 여자는 한번 지아비를 섬기면 영원히 섬겨야 하는 법이여."

"지, 그 집에서 도저히 못 살겠어유. 흑흑흑!"

"그래도 가야 헌다. 너는 죽어도 그 집 귀신으로 죽어야 혀."

"아부지?"

"그래, 가거라! 그래야 헌다."

이대감은 흐르는 눈물을 자식인 두레에게 보이지 않으려고 고개를 들어 하늘을 보며 밖으로 나가셨다.

두레는 억장이 무너지고 희망이 무너졌다. '차라리 아무도 없는 데로 가서 죽어버릴까?' 하는 생각도 들었다. 그러면서 마음속으로 결심을 했다.

'그래, 이것이 이 시대 여자의 운명이란 말인가! 내 다시는 어머니 아버지가 나로 인해 눈물 흘리지 않게 해야지.' 라고 다짐을 하며 대강 짐을 챙겨 소달구지에 싣고 어머니 아버지에게 작별인사를 하고

집을 나섰다.

집을 나와 한참을 가도 어머니 아버지는 들어가지 않고 두레의 뒷모습만 바라보고 그 자리에 서 계셨다. 전주로 가는 산고개가 유난히도 높고 긴 것 같은 느낌이 들었다. 두레가 길 위에서 허우적거리고 있을 때 묵묵히 소달구지를 끌고 가던 덕삼이 두레의 눈치를 한번 힐끗 보더니 옆으로 달구지를 대고 두레를 달구지 위에 앉히고 옷을 벗어 두레의 무릎을 덮어줬다. 그 순간 지금까지 단 한 번도 느껴보지 못했던 따뜻한 사람의 체온을 귓불로 느끼고는 너무 좋은 마음에 눈을 스르르 감았다. 두레가 달구지에 앉혀지고 볏가마니에 기댈 때 자기도 모르게 눈물이 주르륵 볼을 타고 흘러내렸다.

'세상에, 사람의 체온이 이렇게도 따뜻하고 포근하구나, 그런데 난 왜 한 번도 이런 걸 느껴보지 못하고 지금까지 살았을까?'

두레는 마음속으로 그렇게 생각하며 덕삼을 한번 쓱 쳐다보는데 덕삼의 모습이 늠름하고 씩씩한 남자로 느껴졌다. 그런 것도 아랑곳하지 않고 덕삼은 소를 몰며 열심히 걷고 있었다. 그것뿐이 아니었다. 평소에는 전혀 보지 못했던 덕삼의 코밑수염이 솜털처럼 부드럽게 송글송글 돋아나 있어 덕삼이 숨을 한번 쉴 때마다 코끝에서 김이 뿜어져 나왔으며, 차가운 기온 탓인지 코털 끝에 영롱한 작은 물방울까지 맺혀 있었다. 두레는 그런 덕삼의 모습까지 오늘 따라 멋있게 느껴졌다. 평소 같으면 그냥 하인일 뿐인데, 그 수족과 같이 부리는 종 덕삼에게 기대고 싶은 마음은 무엇일까? 아니 지금으로서는 덕삼이 유일한 두레의 보호자라는 것을 두레도 부정할 수 없는 현실이었다. 지금 심정 같아서는 종 덕삼이와 이대로 세상 끝까지 달구지 타고 아무도 없는 곳에 가서 한평생 같이 살고 싶은 마음뿐이었다. 그러나 그것은 현실이 아닌 꿈에 불과했다.

두레가 그런 저런 생각을 하며 넘어간 고개가 어느덧 정상을 넘어 내리막길을 가고 있을 때 저만치에서 칠복이가 달려오는 것이 보였다. 칠복은 한달음에 달려와 두레 앞에 무릎을 꿇고 엎드리더니 엉엉 울면서 말을 하는 것이었다.

남편 상수의 죽음

"작은 마님! 큰일 나 버렸습니다."

"집에 무슨 일이 있는가?"

"도련님이~ 도련님이 으흐흐흑!"

"도련님이 어찌 되었다는 말인가? 말을 해 보게."

"도련님이 도 돌아가셨당께요."

하며 엎드려 우는 칠복이 얼굴에는 눈물 콧물 범벅이 되어 흘러내리고 있었다.

"뭣이라고? 아니 언제 서방님이 돌아가셨다는 말인가?"

"어젯밤 자시(밤 11:30~새벽 1:00) 때부터 경련을 일으켜 제가 의원을 모셔 왔으나 별 차도가 없으시다가 아침 묘시(오전 5:00~7:00)에 그만 숨을 거두시고 말았습니다."

"……"

두레는 너무 황당하여 말이 나오지 않았다. 아니 무어라 할 말이 없었다. 고개를 들어 하늘을 봤다. 하얀 뭉게구름이 두둥실 떠서 어디론가 흘러가고 있었다. 해는 중천에 떠서 머리 위에 있었다. 갑자기 귀가 웅~ 웅~ 소리가 나더니 아무 소리도 들리지 않았다. 눈물도 나지 않았다.

"오매! 오매! 이것이 시방 먼 일이랑가? 하늘님! 나 좀 보시오? 내가 전생에 뭔 죄를 그렇게 많이 졌다고 이러코럼 나에게 시련을 주시오?"

두레는 절규를 하였지만 그것은 머릿속에서만 말할 뿐, 손과 발이 축 늘어져 그냥 달구지 위에 앉아 있을 뿐이었다.

"덕삼아! 빨리 가자, 빨리 집으로 가장께."

있는 힘을 다해 소리를 질렀지만 그냥 덕삼이 보기엔 눈만 깜빡이고 있을 뿐이었다. 그러나 덕삼이 누구인가? 태어나서 지금까지 두레의 곁에서 손과 발이 되어주었지 않았는가.

"칠복이 성님! 빨리 일어나 달구지에 타시오."

덕삼은 소달구지를 빠른 속도로 몰아 집으로 달려가고 있었다. 저 멀리 집이 보이기 시작하자 두레는 머리를 풀어 헤쳤다. 시집가 한 번도 따뜻하게 품에 안겨본 일이 없는 남편이지만 그래도 명색이 남편이 임종을 했지 않은가. 두레는 대문을 들어서면서 통곡을 하며 들어섰다. 온 집안 여기저기에서도 곡소리가 들려왔다.

"여보! 당신이 이렇게 떠나면 난 어떻게 살란 말이여라우. 흑흑흑!"

하며 안방으로 들어가 이미 굳어버린 상수의 시신을 어루만지며 통곡을 했다. 두레가 방으로 들어가자, 지금까지 상수 곁에서 지키고 있던 시부모들이 자리에서 일어나 밖으로 나갔다. 방안에 혼자 남게 된 두레는 마지막 가는 상수의 얼굴을 보기 위해 고개를 들었다. 그런데, 순간 두레는 깜짝 놀라 뒤로 자빠졌다. 얼굴색이 온통 푸르딩딩 한 것도 무서웠지만, 두 눈을 똑바로 뜨고 있는 모습이 더욱 무서웠다. 그 모습을 보고 혼비백산한 두레는 문을 박차고 밖으로 나갔으나 어느 누구에게 도와 달라고 할 사람이 없었다.

"꽃님아! 덕삼아! 빨리 와서 나 좀 살려줘!"

하며 미친 듯이 소리를 지르자 집안사람들이 우르르 몰려 왔다. 뒤늦게 달려온 시어머니 하는 말,

"얘가 시방 웬 소란이여? 너 시방 미쳐 부렸냐?"

"어머니! 넘 무서워요."

"아야! 같이 살 맞대고 살던 서방이 먼저 갔는 디, 뭐가 그렇게 무섭다고 호들갑이여, 시방!"

하며 야멸치게 쏘아 붙였다.

"어머니! 그 사람 저한테 정 한 번도 안주고 갔어라우."

하며 쏘아 붙이자,

"뭣이라고? 서방 잡아먹은 년이 뭐라고 씨부려쌌냐, 시방"

하며 시어머니는 이를 앙다물고 눈을 흘기며 두레를 쳐다보았다. 두레가 시어머니의 말에 충격을 받고 비틀비틀 몇 발짝 걷다가 땅바닥에 푹 쓰러졌다. 그 모습을 본 시어머니가 말했다.

"야! 이 썩을 년아! 니 서방 눈이나 감겨주고 나와라. 니 서방, 너 못 잊어서 눈도 못 감고 죽은 것 보면서 지랄을 하냐?"

라는 말이 두레의 귀에 아스라이 꿈결처럼 들려왔다.

시간이 얼마나 지났을까? 두레가 눈을 뜬 시간은 그로부터 만 하루가 지나서였다. 어디선가 들려오는 요란한 소리에 귀를 기울여보니 상여 나가는 소리였다.

"이제 가면 언제 오나~, 맹년 요때나 되돌아옴세! 허이~ 허이~ 어허이~ 허이~ 허이~"

상여 앞의 상소리 꾼 소리에 이어 시어머니의 절규도 들려 왔다.

"상수야! 내 아들 상수야! 이 어미는 어떻게 살라고 나만 두고 너만 간단 말이냐?"

라는 말에 두레의 두 눈에서도 눈물이 하염없이 흘려 내렸다.

어떻게 살 것인가? 이 한 많은 세상을 어떻게 살란 말인가? 두레의 나이 이제 겨우 15세였다.

두레는 아무도 없는 텅 빈 방안에 누워 앞으로 살아갈 날들을 생각하며 서러움에 복받쳐 울고 또 울었다. 어느덧 저녁때가 되어 산으로 상여를 매고 올라갔던 사람들이 내려오는지 집안에 사람 소리가 나고 분주했다. 그러나 별채에는 어느 누구 한 사람 들어와 두레의 안부를 살펴보는 사람이 없었다. 꽃님이 대신 순덕이만 두레의 곁을 지키고 있었다.

덕삼도 두레가 염려되었지만 집안 어른들의 눈이 무서워 감히 별채로 들어가 두레의 안위를 살펴볼 수가 없었다. 두레도 순덕의 수발을 받으며 혼자서 살아가는 방법을 찾아야만 하였다. 그러나 시어머니의 구박은 날이 가면 갈수록 더 심해져만 갔다. 구박이 너무 심해 두레가 친정에라도 간다고 하면 행여 친정에 나쁜 소문이라도 날까봐 시어머니는 펄쩍 뛰면서 친정에 못 가게 막았다. 시어머니는 시아버지 앞에서는 아주 잘 해주는 척 하다가 시아버지의 눈만 피하면 교묘하고 집요하게 구박을 해왔다.

"너 시집 온지 2년이 되었으면 분명 씨를 받았을 텐데, 왜 아기를 못 만든 게냐? 니가 서방까지 잡아먹고 또 누굴 잡아먹으려고 하느냐?"

별 말을 다 하면서 괴롭혔다. 두레는 남편 상수를 보내고 거의 3년 동안 별채에서 한 발짝도 밖으로 나와 보지 못 하였다. 그냥 하루하루가 감옥생활이요 지옥이나 마찬가지였다. 마을 사람들은 그런 두레를 보면서 수절과부라 했다. 어떤 사람들은 어린 두레의 신세를 안타까워하는 사람도 있었다.

"어쩐다냐~? 어쩐다냐~? 청춘이 안타까워 어쩐다냐~?"

"하늘을 원망하고 땅을 쳐봐도~ 청춘이 안타까워 어찌한다냐~?"

이것은 이 마을 사람들이 두레를 두고 신세를 한탄하는 노래였다. 두레도 귀하고 곱게만 자라다가 갑자기 결혼을 하면서 완전 180도로 바뀌어버린 자기의 신세를 도저히 받아들일 수가 없었다. 그렇다고 밤에 몰래 도망가 친정어머니 아버지 눈물을 다시 보고 싶지가 않았다. 그러나 밤마다 친정어머니 아버지를 부르며 울면서 밤을 꼬박 새운 날도 하루 이틀이 아니었다. 그러나,

"여자는 한번 시집을 가면 죽어도 그 집 귀신이 되는 것이야!"
라는 아버지의 말이 너무 가슴 절절하게 하였던 것이다. 그러나 시어머니는 혹여 두레가 묶고 있는 별채 주변에 남자라도 어슬렁거리면 시어머니가 난리를 쳤다.

"저년이 남자를 못 잊어 외간 남자를 불러들여 몸을 더럽힌 년."

하며 누명을 씌우기도 하였다. 두레는 하루하루 말라가기 시작하였다. 그러는 사이 세월은 흘러 혹독한 추위의 겨울이 다 지나가고, 꽃이 피고 새가 우는 봄으로 접어들었다.

"덕삼아! 넌 오늘부터 밤에 잠자지 말고 별채를 지켜라. 만약 쥐새끼 한 마리라도 얼씬 거렸다 하면 니놈의 목숨을 내 놓아야 할 것이야."

라는 준엄한 안방마님의 명령이 내려졌다. 그리고 또 이렇게 말을 하였다.

"우리 밀양박씨 가문은 대대로 내려오는 명문 중의 명문가인데, 수절과부에게 무슨 일이라도 생긴다면, 이 다음에 내가 죽어 조상님들을 무슨 낯으로 보겠느냐, 그러니 단 한 시진도 방심하지 말고 꽉 지켜야 한다."

라는 명령을 받은 덕삼은 그날 밤부터 별채에서 밤을 세워가며 근무를 서기 시작하였다. 두레 곁에 시중을 들던 순덕은 저녁을 먹고 술시戌時가 다 지나기도 전에 자기 방으로 들어가 버렸다. 덕삼은 밤을 세워가며 별채 주위를 돌다가 밤하늘을 쳐다보니 하늘에는 수많은 별들이 금방 쏟아질 듯 보였다. 가끔씩 밤하늘을 보며 살았지만, 일이 너무 고단하여 방에 들어가면 바로 곯아 떨어져 잠들었기 때문에 밤하늘이 이렇게 청명하고 별빛이 아름다운지 예전에는 미처 몰랐었다. 그런데 별이 많은 것도 많은 거지만 가끔씩 별무리에서 꼬리를 길게 하고 떨어지는 유성별을 보면 너무 신기하고 아름다웠다.

축시丑時가 지나자 밤공기가 제법 쌀쌀하게 느껴졌다. 덕삼은 옷깃을 여미며 돌담 한쪽 귀퉁이에 몸을 기대고 자리를 잡고 앉았다.

새벽부터 일어나 하루 종일 일을 한 탓인지 피로가 한꺼번에 밀리며 졸음이 오기 시작하였다. 뒷산 저~ 멀리에서 바람을 타고 소쩍새 울음소리가 간간이 들려왔다. 덕삼이 막 잠들려 하는데 어디선가 여자의 울음소리가 가늘게 들려왔다.

두레의 정사

꿈인가? 아니면 생시인가? 덕삼은 소리를 쫓아 추적하기 시작하였다. 소리는 별당 담을 넘어 안방 뒤 들창문을 통해 흘러나오고 있었다.

덕삼은 거의 반사적으로 몸을 벌떡 일으켰다. 별당 담을 넘어 앞문으로 가려다 말고 뒷문을 살며시 열고 조심스럽게 발을 들여 놓으며 안방의 동태를 살피기 시작하였다. 안방에서는 두레가 교자상 위에 두 손을 괴고 엎드려 울고 있는 것이었다. 얼마나 서럽게 우는지 방문을 열고 들어가는 덕삼의 행동도 알아차리지 못한 채 슬피 울고 있었다. 덕삼은 요동치는 두레의 허리를 보면서 잠시 서서 망설이고 있었다. 잠깐의 시간이 흐르자 덕삼은 들어왔던 문 주위를 살핀 뒤 방문을 살짝 닫았다. 그리고는 서서히 두레에게 접근한 뒤 흐느끼는 두레의 등에 손을 살짝 올려놓았다. 정신을 놓고 서럽게 울던 두레는 등 뒤의 손길에 움찔 놀라며 고개를 휙 돌려 쳐다보았다. 손의 주인이 덕삼이라는 걸 알고는 덕삼을 와락 끌어안고 울면서 하는 말,

"덕삼아! 나, 이대로는 더 이상 못 살겠어. 우리 아무도 없는 데로

멀리 도망가자, 응! 나 좀 멀리 데려다 줘."

하며 흐느꼈다.

덕삼이 평소에 사모하던 그 두레와 한밤중에 단둘이 앉은 자세로 서로 부둥켜안고 있는 것도 희한한 일이지만 덕삼의 품에서 가늘게 떨며 울고 있는 두레를 덕삼은 차마 밀어내지 못하고 엉거주춤 무릎을 꿇고 앉아 두레의 하소연을 다 받아주고 있었다.

"덕삼아! 여기서 이대로 더 있다가는 숨이 막혀 금방 죽을 것만 같아. 흐흐흑!"

덕삼은 더 이상 할 말을 잊고 아무 말도 하지 못했다. 아무리 마음속으로 사모하는 두레지만 출가한 여자이지 않은가! 덕삼은 품에 안겨있는 두레를 더는 세게 끌어안지 못하였다. 이유는 주인과 종, 양반과 상놈의 벽이 너무 두터웠기 때문에 덕삼이 죽음을 각오하지 않고서는 감히 넘을 수 없는 선인 것이다. 그래서 덕삼은 자라면서 항상 자기의 출생 신분에 대해서 원망과 한탄을 하면서 살아오질 않았던가? 그런데 그런 두레가 덕삼에게 구원을 요청하고 있지 않은가. 덕삼은 이 순간 심한 갈등을 하고 있었다. 그러다 덕삼은 결연히 결론을 내렸다.

앞으로 살아갈 날이 창창한데 이대로 평생을 남의 집 종으로 사느니 차라리 두레와 아무도 모르는 곳으로 도망을 해 살아가는 것이 한결 행복할 거라는 믿음이 생겼다. 아니 두레와 도망을 해 단 하루를 산다 해도 그것이 지금보다는 더 행복한 삶이 될 것이라는 생각을 하였다. 덕삼은 두레의 허리를 꼭 껴안았다. 그리고는 두레의 귀에다 입을 대고 조용히 속삭였다.

"그래유 아씨, 우리 아무도 모르는 데로 멀리 도망가서 살아 유. 아씨와 도망가서 단 하루만 살다 죽어도 지는 조금도 후회 하지 않겠구만유."

덕삼의 이와 같은 말에 두레가 말했다.

"그래 덕삼아! 우리 더 이상 이 지옥에서 벗어나 우리 둘만의 삶을 살도록 하자."

두레는 한 손으로 덕삼의 목을 끌어 당겨 얼굴을 가까이 한 다음 천천히 입술을 포겠다. 가슴은 요동을 쳤으며 숨결이 가빠왔다. 덕삼의 입술도 파르르 떨고 있었다. 덕삼은 두레의 입술을 코끝으로 느끼자 조심스럽게 두레의 저고리 사이로 손을 넣어 두툼한 가슴을 움켜쥐었다. 두레도 답이라도 하는 듯 가슴을 내 밀며 덕삼에게 밀착시키고 있었다.

덕삼은 하체에 힘이 잔뜩 들어가면서 가슴이 터져 버릴 것 만 같았다. 그것은 비단 덕삼 뿐이 아니고 두레도 이상야릇한 기분에 다리를 비비 꼬고 있었다. 덕삼은 벌떡 일어나 호롱불을 훅~ 하고 입 바람으로 불어 끄고 허리띠를 풀면서 두레에게 달려들어 옷을 벗기기 시작하였다.

두레의 옷이 겹겹이 다 벗겨지자 하얀 속살이 그대로 드러나 보였다. 푸른 달빛에 비치는 두레의 육체, 풍만한 젖무덤 가늘고 긴 허리, 작은 얼굴에 오뚝한 코 하얀 목까지, 두레의 몸은 신이 빚어낸 완전한 하나의 예술 작품이었다. 두레의 얼굴에 덕삼의 팽창된 불기둥이 스치자 두레는 깜짝 놀라는 눈치였다. 두레가 결혼을 하였다지만 남자의 육체를 접해 보는 건 이 밤이 처음이었다. 두레가 손을 들어 덕삼의 하체를 더듬어 불기둥을 잡았는가 싶었는데, 깜짝 놀라 얼른 손을 뺐다. 덕삼의 불기둥이 두레가 상상한 것보다 엄청 컸기 때문이었다. 아니 이렇게 큰 물건이 두레의 몸속으로 들어올 수 있다는 것이 도저히 상상이 가지 않았다. 두레는 잠시 머리를 굴려 생각을 했다. 이 세상 남정네들의 물건이 다 이렇게 큰 것인지, 아님 덕삼의 물건이 특별히 큰 것인지 도무지 알 수가 없었다. 그러나 두레는 덕삼의 물건이 크다고 지금 이 순간에는 피할 생각이 조금도 없었다. 도리어 생살이 찢기는 아픔을 느끼며 무언가 가슴에 맺힌 응어리를 확 쏟아내고 싶었다. 그래서 더욱 적극적으로 몸을 비비며 덕삼에게 들이대고 있었다. 덕삼도 두레가 자기의 마음만 받아준다면 단 하룻밤의 사랑이라 할지라도 기꺼이 목숨을 걸 각오가 되어 있었다. 그동안 두레의 곁에서 남몰래 키워온 사랑에 몇 밤을 하얗게 지새며 속앓이를 했던가!

"으~음!" 두레는 가볍게 신음을 하였고, 덕삼이 거친 숨을 몰아쉬며 목과 가슴을 빨아주는 애무에 취해 정신을 놓고 있었다. 그러다 어느 한순간 "아~악!!!" 단발의 비명과 함께 두 손으로 덕삼의 머리를 움켜잡으며 몸을 부르르 떨고 있었다.

그러나 두레의 배위에서 몸 한 중심에 힘을 바짝 주고 마치 용이 승천이나 하는 것처럼 불기둥을 깊숙이 밀어 올린 덕삼은 마치 이 세상을 다 얻은 기분으로 의기양양한 기세로 가늘게 떨고 있는 두레를 인정사정없이 몰아 붙였다. 덕삼이 몸을 움직일 때마다 두레는 극도의 아픔을 느끼면서도 그 아픔은 알 수 없는 희열로 느껴지며, 두레의 가슴속 깊이 쌓여있던 커다란 얼음 덩어리를 녹여내고 있었다. 느끼는 아픔으로 봐서는 덕삼의 움직임을 멈추고 싶지만 오히려 어떻게 잘못 덕삼의 행동이 멈춰 버릴까 걱정이 되어 덕삼의 행동을 잘 보조해주고 있었다. 두레가 지금 느끼는 기분은 지금까지 살아오면서 단 한 번도 느끼거나 상상도 못했던 느낌이었다. 그런 기분은 덕삼도 마찬가지였다. 누가 한 번도 가르쳐 주거나 보지 않았어도 그냥 느낌대로 행동을 하며 움직이는 것인데, 너무 자연스럽고 노련한 행동으로 두레를 점령하고 있었다.

얼마의 시간이 지났을까? 덕삼의 움직임이 더욱 격렬해지며 뜨거운 불줄기가 두레의 복부를 타고 가슴으로 밀려 왔다.

"아~아 아악!"

"으~으으윽!"

둘이는 거의 동시에 비명이 아닌 신음을 내 뱉으며 몸이 격하게 요동을 쳤다. 순간 둘의 영혼은 육체를 이탈하여 무지갯빛을 타고 허공으로 올라 구름을 타고 덩실덩실 떠다니는 황홀경에 빠져 있었다.

"아~!!! 이런 것이었구나, 사람이 진정으로 사랑한다는 것이 바로 이런 거였구나."

두레는 마냥 행복했다. 그 행복은 가슴을 통해 눈물로 표현되고 있었다. 다시 이 순간이 온다면 죽어도 좋을 것 같았다. 그런 생각은 덕삼도 마찬가지였다. 지금 덕삼의 품속에서 흐느끼고 있는 두레를 무슨 일이 있어도 꼭 지켜 주리라 마음속으로 다짐하고 있었다. 그 마음의 징표로 두레의 손가락 사이에 자기 손가락을 넣어 깍지를 끼고 꼬~옥 감싸고 있었다.

아득한 절벽에서 덕삼은 두레의 손을 놓지 않으려고 안간힘을 쓰고 있었지만 두레의 몸은 점점 낭떠러지 밑으로 내려만 가고 덕삼의 손은 점점 힘이 빠져 두레를 끌어 올릴 수가 없었다. 만약 손이라도 놓친다면 두레는 천 길 낭떠러지에 낙하해 뼈도 못 찾을 것 같았다.

"두레, 힘이 없더라도 내 손을 꽉 잡아야 혀, 절대로 손 놓치면 안 돼야."

"아니여, 덕삼아! 나 더 이상 도저히 더는 못 버티겠어."

"안 돼! 안 돼! 안 된단 말이여!"

덕삼은 미끄러져 빠지는 두레의 손을 잡고 다급하게 외쳤으나 결국 두레의 손은 덕삼의 손에서 빠져 나가고 있었다.

"아~ 아 악!"

비명과 함께 천 길 낭떠러지로 떨어지는 두레를 덕삼은 어찌할 줄을 모르고 혼비백산하며 목이 터져라 외쳤다.

"안~ 돼~!!!! 흑흑흑!"

순간 방문이 활짝 열리며,

"여봐라! 이 연놈을 덕석으로 말아서 마당에 내 놓아라."

그 소리에 놀라 잠에서 깬 덕삼이 벌떡 자리에서 일어나려 하였으나 칠복이 내리치는 몽둥이에 뒤통수를 얻어맞고 덕삼은 그 자리에 쿡 쓰러지고 말았다. 두레도 덕삼의 비명을 아련히 느끼며 의식을 찾아 눈을 뜨는 순간 온 방안이 환해지며 시아버지의 모습을 보았고, 시아버지의 고함과 함께 거친 숨을 몰아쉬며 뛰어 들어오는 칠복을 보면서 깜짝 놀라 일어나 앉았는데 덕삼이 실오라기 하나 안 걸치고 누워 있는 모습과 동시에 자기 몸도 역시 전 나체의 모습에 깜짝 놀랐다.

그랬다. 어젯밤에 둘은 황홀한 사랑을 나누고 너무 피곤해서 자신도 모르게 그냥 잠이 들었던 것이다. 그런데 해가 중천에 뜨도록 덕삼의 모습이 안보이자 집안 이곳저곳을 찾아 헤매다 두레의 방에 덕삼이 벌거벗고 같이 누워 있는 모습을 발견하고 박대감에게 알렸고 박대감은 대노하여 칠복과 함께 방문을 열고 뛰어 들어왔던 것이다.

두레가 옆에 있는 옷을 급하게 챙겨 입으려는 순간 퍽 하는 둔탁한 소리와 함께 덕삼이 정신을 잃고 쓰러졌고, 뒤이어 두레도 눈에서 번쩍 불이 나며 그만 정신을 잃고 쓰러졌다. 칠복과 만식이 덕석을 가져와 두레를 돌돌 말아서 어깨에 지고 마당에 패대기치듯 내던져졌다. 뒤이어 덕삼도 두레 곁에 내동댕이쳐졌다. 두레와 덕삼은 의식을 찾았으나 덕석에 말려 있는 상태라 꼼짝도 할 수 없거니와 아무것도 볼 수도 없었다. 고개도 움직일 수가 없어 겨우 숨만 쉬고 있는데 간간히 시아버지의 목소리만 들을 수가 있었다.

"여봐라! 저 흉측한 연놈들을 매우 쳐라!"

시아버지의 목소리로 봐서 화가 많이 났는지 목소리가 떨고 있었다.

"예!"

하는 소리가 나고 잠시 뒤에 팍! 팍! 소리와 함께 두레는 극도의 아픔을 느꼈다. 덕석위로 내리치는 몽둥이찜질에 덕삼도 아픔을 참지 못하고 비명을 질러대고 있었다.

"아 악!"

"윽 으윽!"

몽둥이질은 그렇게 몇 시간째 두 사람에게 인정사정없이 가 해졌고, 매를 못이기는 두레는 그만 정신을 잃고 말았다. 얼마 지나지 않아 덕삼도 아픔을 이기지 못하고 몸부림치다가 숨이 막혀 그만 정신을 잃고 혼절하고 말았다.

"대감마님! 둘 다 죽었는지 아무 반응이 없습니다요."

"그래 죽었느냐? 그러면 지게로 짊어지고 저 위 뒷산에 구덩이를 파고 묻어 버려라."

라는 말을 하고 박대감은 안으로 들어가려다 돌아서며 이렇게 말을 했다.

"모두 잘 들어라. 오늘 이 집안에서 있었던 일은 일체 없던 것으로 할 것이니, 너희들도 입단속을 잘 하여라, 알겠느냐?"

"예!"

대답을 하고는 칠복과 만식이는 지게를 받쳐 놓고 두레와 덕삼을 짊어지고 만덕산으로 올라갔다.

"칠복 성님! 구덩이를 2개 파야겠지유?"

"뭣이여, 즈그들이 서로 좋아서 사랑허다가 죽었는디, 죽어서라도 실컷 사랑허고 살라고 한곳에 묻어줘라."

칠복이 말에 만식은 말없이 삽질을 하기 시작하였다.

"구덩이는 다 팠는디 덕석을 벗겨내고 묻어야겠지유?"

"그래야지, 덕석이 길어서 구덩이에 다 들어가겠냐?"

칠복이가 이렇게 말하자 만식이가 말했다.

"아휴! 어떻게 작은 마님 죽은 모습을 우리가 눈 똑바로 뜨고 보란 말이예유? 매질은 성님이 했지만서두요."

"야! 내가 매질을 하고 싶어했냐? 대감마님이 화가 머리끝까지 나서 하라고 시켜서 했지. 그리고 그런 너는 덕삼에게 매질 안했냐?"

칠복은 피우던 담배를 휙 던지며 자리에서 일어섰다.

"아침부터 날씨가 꾸무리 허더니 비가 올라나 왜 이렇게 갑자기 어두워지지?"

칠복이 만식을 보고 하는 말이었다. 그 말을 듣자 만식이도 땅 파는 일을 멈추고 하늘을 쳐다보았다. 지금까지 하늘을 안쳐다봐서 몰랐는데 깜깜한 것이 금방이라도 비가 올 것처럼 하늘이 잔득 흐려 있었다.

"성님! 빨리 서둘러야 되겠어유, 이러다 소나기라도 쏟아지면 우리는 큰 낭패지 않아유?"

말을 마치며 만식이 덕석에 칭칭 감아 놓았던 새끼줄을 낫으로 잘라냈다. 그런 다음 덕석을 발로 밀어 펼쳐보니 두레는 옷을 안고 늘어져 있고 덕삼은 옷이 하나도 없는 완전 나체였다. 그 모습을 칠복이 보고는 자기 옷을 얼른 벗어 덕삼에게 입히면서 이렇게 말을 하였다.

"어이구 그 먼 저승까지 가는데 벌거벗고 가서야 되겠는가, 이 옷 입고 편안히 저승 가서 둘이 원 없이 사랑하고 사소, 미안하네."

칠복은 혼자만의 넋두리를 하였다. 그래도 그동안 한솥밥을 4년이 넘게 먹었지 않은가. 지금까지 칠복의 모습을 멍청히 쳐다보고 있는 만식을 향해 소리를 질렀다.

"야! 이눔아 보고 있지만 말고 이리 와서 들어라."

둘이서 덕삼을 들고 구덩이에 조심스럽게 눕혔다. 그리고 두레가 있는 곳으로 가서 두레가 안고 있는 옷을 들어 두레에게 속옷부터 입혔다. 옷을 다 입힌 후 조심스럽게 구덩이로 이동을 하는데 갑자기 번개가 치더니 소나기가 쏟아지기 시작하였다. 칠복이 다급한 목소리로 말했다.

"야! 어여 대강 흙으로 덮어놓고 빨리 내려가자."

"아무리 급해도 재대로 묘 봉도 이쁘게 만들어 줘야지유."

라는 만식의 말에 칠복이 소리를 질렀다.

"야! 니는 옷이라도 입고 있지만 나는 고작 정갱이 하나 걸쳤는디 이 비를 다 맞고 어떻게 묘를 제대로 만들라는 말이여, 어여 대강 하고 내려가더라고."

하는 말에 만식이도 이해를 한다는 듯

"알았시유, 그럼 이 정도 해 놓고 내려 가유."

둘은 흙을 대강 덮어 놓고 지개와 연장들을 챙겨 가지고 산을 내려왔다. 산을 내려오는 중에도 번개와 소나기는 계속 내리고 있었다.

"작은 마님과 덕삼이 가는 것을 하느님도 슬퍼하나, 왜 이렇게 비는 세차게 내린대야?"

산을 내려오면서 칠복이 만식을 향해 하는 말이었다.

"집에 내려가서 대감마님이 물어보면 묘를 잘 써 났다고 해야겠지유?"

"야! 대감마님이 뭐가 궁금해서 물어 보겠냐? 아께 말씀하시기를 집안사람들 어느 누구도 앞으로 작은 마님이나 덕삼이에 대해서 입 다물라 하시지 않았냐."

라는 삼용이 말에 만식이도 잘 알았다는 듯 고개를 끄덕였다.

한편 두레는 소낙비가 내려 덮고 있던 흙은 다 쓸어 내려가고 시원한 물줄기가 머리를 적시자 정신이 들기 시작하였다.

"여기가 어디지?"

하며 일어나려는데 엎드려 있는 자기 배 밑에 덕삼이 반듯하게 누워 있었고 구덩이에 물이 차서 덕삼의 몸은 다 잠겨 있었고 얼굴만 간신히 물위로 올라와 있었다.

"오매! 시방 이것이 뭔 일이여, 덕삼이 죽은 것 아니여."

두레는 얼른 덕삼의 고개를 들어 상체를 일으킨 뒤 덕삼을 흔들어 깨웠다.

"덕삼아 빨리 일어나야 혀, 시방 우리가 땅 속에 들어와 있나 벼."

하며 덕삼의 뺨을 왕복으로 때리며 깨웠다. 그렇게 얼마를 깨웠을까 덕삼이 "푸~" 하며 숨이 터지더니 몇 번이고 크게 숨을 몰아쉬었다.

"지금 우리가 요렇게 있을 때가 아니여, 빨리 일어나 이곳에서 나가야 혀."

라는 두레의 다급한 말에는 아랑곳 하지 않고 덕삼은 두 손으로 머리를 움켜쥐며 "아이구 머리여!"라며 신음을 했다. 두레도 머리가 아프고 어지럽기는 마찬가지였으나 물구덩이에서 빨리 빠져 나가는 것이 더 급했다.

"덕삼아 이러다간 우리 죽어, 빨리 일어나."

두레의 말에 덕삼이 고개를 들어 배 아래를 보니 물이 가슴까지 차올라 있었고 두레의 얼굴에는 흙투성이였다.

덕삼이 팔을 들어 두레의 얼굴에 묻은 흙을 닦아주려고 하는데 팔이 올라가지 않고 뼈가 으스러지는 통증이 느껴왔다.

"으ㅎㅎㅎ!"

덕삼은 신음 소리를 내며 겨우 팔을 내리니 두레가 덕삼을 부축하고 일으켜 세웠다.

"우리를 죽여서 여기에 매장을 한 모양이여?"

두레가 구덩이를 엉금엉금 기어 올라오다가 뒤돌아보며 말하자 덕삼이도 구덩이를 돌아보며 고개를 끄덕이며,

"저기 덕석을 좀 봐유, 우리가 덕석에 말려 매질을 당했잖여유?"

하는 덕삼의 말에 두레도 생각이 나는지 대답했다.

"그래 우리를 죽여서 여기에 묻고 내려갔구만. 그럼 우린 이 세상에 없는 거네."

두레와 덕삼은 서로 몸을 기댄 채 얼굴을 바라보았다. 그러나 둘이서 어떻게 해서 겨우 구덩이는 빠져 나왔지만 일어설 수도 걸음을 걸을 수도 없었다. 그래서 둘은 큰 소나무 밑으로 기어가 소나기를 피하기로 하였다.

"그래도 이 비가 우리를 깨워 줬나 봐유?"

하늘을 쳐다보며 덕삼이 하는 말이었다.

"우린 앞으로 어떻게 해야지?"

두레가 덕삼이에게 묻자 덕삼이 한참 생각을 하다가,

"그냥 아무도 없는 곳으로 가서 살면 어떻겠어유."

하고 말했다.

"아무도 없는 곳으로 가서 집도 없이 어떻게 살어?"

"그럼 금산으로 가고 싶어유?"

덕삼의 묻는 말에 두레가 한참을 생각하더니,

"아니야 금산엔 안 갈래, 금산에 이 꼴로 들어가면 부모님이 우리를 용서하겠어? 그리고 용서한다 해도 너는 다시 종으로 살아야 되잖아? 나는 그것도 싫단 말이야."

말을 하며 두레는 덕삼의 눈치를 살펴보았다. 덕삼도 종이라는 말에 얼굴이 금방 붉혀지며 고개를 가로 저었다.

"나는 한 번 죽고 두 번 사는 세상인데 죽으면 죽었지 더 이상 종살이는 하지 않을 거구만유."

하고 말을 하였다.

어느 사이 소낙비는 그치고 날은 점점 어두워졌으나 두 사람은 일어날 수가 없어 소나무 밑에서 서로 부둥켜안고 추위를 이기며 밤을 새우고 있었다. 계절이 봄이라고는 하지만 비가 온 뒤라서 그런지 밤 기온이 제법 차가웠다. 덕삼은 고개를 들어 하늘을 보았다. 두레와 덕삼이 앉아 있는 맞은편에 괴물처럼 서 있는 커다란 느티나무 사이로 간간히 별들이 보였고, 아직 잎이 채 피지 않은 검은 느티나무가지에 소쩍새가 앉아 "소쩍! 소쩍 똑! 소쩍 똑!" 하며 울고 있었다.

"그동안 소쩍새 울음소리를 많이 들어봤지만 이 밤의 울음소리는 참말로 슬프게 들리는구만유."

덕삼이 두레를 끌어안으며 하는 말이었다. 두레도 동감을 하는지 얼굴을 덕삼의 가슴에 묻으며 대답했다.

"저~소쩍새는 꼭 우리들에게 '솥적어 솥적어' 하고 우는 것 같아, 마치 쌀이 곡간에 많이 있으니 큰 솥에다 밥을 많이 해서 배불리 먹으라는 뜻으로 말이야."

그 소리를 듣는 덕삼의 생각엔 두레가 배고픔을 느끼자 그렇게 말을 하는 것 같았다.

"맞아! 그렇기에 마을 어른들도 소쩍새가 울면 풍년이 든다고 했어유."

〈소쩍새〉

소쩍새는 두견새라는 이름으로 사람들에게 많이 알려진 새다. 부엉이과의 새로 야행성 동물이며 쥐나 토끼, 꿩 등을 주로 잡아먹고 살며, 사람들에게는 전혀 해를 주지 않아 익조로 여기고 있다. 울음소리가 소쩍! 소쩍! 하고 운다고 하여 소쩍새라는 이름을 얻었다. 시인 서정주는 소쩍새에 대한 시를 이렇게 읊기도 했다.

"한 송이 국화꽃을 피우기 위해, 봄부터 소쩍새는 그렇게 슬피 울었나 보다." 또 어떤 사람은 "소쩍새가 피를 토하고 울어야 아름다운 국화가 핀다."라든지 또 옛날 우리 할머니께서는, "삼대독자 외아들을 잃어버린 엄마가 너무 가슴에 한이 되어 죽어서 아들을 부르며 피눈물을 입으로 받아먹으며 우는 새."라고 하셨다.

그 소쩍새가 두레와 덕삼에게도 오늘 밤 슬픔과 밥 생각을 나게 하고 있었다. 그런 저런 이야기를 하다가 둘은 어느 사이 잠이 들고 말았다.

임신과 출산

"야! 거지야, 이 동네는 줄밥이 없으니 딴 동네로 가보드라고."

몸이 으스러질 것 같이 겨우 겨우 두 사람이 서로 의지하고 산을 넘어 진안 쪽으로 넘어 왔는데, 동네 아이들이 돌팔매를 하며 내쫓았다.

두레와 덕삼은 마을로 들어가지 못하고 계곡을 따라 올라가면서 물가 바위 위에 잠시 앉아 쉬기로 하였다. 마이산 계곡에서 흘러 내려오는 계곡 물은 정말 깨끗하고 잔잔했다. 두레는 무심코 냇물을 바라보다가 물에 비치는 자기의 모습을 보고 깜짝 놀랐다. 머리는 산발이었고 얼굴에는 흙이 잔뜩 묻어 검은색으로 보였다. 거기다가 입고 있는 옷은 붉은 황토로 얼룩이 져 누가 봐도 자기의 모습이 상거지 행색이었다. 두레는 고개를 돌려 덕삼의 모습을 보았다. 그런데 덕삼의 모습도 두레의 모습과 별로 다르지 않았다.

"오매! 우리의 모습이 지옥에서 방금 나온 귀신 꼴이 되어부렀네."
하며 덕삼의 손을 잡고 물속으로 내려 들어갔다.

"덕삼아! 너도 여기서 얼굴과 머리를 깨끗이 씻어, 나도 저쪽 바위 뒤로 가서 좀 씻고 나올게."
라는 말을 하자 덕삼은 옷을 벗을 수 없다면서 옷 입은 채로 물속에 들어가 앉았다. 물은 좀 차가웠지만 온 몸의 통증에 비하면 그 정도는 충분히 참을 수가 있었다. 덕삼이 물에 들어가 앉아 옷을 비비자 그 깨끗했던 물이 금방 황토색으로 붉게 물들어 흘렀다. 덕삼은 머리와 얼굴 그리고 옷을 흐르는 냇물에 깨끗이 빨아 입고 햇빛이 있는 바위 위로 올라와 누웠다. 햇빛을 받은 바위 위는 따뜻하고 좋았다. 자기도 모르게 금방 잠이 들었는데 웬 포졸들이 자기를 잡으러 오는 꿈을 꾸고는 깜짝 놀라 눈을 번쩍 떠보니 해는 머리 위를 지나 서쪽으로 기울어 가고 있었다. 두레를 찾아보니 두레도 역시 저쪽 바위 위에 누워 잠을 자고 있었다.

배가 고팠다. 정말 배가 고팠다. 대략 지금까지 거의 삼일 째 굶은 것 같았다. 덕삼은 가까운 산을 쳐다보았다. 소나무의 새순이 자라고 송화 꽃이 피고 있었다. 덕삼은 소나무에 올라가서 윗동 가지를 부러뜨려 솔잎을 벗긴 뒤 입으로 껍질을 벗겨 씹어 먹기 시작하였다. 이제 막 물이 오른 소나무 껍질은 진한 송진 냄새가 나긴 하였지만 잘 벗겨지고 수액은 단맛이 났다.

"그래 바로 이거여, 두레에게도 갖다 줘야지."

덕삼은 소나무 가지를 몇 개 더 꺾어 두레에게 건네주고 먹는 방법을 보여 주었다. 배가 고픈 두레도 덕삼의 먹는 모습을 보자 소나무 껍질을 입으로 벗겨 씹어 보더니 얼굴을 찡그리며 질근질근 씹어먹었다. 두레는 지금까지 부잣집에서 태어나 곱게만 자라서 이런 소나무 껍질을 먹어볼 턱이 없었다. 그러나 배가 워낙 고픈 탓인지 소나무 껍질을 연신 벗겨 입에 넣고 씹었다. 얼마나 먹었을까! 두레와 덕삼의 양 손에 송진이 묻어 찐득거렸다. 두레가 물가로 가서 물에 씻어도 손에 묻은 송진은 씻어지지 않았다. 두레는 바닥에 있는 고운 모래를 한 움큼 쥐더니 두 손으로 비벼 씻어내니 그제야 송진이 손에서 떨어져 나갔다.

두레가 그러고 있는 사이 덕삼은 다시 산으로 가서 무엇을 한 움큼 들고 와 물에 씻어 두레에게 내밀었다. 덕삼이 두레에게 내민 것은 연한 잔디 뿌리였다. 봄이 되어 잔디 뿌리가 통통하게 물이 올랐고 단맛이 났다. 소나무 껍질에 비해 먹기도 좋고 단맛도 더 있었으며 손에 송진을 묻힐 일도 없었다. 먹다가 좀 질긴 듯 싶으면 물만

빨아 먹고 뱉어 내 버리면 그만이었다. 그렇게 두 사람이 그렇게 배를 채우고 나니 해는 이미 서산을 넘어가고 있었으며 어디로 딱히 갈 곳도 없었다.

저 건너 산 밑에 초가집이 몇 채 보이는데 저녁밥을 짓는지 굴뚝에서 연기가 모락모락 피어오르고 있었다. 두레와 덕삼은 그곳으로 가고 싶었으나 아이들이 또 돌팔매질을 할까봐 선뜻 발걸음이 떨어지지 않았다. 그래도 어디로 가든지 밤이슬 피할 곳을 찾아야만 했다. 두레와 덕삼은 계곡을 따라 좀 더 올라가다가 야산으로 접어들어 커다란 바위 밑에 도착하였다. 덕삼은 주위에 널려 있는 낙엽을 모아 바닥에 깔고 두레를 눕게 하였다. 그리고는 덕삼도 두레 곁에 누웠다. 호화로운 만찬 좋은 방은 아니지만 두레와 덕삼은 지금 이 순간이 행복하고 좋았다. 어느 누구의 눈치도 볼 필요가 없었으며 누구의 간섭도 받을 필요가 없었다. 두레는 사랑이 없는 안방마님보다도 사랑이 있는 거지생활이 훨씬 편하고 행복한 시간이었다. 비록 의지할 곳 없는 바위 밑 낙엽이불이지만 사랑하는 덕삼이 곁에 있어 세상 어느 곳보다 또 비단 이불보다 좋았다. 두레는 태어나서 이런 감정 이런 행복을 처음 느껴보고 있었다. 부모님의 따뜻한 사랑과 덕삼과의 사랑은 차원이 달랐다.

덕삼이 두레의 상처를 살펴봐주고 몸도 돌봐주니 자연히 덕삼께 의지하는 마음이 더 강해졌다. 조용히 눈을 감으니 이름 모를 산새들의 울음소리가 들렸다. 여러 산새들의 소리를 자장가 삼아 두레와 덕삼은 잠이 들었다.

아침에 눈을 뜨자 나뭇가지 사이로 눈부신 햇살이 비춰왔다. 건너편 산을 쳐다보니 나뭇잎들이 새싹을 틔워 온 산이 연녹색으로 보였다. 두레는 고개를 돌려 주위를 살펴보니 진달래꽃이 흐드러지게 피어 있었다. 두레는 진달래꽃을 따서 배불리 먹고 나서 냇가로 내려가 세수를 하고 흐트러진 머리를 매만져 곱게 틀어 올렸다. 시집을 간 아낙들은 반드시 머리를 틀어 올려야 했기 때문이다. 두레가 다시 올라와 보니 덕삼이 잔디밭에서 뭔가를 캐내어 껍질을 벗겨 두레에게 내밀었다.

"이것이 뭣이여?"

두레가 묻자 덕삼이 이렇게 대답하였다.

"응 먹어봐 달구 밥이여."

"음매! 달고 맛있는 거, 너는 이런 걸 어떻게 알아서 먹어?"

"음 나무하러 올라가서 배고플 때 찾아서 먹던 거여."

"뭣이여? 아니 배고프면 빨리 내려와 밥 먹으면 되지 요런 걸 다 캐 먹는다고?"

두레는 이해가 안 된다는 듯이 말을 하였다.

"그랴! 그래도 머슴들이 배고프다고 아무 때나 밥 달라고 할 수는 없는 거잖어유."

하며 덕삼은 과거 일이 떠오르는지 고개를 떨구었다.

"바보! 그러면 나한테 말하지, 내가 밥은 얼마든지 줬을 텐디."

"알았어요, 아씨마님! 요담부터는 꼭 말씀을 드리오리다. 하하하!"

"아이 몰라! 지금은 아씨도 마님도 아니고 덕삼이 각시여. 하하하!"

둘은 웃으면서 산을 올라가다가 어느 묘지 앞에 이르러 할미꽃을 발견하였다.

"아유~ 예뻐라! 하얀 털이 더 예쁘네. 그란디 할미꽃은 왜 요렇게 고개를 숙이고 있다냐?"

하며 두레가 두 손으로 할미꽃을 감싸며 말했다.

"할머니가 너무 힘들어서 허리가 굽은 거여유."

라고 덕삼이 말을 하자,

"우리 이거 파가지고 갈까?"

두레가 덕삼을 쳐다보고 말을 했다. 그러자 덕삼이 참 난처한 표정을 지으면서 이렇게 말을 말했다.

"안 돼유, 아씨마님! 할미꽃 뿌리에 독이 있어 그 진액이 우리 상처에 묻으면 큰일 나요."

라고 말하자, 두레가 두 눈을 동그랗게 뜨면서 말했다.

"뭣이여? 할미꽃 뿌리가 독이 있다고?"

"그래유, 그래서 한양에 있는 궁 안에서는 죄인들 사약을 만들 때 할미꽃 뿌리를 넣는다고 하잖어유."

덕삼이 아주 대단한 걸 아는 양 어깨를 으쓱이며 말했다.

"오매야! 요렇게 가냘프고 예쁜 할미꽃에도 그런 독이 있다니 참 신기하네."

하고는 두레와 덕삼은 다시 걷기 시작하였다. 조금 올라가다가 한 민가를 발견하였다. 둘은 조심스럽게 그 집 안마당으로 들어서며 주인을 불렀다.

"저~ 지나가다 들렀는데유, 배가 고파 그러는 디, 먹을 것 좀 주세유."

나이가 한 50정도 돼 보이는 부부는 산에서 약초를 캐 와서 널고 있었다.

　　"이 산중까지 뭔 일로 올라 왔다유? 밥은 없고유 먹다 남은 감자 좀 있는디 먹어 볼라유?"

하며 바구니에 5~6개 든 감자를 내 밀었다. 덕삼은 반가워 두 손으로 얼른 받으며 "고맙구만유." 하고 두레에게 들고 가서 껍질을 벗겨 주며 "자 먹어봐유."라고 했다. 두레도 오랜만에 보는 감자인지라 얼른 두 손으로 받으며 주인을 보고 눈인사로 '고맙다'는 표현을 하고 한입을 물었는데 갑자기 헛구역질을 하며 감자를 뱉어냈다. 옆에 있던 덕삼이 깜짝 놀라며,

　　"아니 먼 일이여?"

하고 묻자 두레도 의아한 듯 대답하였다.

　　"나도 모르겠어."

　　"배가 아파유?"

　　"아니 배는 안 아픈디 이상허네, 나 감자 못 먹겠어."

　　덕삼은 두레가 먹으려다 말고 건네준 감자를 자세히 살펴보고 주인을 한번 처다봤다.

　　그 모습을 물끄러미 보고 있던 주인아줌마 왈,

　　"하하하! 새악시가 임신을 했구만, 헤헤헤!"

　　"뭣이라구라우?"

　　두레와 덕삼은 깜짝 놀라며 동시에 대답했다.

　　"음마! 부분 것 같은 디 뭣땜시 고로콤 놀란디야?"

하는 말에 순간 두레와 덕삼은 얼굴이 붉어졌다. 그렇다고 부부가

아니라고 할 수도 없는 노릇이었다. 덕삼은 감자를 주섬주섬 싸들고 두레의 손을 잡고 주인에게 고맙다는 인사를 하고 집에서 나왔다. 덕삼은 앞뒤를 돌아봐도 아무도 보이지 않자 두레의 손을 놓고 산비탈을 달려 올라가며 큰 소리로 외쳤다.

"와~ 우리 두레가 임신을 했다~, 내가 아부지가 된다~."

"어휴! 왜 그렇게 소리를 질러! 누가 들으면 어쩌려구?"

"어띠야, 들으려면 들으라고 하지 내가 뭐 죄인인가?"

"그만둬 부끄럽게 왜 그래."

두레는 얼굴을 붉히며 소리를 질렀다.

덕삼은 신바람이 나서 두레 곁으로 달려오더니 두레의 손을 잡고 달리기 시작하였다. 그냥 신이 나는 모양이었다. 그러는 덕삼을 보면서 두레도 싫지는 않는 눈치였다. 한참을 계곡 따라 올라가자 조그만 암자가 나타났다.

암자 입구에는 금당사金堂寺라고 적혀 있고 노승과 젊은 승 두 분이 지키고 있었다. 암자 앞에는 조그만 약수터가 있었고 그 옆 거대한 바위 밑에는 줄사철나무가 무성히 자라고 있었다. 큰 스님은 이 약수터를 용궁약수라고 하셨다. 또 이 용궁이 섬진강의 발원지라고도 하셨다. 암자 뒤편에 대웅전大雄殿이라는 기와집 한 채가 있었다. 두레와 덕삼은 신발을 벗고 대웅전으로 들어가 목불상 앞에 무릎을 꿇고 기도를 올렸다. 얼마나 기도를 간절하게 드렸던지 둘이는 일어설 수조차 없을 정도로 다리가 저려왔다. 그러나 기도를 드리고 난 두레의 머리는 맑아지고 기운이 되살아나는 기분을 느꼈다. 두레는 다리를 주물러 주는 덕삼을 쳐다보면서 말을 했다.

"덕삼아! 우리 여기에서 살면 안 될까?"

하고 덕삼의 눈치를 보자 덕삼은

"절에서 어떻게 살아유, 절에는 스님들이 수도를 하는 곳인데 절에서는 여자가 잠을 잘 수가 없어라우."

라고 말을 하였다.

"그래도 난 이곳이 맘에 들어."

라는 두레의 말에 덕삼이 이렇게 말했다.

"그라믄 스님한테 물어볼까 유."

하며 둘은 다시 암자로 내려가서 큰 스님께 합장을 하고 물어 보았다.

"저~ 스님 우리도 여기서 살면 안 되나유?"

"관세음보살! 예! 남 보살님은 기거할 수 있으나 여 보살님은 하산을 하셔야 합니다. 관세음보살!"

"지는 머리 깎고 스님 되기는 싫은디요?"

"하하하! 그럼 무엇 때문에 이곳에 기거하시려 하십니까?"

"지 색시가 임신중인디 몸을 의탁할 곳이 없어 부탁드리는구먼요."

"허허~ 참 딱하기도 하십니다, 관세음보살! 그렇더라도 여 보살님은 기거할 수가 없습니다."

"그라믄 지는 여기서 뭘 해야 되남유?"

"그야 나무 공양을 열심히 하면 되지요."

스님의 말에 덕삼이 두레의 눈치를 보니 두레는 인상을 찌푸리고 있었다. 덕삼이 암자 주위를 자세히 살펴보니 앞마당과 계곡 사이로 논은 없으나 밭은 상당히 넓게 자리하고 있었다. 덕삼이 스님의 눈치를 보다가 어렵게 입을 열었다.

"시방 지들이 배가 너무 고프니 찬밥이라도 좀 주시면 안 될까유?"
라는 말에 노스님은 두 사람의 행색을 자세히 살펴보더니 밭에서 씨
를 뿌리고 있는 젊은 스님을 불렀다.

"이보게 묘법! 이보게!"

젊은 스님이 하던 잃을 멈추고 달려왔다.

"이 보살님들이 공양을 드신지 오래되어 피골이 상접해 있으니,
그냥 밥을 드리지 말고 밥을 끓여서 들이거라."

"예! 큰 스님!"

묘법은 두 손으로 공손히 합장을 하고는 정지로 들어가 밥 꾸리에
서 보리밥 덩어리를 꺼내어 솥에 넣고 물을 부어 불을 피우기 시작
하였다. 덕삼은 밥 꾸리에 밥을 보는 순간 그냥 달려들어 먹고 싶었
으나 자기는 두레가 안 먹은 감자까지 다 먹었으나 지금까지 굶고
있는 두레를 생각해서 꾹 참고 있었다. 얼마나 기다렸을까 묘법스님
은 사발에 죽 두 그릇을 담고 간장과 백김치를 담아 가지고 나와 두
레 앞에 공손히 내려놓고 조용히 합장을 하고 물러갔다.

"드시지요."

큰 스님이 합장을 하며 권하고 있었다. 덕삼은 숟가락을 들어 두
레에게 주며 먹으라고 했다. 참으로 오랜만에 보는 곡기인지라 죽을
앞에 두고 두레는 눈물이 핑 돌았다. 세상에 밥을 굶어본 것은 태어
나서 처음이지만 밥이 없어 굶는다는 것은 상상도 못하고 살아왔던
시절이 아닌가.

"감사히 먹겠어라우."

큰 스님에게 합장을 한 다음 두레는 죽을 천천히 입에 넣고 삼켰

다. 참으로 맛이 있었다. 두레가 죽을 맛있게 먹는 것을 보며 덕삼도 죽을 먹기 시작하였다. 덕삼은 죽을 다 먹고 난 후 두레에게 잠시 기다리라고 하고는 지게를 지고 바로 옆 산으로 가서 나무를 한 짐 해 왔다. 덕삼이 나무 하는 솜씨가 얼마나 빨랐던지 큰 스님이 깜짝 놀라며 이렇게 말하는 것이었다.

"보살님은 나무 하는 솜씨도 대단하시지만 힘도 장사이시군요."

"절의 곡식을 축냈으니 밥값은 하고 가야지유."

하며 고개를 숙여 인사를 하고 두레의 손을 잡고 나가려 하니 큰 스님은 잠시 생각하더니,

"어디로 가실 겁니까?"

"그냥 발길 닿는 대로 가 봐야지유."

덕삼이 대답하자,

"딱히 갈 곳이 없으시면 이 산 고갯마루 정상에 올라가면 동굴 암자가 있는데 그곳에서 기거하시며 저희 절에 나무공양이나 하시지요."

"아! 그래라우? 어느 곳으로 올라가면 됩니까요?"

덕삼이 미소를 지으며 묻자, 스님은 손가락으로 산 쪽을 가리키며 하는 말이

"저 고개가 마령고개인데 왼쪽이 암봉이요 바른쪽이 수봉입지요, 수봉 안쪽에 화암굴이 있고, 그 옆에 약수까지 있으니 두 분이 생활하시기에는 조금도 불편이 없을 겁니다."

큰 스님은 천천히 말을 이어가며 비교적 상세하게 설명을 해 주셨다.

"예! 고맙구만유!"

두레가 두 손을 모으고 인사를 하고 덕삼에게 빨리 가자고 눈치를 보냈다. 둘은 어깨를 나란히 하고 숲을 가로 질러 오솔길을 올라 계곡 정상에 올라보니 양 옆으로 거대한 바위기둥 2개가 우뚝 솟아 있었다. 왼쪽은 약간 둥글고 완만하게 서 있었고 오른쪽은 가파르게 쭉 뻗어 높이가 더 높았다. 덕삼은 그 모습을 보더니,

"음마! 뭔 놈의 산이 꼭 말이 두 귀를 쫑긋이 세운 것처럼 생겼다냐?"

하며 오른편을 내려다보니 큰 스님의 말처럼 제법 커다란 바위동굴이 깊이 파여 있었고 그 옆에는 조그만 옹달샘에 물이 담겨 있었다.

"오매! 참 신기허네, 이렇게 높은 산 고개위에 샘이 솟다니 알 수 없는 일이여."

덕삼과 두레는 신기해하면서 동굴 안으로 들어가 보았다. 동굴 입구는 약간 좁았다가 가운데는 제법 넓었으며 안으로 들어가면서 다시 좁아져 끝 부분은 사람의 몸이 들어갈 수 없을 정도로 좁아, 보이지가 않았다.

덕삼은 두레를 남겨두고 산 아래 암자로 뛰어 내려가서 톱과 도끼를 빌려와 쓰러진 큰 나무를 베어다가 안을 막고 바닥을 고르고 낙엽을 잔뜩 깔아 침실을 만들었다. 나무껍질로 그릇을 만들어 물을 떠다가 두레에게 주며 이렇게 말했다.

"여기서 잠깐 쉬고 있어유, 내 내려가서 나무 한 짐 해다 주고 밥 좀 얻어 올께유."

하고는 산 아래로 내려갔다. 동굴 바닥에 홀로 남은 두레는 혼자 남

게 되자 약간 무서운 생각이 들어 여기 저기 살펴보는데 동굴 안 바위 밑으로 커다란 지네 한 마리가 지나가고 있었다. 앞머리가 새빨갛고 수염 2개가 길게 나와 더듬거리며 지나가는 지네를 보고 두레는 혼비백산하여 밖으로 뛰어 나갔다.

"엄마야! 저것이 뭐이라냐?"

두레는 밖으로 뛰어 나와 계곡 밑을 내려다봐도 덕삼의 기척은 없고, 산바람만 시원하게 불어오는 것이었다. 제법 많이 자란 나뭇잎들이 바람에 몸을 맡긴 채 자유롭게 흔들리고 있었다. 두레는 나뭇잎들이 바람에 의해 뒤집혔다 바로서는 모습이 너무 아름다워 바위 위에 앉아 그 모습을 멍하니 쳐다보고 있었다. 어쩔 때는 간드러지게 웃는 것 같았고, 또 어쩔 때는 서로 열심히 이야기를 나누는 것 같았다. 그렇게 두레가 자연에 취해 얼마를 앉아 있었을까, 덕삼이 손에 뭔가를 들고 숨 가쁘게 올라오는 것이었다. 두레가 궁금하여 물어 봤다.

"뭘 그렇게 가지고 오는가?"

"음, 밥 가지고 오지라우."

"음마! 밥을 고렇게 많이?"

"내가 나무를 두 짐이나 해다 줬는디, 이것이 말 허자면 나무 값 품삯이구만요."

덕삼은 자랑스럽게 말을 하였다.

"어디 봐?"

두레가 밥을 받아서 들어보고는 입가에 미소를 띠면서 말했다.

"둘이 먹어도 이틀은 먹고도 남겠네."

"내일 또 가서 나무 해주고 밭도 갈아주기로 했어라우."

"그럼 우리 앞으로 밥 굶을 일은 없겠네. 하하하!"

"이젠 몸도 다 나았고 우리 애기도 배속에서 잘 크고 하니 열심히 일해서 먹고 사는 일만 남았당께요."

두레는 덕삼이 가지고 온 밥을 배불리 먹고 동굴 입구에 모닥불을 피워 놓고 안으로 들어가 행복한 잠을 청했다. 동굴 안으로 들려오는 풀벌레 울음소리를 자장가 삼아 깊은 잠에 빠져 들었다.

그렇게 여름을 보내고 가을이 되자 두레의 배는 점점 불러 만삭이 되었다. 덕삼은 절에서 일하고 남는 시간은 저 멀리 마을까지 십리를 걸어 내려가 일을 해주고 곡식을 받아와 동굴 안에 쌓아 놓고 겨울 대비를 하였다. 음력 9월 13일 가을 추수가 거의 끝날 때 쯤 두레는 해산을 하여 귀여운 딸을 낳았다. 덕삼이 산 아래 마을에 내려가 산파 할머니를 모셔와 아기를 받게 하였다. 산파 할머니는 동굴에서 아기를 키우려면 추위에 힘이 든다며 솜이불과 아기 옷도 손수지어 가져다 주셨다. 그의 은혜를 못 잊어 덕삼은 산파 할머니 댁의 땔감과 농사일을 거의 도맡아 해주었다. 할머니네 집 식구들도 덕삼께 같은 집, 한 식구처럼 잘 해 주셨다. 두레와 덕삼은 딸의 이름을 금옥이라 지었다. 금지옥엽金枝玉葉같이 귀엽다고 금자와 옥자를 따서 지은 이름이다. 그렇게 생활한 지가 바로 엊그제 같은데 어언 5년의 세월이 바람처럼 지나갔다. 이렇게 비록 바위동굴을 의지 삼아 동굴에서 지낸 세월이지만 이 두 사람에게는 세상에서 가장 행복한 시간이었다.

덕삼의 죽음

"여보! 나 아랫마을에 일 갔다 올 테니 금옥이와 산에 너무 높이 올라가지 말고, 약초 적당히 캐서 일찍 돌아와유."
라고 덕삼이 말하자 두레가 대답했다.

"알았으니 잘 다녀 오시랑께요."

그랬다, 이제 두레와 덕삼은 주종 관계를 완전히 벗어나 누가 보아도 어엿한 부부였다.

"아부지! 조심히 다녀 오시랑께유."

"그리여, 금옥이도 엄마 말씀 잘 듣고 엄마와 같이 잘 놀고 있어."
하고 덕삼은 지게를 메고 아랫마을로 일하러 내려갔다. 그런데 이상하게 오늘따라 관아의 포졸들이 동네 어귀에서 무슨 방을 붙이고 다니는 것이었다. 덕삼도 호기심에 그곳으로 가서 무심코 처다보고 있는데, 방에 그려진 남녀의 사진이 영락없는 두레와 덕삼이었다. 순간 오싹한 기분이 들어 한쪽으로 몸을 숨기고 있다가 포졸들이 지나간 뒤에 사람들이 모여 웅성이며 하는 말을 들으니, '전주 포도청에서 이두레와 지덕삼을 찾는다'고 했다. 그뿐만이 아니고 그 아래 글에는 '이 두 연놈은 인륜을 거스른 패륜자로서 알고도 신고를 안 하거나 은신처를 제공하는 자는 같은 죄목으로 처벌한다'라고 써 있다는 것이다. 덕삼은 글을 몰라 읽지 못해 답답했지만 사람들이 읽으며 하는 말이 맞는 것 같았다. 그러면서 가만히 생각을 해보니 이 마을에서 기거한지 오랜 세월이 지나 그림만 보아도 그림의 주인이 자기인 것을 마을 사람들도 알게 뻔할 것 같았다. 덕삼은 오던 길을 돌아 산으로 올라가면서 절에 들려 스님들께 인사를 하고 가야 옳은 일인지, 아니면 그냥 가야 옳은 일인지 갈등을 하고 있었다. 그래도 지금까지 신세를 지고 산 세월을 생각하면 그냥 인사도 없이 떠난다는 것이 너무 무심한 것 같아 절에 들렸다. 혜은 큰 스님은 여전히 부처님 앞에서 예불을 드리고 앉아 있었고 묘법스님은 마당에서 콩을 털고 있었다. 덕삼은 먼저 큰 스님께 가서 공손히 절을 하고 말씀을 드렸다.

"저~ 그동안 저희를 보살펴주시어 감사 하구만유."

큰 스님이 당황해 하시며,

"왜 떠나려는가?"

"예! 이유는 말씀드릴 수 없지만 떠나야겠시유."

라고 하자 큰 스님은,

"사람은 누구나 만나면 언젠가 헤어지기 마련이지, 그러나 우리가 벌써 헤어진다는 것이 많이 아쉽구만, 관세음보살."

"그동안 입은 은혜가 하해와 같아 갚을 길이 없습니다요."

"내 이유는 묻지 않겠네, 어디에 가든지 몸 건강하시게."

혜은 스님은 처음 만났을 때를 생각해 보았다.

"고맙구만유, 다시 뵐 수 있었으면 좋겠구만유."

덕삼은 인사를 마치고 묘법스님과도 작별을 고한 뒤 산등성이를 단숨에 올라 두레를 찾았다.

"임자! 지금 당장 이곳을 떠나야 허는디, 어떡 한디야?"

"왜 유? 먼 일이여유?"

덕삼은 금옥의 눈치를 보며 두레의 귀에 대고 마을에 붙였던 방(공고문) 이야기를 대략 한 다음 대강 짐을 챙겨 금옥의 손을 잡고 길을 떠났다. 두레와 덕삼은 산을 내려가면서도 마령고개를 자꾸만 쳐다보고 또 쳐다보면서 정들었던 집을 떠나고 있었다. 불어오는 바람이 무척 차갑게 느껴졌다. 정들었던 화암굴을 떠나고 보니 어디 마땅히 가서 의지할 곳이 없었다. 이리 갈까 저리 갈까 망설이다가 금산 쪽으로 방향을 틀었다. 큰 대로는 피하고 외딴 길로만 다녀야 했다. 배가 고프면 남의 집에 가서 구걸을 해서 먹었다. 잠은 남의 집 헛간에서 잠을 잤다. 세상이 흉흉한 때여서 여러 집을 돌아다녀도 세 식구 배를 채울 정도의 음식을 구걸하기가 힘이 들었다.

가을걷이를 아직 못해 들에서 일을 하고 있으면 덕삼은 서슴없이 덤벼들어 일을 도와주고 먹을 것을 얻기도 하였다. 그런 세월도 벌써 석 달째 접어들면서 세 식구는 추위를 피해 모악산 품으로 접어들고 있었다. 추위도 견디기 힘이 들었지만 더욱 힘이 드는 건 배고픔이었다. 해는 저물고 갈 곳이 없는 두레 세 식구는 용화마을로 들어갔다. 그런데 저 멀리 언덕 위의 하얀 집 지붕위에 커다란 십자가가 보였다. 두레와 덕삼은 난생 처음 보는 지붕위의 십자가가 참 신기하게 느껴졌다. 그래서 그 십자가를 보고 찾아 들어갔는데 사람들이 많이 모여 있었다. 집 대문 앞에는 '두정교회'라 쓰여 있었다.

"교회? 교회가 뭣허는 곳이랑가?"

두레가 덕삼에게 물었다. 그러나 덕삼은 아무리 생각해봐도 교회라는 이름을 처음 들어봐서 교회가 무엇인지 몰랐다. 그뿐이 아니고 덕삼은 지금까지 한 번도 글을 배운 적이 없어 '두정교회'라는 글씨도 읽지 못했다. 이때 금옥이가 안으로 들어갔다가 뛰어 나오면서 이렇게 말 했다.

"방안에 많은 사람들이 모여앉아서 키가 크고 머리가 노란 사람한테 무릎을 꿇고 잘못했다고 두 손으로 빌고 있어라우."

하며 눈을 동그랗게 떴다.

"오매 그라믄 교회가 잘못하는 사람 잡아오는 곳이 아닌가벼?"

하며 덕삼이 놀라 소리를 지르자, 두레는 이제 막 발걸음을 떼어 안으로 들어가려다가 혼비백산 그 집을 나와 뒤로 돌아가 보니 넓은 마당에 말들이 메어져 있고, 한쪽 마구간 안에는 풀이 가득 쌓여 있었다. 두레네 세 식구는 그 마구간으로 들어가 일단 몸을 숨기고 난 다음 밖의 동정을 살펴보기로 하였다.

"이곳이 죄인을 잡아들이는 형무소라면 빨리 이곳을 빠져 나가야 되지 않겠는가?"

덕삼이 두레를 보고 하는 말이었다.

"글씨 이곳이 형무소가 맞다면 왜 포졸들이 하나도 안보이고 사람들이 저렇게 지들 맘대로 돌아다닌 당가?"

두레가 고개를 갸웃거리며 하는 말이었다. 잠시 시간을 두었다 두레가 앞으로 나서며 말을 하였다.

"여기 가만히 있어봐, 내가 저~ 정지가 있는 쪽으로 가서 눈치를 좀 살피고 올게."

하고는 발걸음을 죽여 가며 살금살금 마구간을 나섰다. 정지 앞에 도착해 보니 아낙네들이 가마솥에 국수를 끓이는지 장작불을 열심히 피우고 있었다.

"저~ 국시 한사발만 주시면……"

하고 말을 머뭇거리자 한 아줌마가 하는 말이,

"아니 조금만 참았다가 같이 먹지 그래유?"

하신다.

"우리 식구가 갈 길이 바빠서 그런데요."

라고 하자,

"어디 몇 식군디?"

라는 말에 두레는 좀 의아스럽다는 표정으로,

"세 식구요."

라고 하니까,

"응! 그래요?"

하고는 두말도 하지 않고 사발에 국수 세 그릇을 퍼서 깍두기와 같이 주었다.

두레는 국수를 마구간으로 가지고 와서 세 식구가 둘러앉아 맛있게 먹었다. 두레가 옛날 어릴 때 가끔씩 집에서도 팥국수를 만들어 먹어 봤지만 오늘 먹는 국수의 맛이 세상에서 최고의 맛이었다. 세 식구는 국수 그릇을 게 눈 감추듯 먹고는 빈 그릇을 갖다 주고 돌아서는데

"주여~! 주여~! 주여~!"

하는 소리가 방안으로부터 여러 사람이 외치는 소리를 두레는

"죽여~! 죽여~! 죽여~!"

하는 소리로 알아듣고 깜짝 놀라서 마구간으로 뛰어 들어가 덕삼에게 금옥을 빨리 업으라 하고는 뒷문으로 뛰어나가며,

"빨리 와유, 잡히면 다 죽는당께유."

하며 앞장을 서서 내달려 나갔다.

"아니 그럼 시방 저 사람들이 우리가 누구라는 걸 알고 있다는 말이여?"

"그래유, 그러니께 나를 보고 전부 '죽여~! 죽여~!'라고 소리를 치지유."

하며 숨을 몰아쉬고 있었다. 그렇다. 그 '두정교회'는 지금의 '금산교회' 전신으로 금산의 부호 조덕삼이 원래는 마방을 운영하며 살았는데, 미국의 선교사 데이트씨의 설교를 듣고 감화가 되어 자기의 배 밭에 교회를 짓고 경상도에서 온 머슴 이자익을 교화시켜 집사로, 장로로 키운 유명한 인물이었다.

그것이 1905년 대한 예수교 장로회로 호남 최초의 한옥교회가 아니던가.

그런 사실을 알 리가 없는 두레와 덕삼이 기도소리에 놀라 도망을 친 것이었다. 두레네 세 식구는 점점 깊어지는 이 엄동설한에 어디 마땅히 갈 곳도 없는 참 처량한 신세가 되어 버렸다. 그렇다고 산 고개 하나만 넘으면 친정집이 있는 곳이지만 이런 거지꼴을 해서 친정 부모님 앞에 나설 용기도 없거니와 덕삼과 같이 부부 연을 맺은 죄인 아닌 죄인이라 생각하니 집으로 들어갈 생각은 더더욱 없었다.

그렇다고 사람에게 한번 놀란 가슴이라 사람이 많이 모여 있는 곳을 가는 것이 몹시 겁이 나고 두려웠다. 쫓기듯 동굴 집에서 빠져 나오느라 짐도 제대로 못 가지고 나왔지만 가을로 접어들면서 나온 까닭에 여름옷만 입고 나와 밀려오는 추위를 당해 낼 재간이 없었다. 불과 몇 개월 사이에 몸은 바짝 말라 있었고 옷차림은 허름하기 짝이 없었다. 밥을 얻기 위해 동네 어귀에 들어서면 동네 아이들이 거지라고 놀리며 돌팔매질까지 해댔다. 교회에서 국수를 얻어먹고 난 후 밥 한 톨 입에 못 넣은 지 6일이나 지났다. 덕삼은 큰 덩치에 비해 남들보다 굶주림을 못 견뎌 기력을 잃었고 걷는 것조차 힘들어 했다. 두레네 세 식구는 야밤을 틈타 남의 집 싸리문을 들어가 헛간으로 들어갔다. 헛간에 자리를 잡고 누운 덕삼은 정신이 가물 가물거렸다. 두레는 금옥이 추울까봐 가슴에 안고 바짝 오그리고 앉아 있었다. 덕삼은 천천히 손을 뻗어 두레의 얼굴을 매만지며 이렇게 말했다.

"이봐요! 두레아씨, 당신이 있어 정말 행복했구만요."
라는 말에 두레도 힘없이 덕삼을 쳐다보고 미소를 지으며 이렇게 말을 하였다.

"당신은 새삼스럽게 왜 그런 말을 해유?"
"임자와 금옥이 눈에 밟혀, 죽어도 못 죽겠어유."
말하는 덕삼의 눈에 눈물이 고였다.

"참! 당신도 어떻게든지 이 고비를 넘기고 살아남아야지유?"
라는 두레의 말에 덕삼은 고개를 가로 저으며,

"난 이미 틀린 것 같아유."
라고 하자, 두레는 덕삼의 가슴에 머리를 묻고 통곡을 했다. 그러나 그 통곡 소리마저 힘이 없어 입가에 맴돌 뿐 멀리까지 가지는 못했다.

"우리네 신세가 어쩌다 이렇게 되었당가요? 날 두고 가면 안 돼유."
하며 두레는 울고 또 울었다. 두레의 품속에 안겨있는 금옥이는 배도 고프겠지만 추위에 지쳐 세상모르고 자고 있었다. 그날 밤은 속절없이 그렇게 생과 사의 갈림길에서 속절없이 깊어만 갔다. 그들의 삶을 아랑곳 하지 않고 무심한 밤 날씨는 북풍한설이 끝없이 몰아치는 밤이었다.

두레의 자살

친정어머니를 따라 방으로 들어간 두레와 금옥은 따뜻한 아랫목에 누워 3일 밤낮을 꼼짝도 못하고 누워 있었다. 간간히 일어나 따뜻한 물 한모금만 먹고 다시 누워 잠을 잤다. 4일 만에 겨우 일어난 두레는 엄마가 끓여주는 미음부터 조금씩 먹기 시작하였다. 친정어머니는 손수 두레와 금옥이의 병수발을 들며 자리에서 일어나길 학수고대하고 있었다. 두레는 꿈을 꾸는 것처럼 허공에 손을 저으며,

"가지 말아 유, 날 두고 가지 말아 유!"

하며 울부짖기도 하였다. 그런 두레의 모습을 보면서 친정 엄마는,

"누구한테 그렇게 애원하는 거여 시방, 아이고 뭔 일인지 모르겠네."

하시며 두레의 팔을 잡았다. 두레는 잠시 그러다가 언제 그랬냐는 듯 다시 잠을 잤다. 두레가 그렇게 사경을 헤매는 사이, 금옥은 자리에서 일어나 밥을 먹더니 잘 놀고 있었다. 그런 금옥에게 할머니가 물었다.

"니 이름이 뭐냐?"

"지금옥이유."

"니 아빠 이름은?"

"지덕삼이구만유."

라는 말에 할머니가 깜짝 놀라며 이렇게 말을 했다.

"뭣이여? 덕삼이가 니 아빠라고?"

"네!"

"아니 어떻게 덕삼이가 니 아빠가 될 수 있냐?"

"그야 아빠와 엄마가 나를 낳았으니께 그렇지라우."

"그럼 니 엄마는 누구고?"

"이금옥이구만유."

"사람 환장하겠네, 그럼 니 아빠는 시방 어디 있는 거여?"

"저 아래 동네 있구만유."

"그런데 왜 같이 안 왔어?"

"아빠는 오래 오래 자고 있구만유."

라는 말에 할머니는 뭐가 좀 이상한 생각이 들어 다시 물었다.

"너, 니 아빠 있는 곳에 갈 수 있어?"

"응!"

"그럼 이 할미하고 한번 가볼래?"

"응!"

라고 대답하자 할머니는 즉시 머슴 삼용이를 불렀다.

"삼용아! 춘식이 데리고 이 아이를 따라 한번 나가보아라, 혹 덕삼이가 있는 곳을 안다고 하니 가서 데리고 오너라."

"네, 마님!"

그렇게 하여 두 머슴은 금옥을 데리고 아랫마을로 내려갔다.

"금옥 아씨! 춥지라우?"

"웅!"

"그럼 내 등에 업히세유."

하며 춘식은 금옥을 등에 업고 덩실덩실 춤을 추니 금옥은 등에서 좋다고 '까르르' 웃으며 즐거워하였다. 그들이 아랫마을에 도착하여 들어간 곳은 노형석씨네 집이었다.

"어르신 계신게라우?"

"누구여?"

"지는 웃마을 인선대감 집 삼용인디라우."

"아니 삼용이 자네가 여기는 먼 일인가?"

"저~ 여기 헛간에 덕삼이가 아파 누워 있다고 해서 왔는디요."

"뭣이여? 아파서 누워 있어? 그 사람 세상 하직한지 오래 됐어."

"예? 덕삼이가 죽었다구요?"

라며 삼용이가 깜짝 놀라자,

"아니 그럼 저기 죽어있는 놈이 덕삼이여?"

하고 형석씨가 놀랐다.

"지들도 아침에사 알았구만유."

삼용이 고개를 떨구자 형석씨가 말했다.

"내가 자세히 살펴봐도 누구인지 모르겠든디, 그 사람이 덕삼이었어?"

라고 말하며 같이 헛간으로 가서 보니 덕삼은 바짝 마르고 시꺼먼 몰골로 죽어 있었다. 그 모습을 본 삼용이 허리를 굽혀 덕삼을 만지

면서,

"덕삼아 너같이 튼튼한 놈이 세상에 이 꼴이 뭣이란 말이냐? 니 아부지, 니 어무이 세상 떠날 때도 기척 없던 놈이, 결국 이렇게 불쌍하게 죽는단 말이냐?"

하며 눈물을 흘리며 춘식이를 향해 이렇게 말을 하였다.

"춘식아! 너 빨리 뛰어가서 이대감님께 알리고, 무명 한 필 내 달라고 해서 지게에 짊어지고 와야 쓰것다."

"야! 그렇게 하지유."

하며 재빠르게 달려 나갔다. 한편 비보를 전해들은 이대감 집에서는 갑자기 난데없는 초상 치를 준비에 한창이었다. 두레는 아직 방에서 사경을 헤매고 있는데,

"가오!~ 가오!~ 나는 가오!~! 북망산천으로 나는 가오!~ 허이~ 허이~ 어허이~ 어~ 허~ 어!"

"이제 가면 언제 오나! 맹년 요때나 되돌아옴세!~ 허이~ 허이~ 어허이~ 어~허~ 어!~"

모두가 슬픔에 잠겨 있는데 아무 철이 없는 여섯 살 금옥은 상여 뒤를 따라가면서 두 팔을 벌리고 춤을 벌씬 벌씬 추고 있었다.

상여를 매고 나가며 부르는 소리는 만인의 가슴을 울렸다. 이대감 부부는 물론 온 동네 사람들도 다 울었다. 보통은 머슴이 죽으면 상여를 매지 않고 간단하게 장례를 치르는 것이 관례였지만 덕삼은 두레와 같이 태어나 같이 자랐고, 또 부모가 허락은 안 해 줬지만 금옥을 낳은 두레의 남편이었다.

그래서인지는 모르겠으나 이대감은 마지막 가는 덕삼의 장례식

을 성대하게 치러 주었다. 장례가 끝나고 3일 만에 두레가 정신을 차리고 자리에서 일어났다. 두레는 일어나자 덕삼을 데려와야 한다며 밖으로 나가자 엄마가 붙들고 그동안의 이야기를 다 해 주었다. 그리고 덕삼이 저~ 앞산 양지 바른 곳에 편히 누워 있다는 말도 해 주었다. 그 모든 이야기를 다 들은 두레는 어머니 아버지에게 감사하다며 큰 절을 올리더니 고운 새 옷으로 갈아입고는 금옥의 손을 잡고 덕삼의 무덤으로 가서 절을 두 번 하였다.

"금옥아! 너도 아부지한테 절 해야지, 아부지가 여기 있다는 것을 평생 잊지 말아야 헌다."

하고는 뒤에서 기다리고 서있는 춘식을 불러 금옥을 데리고 산에서 내려가라고 했다.

"아씨마님은 안 내려가세유?"

"응, 너 먼저 금옥이 데리고 내려가거라."

"야!"

춘식이 대답을 하고 금옥을 업고 산에서 내려갔다. 춘식이 집에 도착해 집으로 들어가자 마님이 물었다.

"아니 왜 너희 둘만 내려오냐?"

"아씨 마님이 먼저 내려가라 했어라우."

라는 말을 듣고 마님은 혼자서 조용히 덕삼이 곁에서 있고 싶어 그런가 보다 생각하고 들어갔다. 그러나 밤이 되어도 두레가 산을 내려오지 않자 머슴 삼용이를 불렀다.

"이 야심한 밤까지 이 애가 안 내려오는 걸 보면 필시 무슨 일이 있는 게야, 빨리 애들 데리고 산으로 올라가 보아라."

삼용과 춘식이는 횃불을 들고 급하게 산으로 올라가 보았다.

덕삼의 무덤 앞에 조용히 앉아 있는 두레를 발견하고는 삼용이 조심스럽게 다가가서 불러 보았다.

"아씨마님! 아씨마님!"

앉아있는 두레는 미동도 하지 않았다.

"아씨마님! 하면서 삼용이 두레의 등에 손을 대자 두레는 그 자리에서 스르륵 옆으로 쓰러져 누워 버렸다.

"아씨 마님!"

하며 삼용이 팔로 안으니 두레는 이미 숨을 거둔 뒤였다.

두레가 그렇게 세상을 떠나자 온 집안 식구들은 슬픔에 잠겼다. 두레를 어떻게 얻은 딸인가! 이인선 대감에게는 원래 자식을 둘 팔자가 아니지만 100일 정성을 들여 얻은 딸이 아니었던가!

"이렇게 짧은 생의 딸이었다면 차라리 낳지나 말 것을……!"

인선대감은 두레의 시신을 잘 거두어 덕삼과 합장을 하여 묻어주었다. 이듬해 봄에 두레가 앉아서 숨진 자리에서 이상한 풀 한 포기가 자라나 꽃을 피웠다. 이 꽃은 잎도 없이 꽃대만 길게 올라와 빨갛게 꽃이 피어났으며, 꽃이 지고난 후에야 잎이 자랐다. 한 해 두 해가 가면서 점점 많이 늘어나 군락지를 이루고 피었다. 마을 사람들은 두레의 혼이 꽃이요, 잎이 덕삼의 혼이라 믿었다.

한낱 종으로 태어난 덕삼, 주인아씨와 같이 사랑할 수가 없었다. 하여 꽃과 잎이 영원히 만날 수 없는 꽃, 그 꽃 이름을 상사초相思草라 불렀다. 상사초라는 꽃은 이곳에서부터 피기 시작하여, 이대감이 불공을 드렸다는 금산사를 시작으로 선운사, 불갑사와 같은 절 주변에 많이 피우고 있다. 그로부터 몇 백 년이 지난 오늘날에도 유독 호남 중서부와 남부지역에서만 볼 수 있는 꽃, 유전자 진화로 붉은색, 노란색, 연보라 등 다양한 색상으로 피고 있으며, 지금은 물망초勿忘草 또는 변심초變心草라고도 불리고 있다.

03

바람같이 살라하네

산골머슴살이

주산인 매봉산 자락을 깔고 앉은 산골마을은 고작 아홉 가구뿐이었다.

철천지원수인 일제 압박의 시대가 끝난 지 일 년여. 동네사람들은 겨우 초근목피로 연명하였다. 뉘 집이나 마찬가지로 입동 전에 파종한 보리가 고개 펴기를 학수고대 하였다. 그들도 모진 목숨 이어가려고 보리 싹을 뜯어 쌀겨와 섞어 만든 개떡으로 하루하루 겨우 연명하였다.

배고픔을 이기는 방법은 그 뿐만이 아니었다. 산에서 소나무 겉피를 벗겨내고 속살을 파서 송귀를 먹었으며 잔디 뿌리를 캐 먹기도 하였다. 그나마 논 밭떼기 없는 이들은 일 년 365일 하루도 빠짐없이 몸을 밑천 삼아 남의 일을 해주고 하루 품삯으로 근근이 연명하고 있었다.

　나야말로 남의 일을 부지런히 해주며 살았다. 형해形骸처럼 조상으로부터 땅 한 평 물려받지 못해 남의 집 머슴살이를 하며 살고 있는 형편이었다. 이때의 머슴은 누구나 그렇듯이 정월 보름날부터 부농의 집에 1년의 세경을 정해 놓고 그 집에 가서 먹고 자며 살았다.

　1년 동안 열심히 일을 하고 가을 추수가 끝나 겨울이 돌아오면 겨우살이 준비까지 다 해주고 섣달그믐이 되면 약속했던 세경을 나락으로 몇 섬씩 받아 가지고 고향집으로 돌아갔다. 설을 쇠고 정월 대보름이 되면 이전에 있던 주인집에 재계약을 하든지 아니면 새로운 주인집을 찾아 1년 동안의 세경을 결정하고 일하기 시작한다.

　이렇게 1년 계약을 하고 머슴살이 하는 것 말고서도 일손이 필요할 때마다 놉(일당 인부)을 얻어 그때그때 일을 하는 날품도 있었다. 하루나 며칠씩 정해놓고 일을 하는 경우도 있으며, 또 서로 돌아가면서 일을 해주고 일을 받아서 갚는 품앗이도 있었다. 예를 들면 모내기나 보리 베기, 보리타작, 논매기, 벼 베기 같이 일손이 많이 필요할 때는 온 동네 사람들이 그 집에 가서 다 같이 일을 해 주고 품삯으로, 아니 그 당시에는 돈이 귀한 세상이었기 때문에 곡식으로 품삯을 주로 받았다.

　아무튼 일품을 받든지 돈을 받든지 해서 품삯을 정하였다. 아버지나 어머니가 그 집에 가서 일을 해주면 저녁때 저녁밥을 그 집에서 해주는데 저녁밥을 먹겠다고 온 집안 식구들이 다 몰려와서 밥을 얻어먹었다.

　동네 한 가운데는 공동우물이 있었다. 매봉산 줄기를 따라 쭉 뻗은 산줄기 끝에 함평 이씨 문중 제각 한 채가 아주 멋들어지게 지어져 있고 그 앞으로 널찍한 밭을 따라 내려오면 지대가 약간 낮은 곳에 논이 시작되는데 그 언덕 밑에 공동우물이 자리 잡고 앉아 있는 것이다.

우물의 깊이는 청장년 키의 한길 정도로서 그리 깊지 않은 우물인데 참 희한한 일은 아무리 날씨가 가물어도 이 샘의 물은 마르지 않는다는 것이다.

그래서 마을 사람들은 이 우물을 용정#이라고 하여 주위를 항상 청결하게 하며 매년 정월 대보름날에는 정성을 다해 음식을 장만하여 동제를 올려 고마움을 표시하기도 하지만 대보름 지신밟기 농악을 할 때는 정말 정성을 들여 풍악을 울리는 곳이기도 하다.

그리고 우물 옆으로 배수로를 만들어 놓고 우물에서 넘쳐나는 물이 흐르는 곳에 빨래터를 마련해 놓아 큰 돌을 군데군데 다듬은 다음에 마을 아낙네들이 저녁나절이면 모여 앉아 빨래도 하고 마을에서 일어나는 그간의 소식들을 전하기도 하는 사랑방 역할도 했다.

마을은 정 남향을 하고 있으며 뒷산 쪽으로는 대나무 밭이 무성하게 조성되어 있어 겨울에 세차게 불어오는 북풍한설을 뒷산과 대나무가 막아주어 아주 아늑한 느낌을 들게 해 주고 오른쪽 쭉 뻗어 있는 산허리 위에 커다란 당산나무가 자리 잡고 있어 여름에 촌로들의 지친 몸을 시원하게 감싸주는 쉼터이기도 했다.

그 당산나무 아래로 여기저기 공동묘지들이 있는데 마을 사람들은 그 동산을 지장 메(죽은 자의 산)라고 하였다.

나는 10년이 넘게 남의 집 머슴살이를 열심히 하였다. 그리하여 동네에서 일 잘하기로 소문이 나 상머슴 대우를 받았는데 말이 머슴살이지 남의 집에서 머슴을 살다보면 사람취급을 못 받고 산다.

주인집 애들은 물론이려니와 동네 꼬마들도 머슴한테는 말을 높여 부르는 법이 없다. 나이가 많거나 적거나 상관없이 말을 낮추어 하대를 하곤 했다.

나는 더 이상 머슴살이가 싫었다. 그래서 세경으로 모아 놓은 볏섬이 40여 가마되어 그걸 팔아서 집도 마련하고 장가도 가기 위해 머슴살이를 그만 두기로 작정하였다.

나는 형님이 살고 있는 곳 옆의 밭을 사서 이른 봄부터 집을 짓기 시작하였다. 여름이 다 지나서야 집이 완성되어 들어가 살 수가 있었다.

이때가 1949년 내 나이 29세, 나는 1921년 개해생 돼지 띠였다.

나이 스물아홉 살이면 노총각 중의 노총각이었다. 이때만 해도 남자들은 보통 스무 살 전후에 장가를 들고 처녀들은 열일곱, 열여덟 살이면 시집을 갔다. 그래서 어른들은 '이십 안 자식, 삼십 안 재물'이라는 말씀을 하셨다.

물론 이 말은 남자 나이 스물아홉 살 넘기기 전에 자식을 다 낳고, 서른아홉 살 넘기기 전에 경제적 기반을 다 닦아놔야 그 인생은 평생 편안한 삶이 된다는 뜻이다.

그리고 남자나 여자나 나이가 아무리 많이 먹어도 시집, 장가를 가지 않으면 어른 취급을 안 해줬다. 심지어는 그 사람이 죽어도 총각 처녀는 무덤도 제대로 써 주지 않고 묘 봉을 높이 만들 수가 없어 평장을 써야 했다.

그런 시절에 스물아홉 살이라니, 다른 내 동갑내기들은 장가를 가서 이미 아이 한, 둘씩 다 낳았고 좀 빠른 동갑내기들은 셋씩 낳아 기르고 있었다. 그래서 내 별명은 노총각도 아니고 '늙은 총각'이었다.

내 머리 속에서는 항상 '서른을 넘기지 말아야 할 텐데.' 하는 고민을 하면서 살았다.

그럴듯한 집을 짓고 나니 동네사람들은 하나같이 이렇게 말하는 것이었다.

"어이구 이제 여자만 있으면 살 것구만, 빨리 장가가야지?"
하고 놀려댔다.

나는 그럴 적마다 부끄러워서 대답을 못하고 머리만 긁적이고 말았다.

맞선 자리

하루는 형수님의 중매로 맞선을 보게 되었다. 형수님의 고향은 우리 집에서 한 십여 리 정도 떨어져 있는 나산이었다. 형수는 작은 집과 사돈을 하고 있는 같은 동네 처녀를 무척 맘에 든다며 중매를 하고 나선 것이다.

나는 몇 개월 만에 목욕도 하고 이발소에 가서 머리도 깨끗이 다듬었다. 옷은 제일 깨끗한 걸로 갈아입고 약속장소로 나갔다. 그러나 평생 작업복만 입고 살다가 새 옷을 입고 내 딴에는 한껏 멋을 부린다고 부려봤지만 남들이 나를 자꾸 웃으면서 쳐다보니 무척 어색

하고 부끄러웠다.

약속장소인 나산까지 걸어서 갔는데 늦은 여름이긴 했으나 무척 더워 온 몸이 땀으로 흠뻑 젖어 버렸다. 그래도 어쩔 수 없이 형수네 집으로 들어서니 방안에 다소곳이 앉아있는 처녀의 얼굴이 보였다.

첫눈에 본 그 처녀의 얼굴이 얼마나 예쁜지 난 가슴이 마구 뛰었다. 금방 얼굴이 홍당무가 되고 고개가 숙여지며 몸 둘 곳을 몰라 했다. 그러면서 한편 생각해보니 내 모습이 너무나 초라해 보였다.

나는 조심스럽게 방으로 들어가서 조용히 앉았다. 옆 눈으로 힐끔 나를 쳐다본 처녀도 이내 얼굴이 빨갛게 변하며 고개를 숙였다. 그 모습을 본 형수가 너무나 우습다는 듯 말문을 열었다.

"아니 서로 인사하지 왜 그렇게 얼굴을 돌리고 등 돌아 앉아 있어요?"

그 말을 들은 나는 그 처녀를 보면서 겨우 눈인사를 건넸다. 그 처녀도 가볍게 목례를 하면서 살짝 웃었다.

나는 속으로 '여자가 저렇게 다정한 미소를 보내는 것을 보면 저 여자도 나를 맘에 들어 하고 있구나.'라는 생각이 들었다.

"자~ 내가 얘기하던 내 시동생이야. 생긴 건 무뚝뚝하게 생겼어도 맘 착하고 건강하지, 일 잘하지 내가 보기에는 하나도 나무랄 데가 없는 사람이여."
하며 나를 소개했다.

형수가 그렇게 말을 했는데도 처녀는 아무 말을 하지 않고 그냥 고개만 푹 숙인 채 한마디 말이 없었다. 형수는 나를 쳐다보면서 다음 말을 이어갔다.

"도련님도 아침부터 넘어 오시느라고 땀을 많이 흘리셨네, 뭐 시원한 냉수라도 한잔 드려유?"

하시며 빙긋이 웃어 보였다.

그랬다, 나는 목이 마르는 것이 아니라 목이 다 타들어가고 있었다. 그런데 내 입에서 흘러나오는 말은 전연 다른 말이 나왔다.

"아니어라우, 지는 괜찮아유."

하여 황급히 거절을 하고 말았다.

다시 방안에서는 적막이 흘렀다. 얼마의 시간이 흐르자 형수가 눈치를 보더니 자리를 피해주려고 밖으로 나가셨다.

"둘이 서로 하고 싶은 얘기 해보드라고, 앞으로 서로 같이 살아가야 할 사이가 아녀."

문을 닫고 나가는 형수를 우리는 그냥 물끄러미 보고만 있을 뿐 한참동안 서로 말이 없었다. 나는 마음이 너무 답답해서 큰 기침을 한번 하고는 용기를 내었다.

"저 몇 살이나 먹었어유?"

"저~ 스물한 살이여라우."

처녀는 목구멍으로 기어들어가는 작은 소리로 겨우 대답하였다.

이때의 처녀 나이 21세면 그렇게 이른 나이가 아니고 노처녀에 속하였다.

"그라믄 지보다 야답 살 덜 먹었네유."

나는 겨우 나이를 물어봤을 뿐 다른 말을 물어볼 생각도 엄두도 나질 않았다.

얼마동안 다시 초조한 시간이 지나고 있었다. 나는 다시 용기를 내어 처녀에게 물어봤다.

"저~ 이름을 뭐라고 부르면 되남요?"

"예, 정인이라고 해유, 남정인."

처녀도 겨우 대답을 했다.

우리는 그렇게 방안에서 얼마를 앉아 있다가 나는 일어서면서 그녀에게 이렇게 물었다.

"저~ 나랑 결혼해서 같이 살라요? 내가 평생 잘해주고 싶은 디요."

그녀를 바라봤더니 그녀는 대답 대신에 머리를 숙인 채 손톱을 입에 대고 물어뜯으며 고개를 가늘게 끄덕였다. 나는 그녀의 그런 모습을 보면서 참 예쁘다는 생각을 하며 문을 열고 밖으로 나와 버렸다. 너무 경황이 없어서 형수한테는 온다간다는 말 한마디 없이 집으로 돌아와 버린 것이다.

나중에 형수에게 들은 이야기지만 형수와 그 처녀가 온 동네를 뒤지며 나를 무척 찾아다녔다고 하였다.

나의 결혼식

그 일이 있고 한 3개월 후에 우리 집에서는 사주단자를 보냈다. 함을 보내는 건 돈도 없고 번거로우니까 그냥 생략하자고 했다. 그러나 처가 쪽에서 펄쩍 뛰며 그래도 형식은 갖춰야 한다며 보내왔다.

그 후 한 달 정도 있다가 우리는 상달 상일(음력 1951년 10월 16일)을 잡아 결혼식을 조촐하게 올리게 되었다. 결혼식은 전통 혼례식이었다. 그러나 가난한 나는 부잣집 자식들처럼 말을 타고 갈 수가 없었다.

신랑은 결혼 하루 전에 신부 댁으로 가서 하룻밤을 잔다. 이때 신부 댁에서는 새 신랑을 맞아 잔치를 벌인다. 일가친척들 모두 다 초청하여 두 사람의 혼인을 알리는 것이다. 돼지를 잡고 떡을 하고 쌀밥과 술을 직접 담아 손님들에게 정성껏 대접하는 것이다. 그렇게 밤이 되면 신부의 동네 사는 남자들이 모여들어 술을 같이 마시며 신랑을 다룬다. 이때 신랑의 성격이나 됨됨이를 알게 되는데 내 마을의 예쁜 색시를 뺏어가니 혼 좀 나보라며 여러 젊은 청년들이 신랑의 다리를 잡아매고 북어나 방망이로 신랑의 발바닥을 때리며 노래를 시킨다든지 술을 사라며 요구 조건을 말하게 된다.

이 순간에 똑똑한 신랑은 말싸움을 해서 그 많은 청년들의 요구를 당당히 이겨 내지만 그렇지 못하면 매를 아주 많이 맞아 다리가 붓고 장난이 너무 지나쳐서 신랑이 죽는 경우도 있다.

신부를 짝사랑했던 동네 청년들이 감정을 섞어 매질을 심하게 하기 때문이다. 장난이 심해질 것 같으면 신부의 오빠나 친척들이 옆에서 말려줘 무사히 보내지만, 진짜 감정싸움이 나서 첫날밤에 싸움을 하고 그 결혼을 파기하는 경우도 종종 있다.

그렇게 신랑 다루기가 끝이 나면 신부 댁에서 마련해 주는 원앙금침의 신혼 방에서 첫날밤을 보내게 된다.

그랬다. 방에는 새 잠자리를 깔아 놓았다. 조그마한 주안상을 옆에 둔 신부가 신랑을 맞이하였다. 나는 신부가 따라 주는 한잔 술로 긴장했던 마음을 풀었다. 꽃단장을 한 신부의 옷고름을 풀고 호롱불을 끄고는 잠자리에 들었다. 어두운 방에 신부와 나란히 누웠다. 창밖에서는 사람들이 몰려와 소곤거리며 창문 틈으로 방안을 들여다보는 그림자들이 보였다. 신랑과 신부가 첫날밤을 치르는 광경을 훔쳐보려는 하나의 장난이었다.

나는 아침 일찍 일어나 집에서 나산까지 십 리를 걸어 온데다가 동네 청년들이 새신랑을 달아 혼을 내 주겠다고 작정을 하고 덤비는 바람에 한바탕 큰 고역을 치르고 나서야 잠자리에 들 수가 있었던 것이다. 그런데도 동네 청년들이 나를 곱게 자도록 놔두지를 않았다.

동네에서 힘 좀 쓰고 말재간이 좀 있다는 신부 친구들이 7~8명 되고, 손위 오빠 친구들, 손아래의 동생 친구들까지 방 안에 가득 모여 앉아 나를 불렀다.

나는 당당하게 방 안으로 들어가 그 중에 가장 힘이 세 보이는 남자 앞에 마주 앉았다.

"자네! 어디서 온 누구인가?"

"나 내동에서 온 노문현일세."

"내동에서 나산까지 뭣 하러 왔는가?"

"나! 이 동네 사는 남정인이란 여인을 사모한 나머지 그 여인에게 장가들려고 왔네."

"아니 남의 동네의 여인을 누구의 허락을 받고 장가를 들겠다고 왔다는 말인가?"

"그거야 당연히 그 여인의 부모님과 형제들의 허락을 받았음은 물론이고, 본인 남정인의 허락을 받았기에 오지 않았겠는가?"

"어! 이사람 말하는 것 좀 보게, 아니 그럼 자네는 여기 모여 있는 동네 어르신들과 우리들은 안중에도 없다는 말인가?"

"아니 안중에도 없다니 그게 무슨 말인가?"

"여기 모이신 어르신들이나 우리는 자네가 정인이를 데려가는 걸 허락한 일이 없는데 어떻게 남의 동네 여인을 자네 맘대로 데려가겠다는 것인가?"

"그럼 자네는 이집에 누가 불러서 왔는가?"

"그야 이집 주인이 불러서 왔지."

"그럼 이집 주인이 자네를 왜 불렀다고 생각하는가?"

"이집에 웬 도둑놈이 나타나서 이 댁의 귀한 딸을 훔쳐갈려고 하니 좀 지켜달라고 부탁을 해서 이집의 딸을 지켜주려 왔네."

"야! 이 사람아, 자네는 뭔가 잘못 알고 온 걸세."

"아니 뭘 잘못 알고 왔다는 말인가?"

"도둑을 지켜달라고 초청을 한 것이 아니고 딸을 시집보내니 축하를 해 달라고 초청을 한 것일세."

"아니 그럼 축하를 해주려고 초청을 했다면 왜 술은 한잔도 없다는 말인가?"

그러자 방안에 있는 사람들은 물론이고 문 밖에서 구경하던 사람까지 "맞아 여!" 하며 박수를 쳤다.

"아! 그 축하주는 당연히 내가 냄세. 잔칫집에 축하주가 없어서야 말이 되겠는가, 장모님 여기 술 좀 갖다 줘유."

내 말이 끝나자 마치 기다리고 있었다는 듯이 장모님이 술동이에 술을 가득 채워 방안으로 들고 들어오셨다.

"자 여기 새신랑 술 나가요, 모두들 모여 이 술을 축하주로 마시고 기분 좋게 돌아갑시다."

라고 하며 술동이를 높이 쳐들고 궁둥이를 흔들면서 방안으로 들어왔다. 그러자 사람들이 모두 박장대소를 하며 박수를 치며 웃었다.

그 모습을 본 나는 더욱 의기양양해져서 큰 소리로 말했다.

"자! 축하줄세, 이제는 만족 하는가?"

라고 하자 그 친구는 이렇게 말을 한다.

"아니 주인공이 없는 잔치가 어디 있겠는가. 자네는 장가를 들려고 온 사람이 신부는 어디다가 내버리고 혼자서 왔다는 말인가?"

"신부? 너무 예쁘고 귀한 신부라 혹여 다른 사람이 보고 홀딱 반해 훔쳐갈까 봐 내가 나만이 알고 있는 비밀장소에 은밀히 숨겨 놨지."

"그럼 그 이쁘고 귀한 신부가 나와서 여기 모이신 어르신과 우리 앞에서 시집간다고 고함이 옳지 않은가?"

"그럴 수 없네."

"왜? 그럴 수 없다는 말인가?"

"이쁜 신부를 여기에 내 놓으면 욕심을 내는 사내들이 너무 많아 내가 불안해서 그럴 수는 없지."

"그래? 그럼 이놈은 많이 맞아야 하겠구만. 야들아, 이놈을 매달고 발바닥을 이리 내밀어라."

라고 하자, 청년 두세 명이서 내 다리를 붙잡아 어깨에 메고 발바닥을 내밀었다.

그러자 그 청년은 빨래 방망이로 내 발바닥을 사정없이 내리치는 것이었다.

"딱! 따닥!"

"아이고 아이고 사람 죽네."

하고 나는 엄살을 떨었다.

"이래도 신부를 못 데려 오겠는가?"

"그 그럴 수는 없네."

"뭐라고 못 데려온다고, 얘들아 단단히 잡고 매우 치도록 하여라."

이번에는 더 세게 발바닥을 내리쳤다.

"아이고, 아이고!"

"신부가 누구야! 빨리 신부 나와라. 안 그러면 오늘 신랑은 여기서 한 발짝도 못 나갈 줄 알아라."

그 모습을 본 동네 사람들이

"신부가 빨리 와야 되겠구만, 오메 저러다가 새신랑 죽겠다."

하며 걱정을 했다.

얼마 있으려니 마을 사람들의 손에 이끌려 신부가 방 안으로 들어왔다.

"신부 대령이요."

신부는 분홍색 저고리에 남색 치마를 입고 고개를 다소곳이 숙인 채 양손을 마주 잡고 있었다. 그 위에 하얀 천으로 두른 다음 손을 이마까지 올려 얼굴을 가리고 들어왔다.

"신부? 여기 있는 사람이 당신 신랑 맞아?"

신부는 고개를 숙인 채 대답이 없었다.

"어! 왜 대답이 없는 거여, 신랑이 맞는 모습을 봐야 되겠구만."

다시 한 번 방망이로 발바닥에 매질을 했다.

"아이쿠! 사람 살려유!"

"신부! 이 사람이 네 신랑 맞아?"

"예! 맞아라우."

신부는 가늘게 떨리는 소리로 대답했다.

"응~ 맞아? 그럼 동네사람들이 신랑이 내는 술을 한잔씩 마시려고 하는데 신부가 오늘 특별히 권주가를 한번 불러 보아라."

신부는 대답이 없었다.

"아니 뭣 하는 거여! 노래를 하겠다는 거여 안 하겠다는 거여?"

그래도 신부는 고개를 숙인 채 아무 대답이 없었다.

그러자 청년들은 내 발바닥을 또 때리려고 내 발을 들어 올렸다. 방망이를 든 놈은 손에 침을 "퉤퉤~" 뱉으며 방망이를 바로 잡았다. 그 순간 나는 청년의 어깨에 끈으로 묶여있던 내 한 발을 잽싸게 빼냈다. 그리고 발을 붙들고 있던 청년의 머리통을 사정없이 차면서 두 손을 방바닥에 짚고 나머지 한 발을 뽑아 벌떡 일어섰다.

오랫동안 가꾸로 매달려 있었던 터라 내 얼굴이 화끈거리며 빨갛게 상기되어 있었다.

너무나 순식간에 일어난 일이라 방안에 있던 사람들 모두가 깜짝 놀라며 뒤로 우르르 물러났다.

"신부 노래를 듣고 싶은가? 그럼 내가 노래하지, 하지만 오늘같이 즐거운 날 신사적으로 놀아야지 이게 뭣들 허는 거여 남세스럽게."

나는 옷매무새를 새로 고쳐 맸다. 기가 한풀 꺾인 동네 청년들은 서로 눈치를 보며 좋다고 박수를 쳤다.

나는 목소리를 가다듬으며 모가지를 한번 좌, 우로 돌렸다.

내 목에서는 "우두둑~" 하고 소리가 났다.

"장모님? 나 목이 마르니께 막걸리 한 잔만 줘유."

내가 미소를 띠우면서 장모님을 바라봤다. 그때까지 죽을상을 하고 있던 장모님이 화들짝 놀라 일어나 큰 사발로 막걸리 한 잔을 가득 따라 내 앞에 내밀었다.

그 막걸리를 받아든 나는 잠시 망설였다. 그 이유는 나는 원래 체질상 술을 한 잔만 먹어도 정신을 못 차릴 정도로 술에 약했다. 그뿐만이 아니었다. 술 한모금만 먹어도 온 몸에 두드러기가 나는 체질이었다. 그러나 지금 이 순간은 그런 걸 가릴 경황이 아니었다. 나는 눈을 찔끔 감고 막걸리 한 사발을 다 들이마셨다. 내가 막걸리를 다 들이마시자 방안에 있던 모든 사람들이 박수를 쳤다. 어느 한쪽에서는 "새 신랑 최고다"라는 말도 들렸다.

나는 막걸리 사발을 장모님께 건네 준 다음 노래를 하기 시작하였다.

> 달은 밝고 청명 한데 산책을 가니
> 아름답고 고운 처녀 앞으로 가네
> 실례를 제쳐 놓고 악수를 하니
> 빵긋 웃고 돌아 서는 어이 내 사랑.

노래를 끝내기도 전에 나는 그 자리에 푹 쓰러져 곯아떨어져 버렸다.

첫날 밤

나는 동네 청년들의 등에 업혀 신혼 방으로 들어왔다. 코까지 "드르렁 드르렁" 골며 자고 있었을 내 모습에 밖에서 호기심을 가지고 창호지에 구멍을 내고 들여다보던 구경꾼들이 재미가 없다고 모두 가버렸던 모양이었다. 잠깐 눈을 떠보니 첫 날밤의 추억을 간직하려고 잔뜩 기대를 하고 있던 신부도 맥이 빠졌는지 실망어린 표정을 짓는 것 같았다. 깊은 잠에 빠져 있는 내 모습을 물끄러미 보고 있던 신부는 안쓰럽다는 듯 이불 섶을 끌어다 덮어주고는 돌아누워 이내 잠을 청했다.

어느 사이 날이 밝아 첫 닭이 울었다. 시골의 첫 닭은 보통 4시경이면 울었다. 새벽에 우는 닭은 수탉인데 날개를 펴서 크게 회를 친 다음에 고개를 길게 빼고 큰 소리로 "꼬~끼~오~!" 하며 울면 옆에 있던 수탉이나 온 동네 수탉들이 일제히 같은 방식으로 울어댄다. 그래서 수탉은 개를 보며 새벽을 알려 사람들을 깨워 주는 일을 하니 내가 제일 장한 것 아니냐고 뽐내면, 개는 밤새워 잠을 한잠도 안 자고 도둑을 지켜주는 내가 더 큰일을 했다고 우긴다. 그래서 옛날부터 남녀가 서로 결혼을 할 때 개戌띠와 닭酉띠가 만나면 서로 잘났다고 싸우기 때문에 개띠와 닭띠는 서로 상극이라며 결혼을 잘 안 시키는 풍습도 있다.

첫 닭이 울자 누가 자고 있는 나를 흔들어 깨웠다. 조심스럽게 정신을 차려 보니 부드러운 여자의 목소리 주인공은 신부였다. 나는 자리에서 벌떡 일어났다.

"아니 임자는 밤에 한숨도 안 잔거요?"

하고 내가 물었다. 그녀는 고개를 살짝 돌리며 수줍은 듯 대답하였다.

"저도 잘 잤어요."

나는 정신을 가다듬고 어젯밤의 일을 가만히 생각해 봤다. 머리도 아프고 팔 다리 관절이 아팠으며 온 몸에는 두드러기가 빨갛게 돋아나 있었다. 나는 몸을 박박 긁으며 다시는 내 평생 술을 한 모금도 안하겠다고 다짐을 했다.

"아하! 미안혀요, 내가 그만 술에 취해서 깜박 잠이 들어 버렸네요."

나는 그녀의 손을 잡아 당겨 끌어안았다. 신부도 못이기는 척 내 품에 안기며 고개를 살짝 숙여 가슴에 얼굴을 묻었다.

"정인이 오늘은 내가 실수를 했는디, 앞으로 더 잘해주며 살겨, 그라니께 정인이가 이해 좀 해 주드라고."

신부는 품에서 살짝 빠져 나오며 부끄러워하듯 말하였다.

"걱정하지 말어유, 난 괜찮으니께요."

하며 일어났다.

"어여 세수하고 준비하세요. 오늘도 먼 길을 가야 허잖아유, 내가 나가서 세숫물 준비할께유."

그녀는 옆에 곱게 접어 두었던 치마를 허리에 두르며 일어났다. 그녀가 옷을 입고 나간 지 한참 만에 나는 일어나 바지를 입고 저고리를 입었다. 세수를 하고 아침을 먹고 나서 그녀를 가마에 태우고 나는 집을 나섰다.

처갓집에서 해준 농짝과 이불, 그리고 음식과 신부가 평소에 쓰던 물건들도 모두 짊어지고 나선 행렬은 족히 20여 명쯤 되었다.

이때 꼭 빠지지 않고 신랑인 내가 들고 가는 물건이 있었으니 나무로 깎은 기러기 한 쌍이었다. 기러기는 한번 맺은 짝을 평생 같이 하며 혹여 한 마리가 죽더라도 다른 짝을 만나지 않고 혼자서 일생을 보낸다는 새. 사람도 한번 결혼을 하면 기러기 같은 일생을 살라고 신부 댁에서 마련하여 신랑 품에 안겨 주는 것이었다.

웬만한 집에서는 말을 타고 가야 하는 길이었다. 그러나 내 형편에 말을 구할 돈도 없지만 평생 한 번도 타보지 않은 말을 타는 것 보다는 그냥 걷는 것이 훨씬 나았다.

신혼 생활

내가 손수 지은 새집에서 신혼살림을 차렸다. 이제까지는 형수가 차려주는 밥만 먹다가 새색시가 차려 주는 밥을 먹으니 정말 꿀맛이었다. 무엇보다 달라진 점은 동네 사람들이 나를 어른대접을 해주며 그전처럼 막 대하지 않은 점이 무척 좋았다.

그때가 무더운 여름을 보내고 가을이 무르익어 한창 가을걷이로 무척 바쁜 시기였다. 내 농사가 없는 까닭으로 여기저기 부지런히 남의 일을 해주며 하루하루를 보냈다. 이제 아내가 된 그녀도 힘들다는 표현 한마디 없이 억척같이 일을 하였다. 마을 사람들에게 일 잘한다고 소문이 날 정도였으니까. 그렇게 우리는 신혼을 억척같은 일을 하며 가을을 보냈다.

　가을이 가고 겨울이 오면 산골 농부들은 가마니를 짜든지 세끼를 꼬며 살았다. 나는 머슴을 살 때 배운 기술을 발휘하여 집사람과 하루도 헛되이 보내지 않고 가마니를 열심히 짜서 나산장이나 함평장터에 내다 팔았다. 가마니를 사나흘 부지런히 짜면 스무 장 정도 짜는데 그것을 지게에 지고 새벽같이 출발해 장으로 갔다. 장날에 맞추어 가마니를 밤새워 짜서 내다 팔아야 했다. 집에서 나산장은 약십 여리 정도 되고 함평장은 약 이십 리 정도의 거리였다. 가마니 스무 장을 지게에 지고 나산장은 한번 쉬고 가고, 함평장은 네 번을 쉬어야 겨우 갔다. 그렇게 힘들게 가지고 간 가마니가 도착하자 바로 팔리면 기분이 너무 좋았다. 아내하고 같이 먹을 반찬으로 고등어 한손을 사고 난 다음, 막걸리 한 사발을 마시고 콧노래를 부르며 지게 작대기로 박자를 맞춰가며 신나게 집으로 돌아왔다.

　어떤 때는 오후 늦게까지 가마니가 팔리지 않아 점심도 쫄쫄 굶고 있다가 그냥 가격을 무시하고 싼 가격에 던져주고 오는 날도 있었다. 그 가마니를 다시 지고 집으로 온다고 생각하면 정말 끔찍한 일이었다. 또 어느 때는 눈이 많이 내려 가마니를 내다 팔지를 못하고 산더미처럼 마루에 쌓아 놓을 때도 있었다.

　나는 고무신을 사서 신을 돈이 아까워 짚으로 미투리를 틀어 신고 다녔다. 미투리는 미끄럼은 방지해 주기도 하지만 발을 보온하는 데는 전혀 효과가 없었다. 추운 날씨에는 버선을 신고 미투리를 신었지만 눈길을 걷다가 보면 방수가 안 되는 관계로 버선까지 금방 젖어 발이 엄청 시렸다.

내가 미투리를 틀어 만들 때 일부러 짚을 뻥뻥 돌려가며 촘촘히 틀어 말았지만 이걸 신고 눈밭에서 다니면 발은 열이 나고 눈밭은 미투리 사이를 비집고 들어와 녹아서 버선이 금방 젖게 되어버리는 것이다. 그래서 겨울에는 밖에 나가 하는 일은 될 수 있으면 줄이고 방안에서 가마니 짜는 일에 몰두했다.

어느덧 산골의 겨울은 가고 서서히 봄이 오고 있었다. 나는 가마니를 겨울 내내 열심히 짜서 판돈하고 가을에 품삯을 받은 돈 그리고 이전부터 좀 남아 있던 돈을 톡톡 털어 집에서 조금 떨어진 곳에 논 한 마지기를 샀다.

태어나서 처음으로 가져보는 내 땅이요 내 논이었다. 비록 한 마지기의 논이었지만 하늘로 날아갈 듯이 기뻤다. 나는 동네 사람들이 보고 있는 것도 아랑곳 하지 않고 마누라를 안고 덩실덩실 춤을 췄다. 그날 밤에는 잠을 한숨도 못 잤다. 밥을 먹지 않아도 배고픈 줄을 몰랐으며 잠을 안 자도 피곤한 줄을 몰랐다.

항상 콧노래가 나왔으며 부지런히 일을 해서 마을에서 최고로 농사를 잘 짓고 싶었다. 그때는 거름이 없어 봄에 산에 가서 풀이며 나무 새싹을 배어다가 논바닥에 깔고 물을 담아 논을 갈면 그 연한 목초가 물에 녹아 퇴비의 역할을 해 벼가 잘 자라게 된 것이다. 나는 빨리 날씨가 따뜻해져 산이 푸르러지기를 학수고대하고 있었다. 부지런한 사람들은 농사조차 여물었다. 아직 새싹이 나오지도 않았는데도 마른 낙엽이나 마른 풀을 베어다가 마당 한쪽에 쌓아 놓았다. 그 위에 파란 잎을 뜯어다가 덮어 놓으면 그것들이 조금씩 썩으면서 퇴비가 되는 것이다.

어느덧 세월은 흘러 춘삼월이 지나고 4월로 접어들자 산과 들에는 푸릇푸릇한 초목이 자라기 시작하였다. 나도 가마니를 짜는 일을 멈추고 아침 일찍 산에 올라가서 풀을 한 짐 해다가 마당에 부려 놓았다. 아침을 먹고 또 한 짐, 그리고 점심을 먹고 한 짐, 오후 참을 먹고 한 짐 이렇게 하루 네 번씩 산에 오르내렸다.

며칠이 지나자 우리 집 마당에는 퇴비가 가득 했다. 젊은 사람이 없는 집에서 퇴비를 원하면 그 집에 풀을 해주고 품삯을 받았다. 이른 봄 아낙네들은 보리밭을 밟아주고 보리와 쑥을 캐서 국을 끓여 맛있게 먹었다. 새벽이면 일어나 밥을 해 먹고 남의 집 보리밭 매기를 하기에 바쁜 나날을 보내고 있었다.

그러던 어느 날 아침이었다.

아내가 아침밥을 하려고 자리에서 일어나려다 깜짝 놀라 아직 자고 있는 나를 흔들어 깨우는 것이다.

"이봐요, 빨리 일어나 보랑께요."

하며 나를 흔들어 깨웠다.

"아따 뭣땀시 고렇게 호들갑을 떤단가?"

나는 눈을 비비며 일어나다가 나도 깜짝 놀라고 말았다. 이른 봄 새벽 5시면 바깥은 물론이고 방안은 아주 깜깜한 밤이었다. 그런 어두운 방 안 이불위에 웬 불덩어리가 동동동 떠다니고 있는 것이다. 아내가 앉아서 치마를 입으려다 말고 그 불덩어리를 치마로 얼른 감싸 쥐고 치마끈으로 꽁꽁 묶어 버렸다. 치마 속에 있는 그 불덩어리는 어른 밥그릇 정도의 크기였는데 방안이 훤할 정도로 밝았다.

그 모습을 옆에서 보고 있던 나는 얼른 밖에 나가 비료 포대를 가

져다가 벌렸다. 그 안에 그 불덩어리를 치마까지 같이 넣고 거름 포
대 입구를 새끼줄로 꽁꽁 묶은 다음 이것을 어디에 둘까 고민하다가
결혼할 때 마누라가 떡을 싸왔던 석작(대나무로 짠 사각 소쿠리)에 넣고 뚜껑
을 닫았다. 그런 다음 그 석작을 새끼줄로 십자모양으로 꽁꽁 묶어
시렁위에 조심스럽게 올려놨다.

"이 불이 혹시 혼불?"

우리가 여름날에 가끔 저녁을 먹고 마을 앞 개천가에서 놀다가 보
면 혼불이 마을을 한 바퀴 휙 돈 다음에 산 너머로 날아가는 걸 본 일
이 있다.

남자의 혼불은 둥근 불꼬리가 있으며 여자의 혼불은 꼬리가 없이
그냥 둥글게 날아간다.

이 혼불이 나가고 나면 하루나 이틀 후에 틀림없이 마을 어른 중
에 한 사람이 돌아가셨다.

고개 넘어 사시는 우리 당숙모님은 장수를 하셔서 아흔여섯에 돌
아가셨는데 돌아가시기 전날 밤에 숙모님 계시는 방문 앞에 노란 불
덩이가 둥둥 떠다니다가 대문 밖으로 날아가는 걸 목격한 마을 사람
이 있었다고 들었다.

보통 이 혼불은 돌아가시는 사람의 몸에서 나와 방 밖으로 나오면
그 집에서 바로 나가는 것이 아니고 평소에 아끼는 물건이나 집안
이곳저곳을 돌아본 다음에 나간다고 어른들에게 들은 기억이 난다.

그래서 나도 시렁 위에 올려놓은 석작을 다시 한 번 유심히 쳐다
보게 되었다.

'설마 내가 이 젊은 나이에 요절이야 하겠어, 건강에 아무 이상도

없는데.'

하며 나는 고개를 갸우뚱거리며 아침을 맞이했다.

아내는 평소와 같이 아침밥을 지었다. 나도 일어나 아침을 먹고 집안을 한 바퀴 돌아다 본 다음 풀을 베러 산에 갈 준비를 하고 지게는 물론 낫 두 자루도 잘 갈아서 챙겼다. 그런데 아침밥을 먹고 나무 지게를 지고 마당을 나가던 나는 현기증을 느꼈다. 더욱이 속이 메스껍고 구토까지 났다. 좀 이상하다 생각하며 마을 뒷산으로 올라가는데 걸음이 옮겨지지 않고 약간 추위를 느꼈으며 무릎과 팔이 아파왔다. 아무래도 처음 느껴보는 고통이었다.

'어! 일도 일 같이 하지 않았는데 몸살이 왔나?'

나는 가던 길을 돌아서 집으로 와 보니 벌써 아내는 들에 나가고 집에는 아무도 없었다.

나의 죽음

"어이~! 어딨는가?"

나는 있는 힘을 다해 아내를 불렀으나 아무 대답도 듣지 못하였다. 방으로 들어가서 솜이불을 내려 아랫목에 깔고 이불 속으로 들어갔다. 이불을 덮어쓰고 눕자 오한이 오면서 뼈 마디마디가 전부 쑤시고 아파왔다.

"아이고 추워, 아~ 죽겠네, 어메! 나 좀 살려주소, 아이고 죽겠네."

나는 꿍꿍 앓으며 아픔에 못 이겨 소리를 질러댔다. 시간이 갈수록 나는 정신이 혼미해지는가 싶더니 갑자기 몸이 가벼워지며 그렇게 아프던 몸이 언제 그랬냐는 듯이 깨끗이 나아 버렸다.

'어! 안 아프네, 아니 조금 전까지만 해도 그렇게 아팠는디 어떻게 된 것이여, 참 이상한 일이여.'

방안 주위를 둘러보는데 이상하게도 내 몸이 방 한 가운데 둥둥 떠 있고, 또 하나의 내 몸은 방바닥 이불속에 눈을 감고 곤히 자고 있는 것이 아닌가. 참으로 귀신 곡할 노릇이었다.

'워메! 뭣이여 시방, 왜 내 몸이 둥둥 떠 있는 것이여, 그리고 저기 이불속에 누워있는 나는 뭣이라냐? 참말로 이상한 일이네.'

내가 주위를 두리번거리는데 방문 밖에서 검은 옷을 입은 두 사람이 서 있는 것이 보였다. 그 두 사람은 검은 두루마기에다 검은 갓을 쓰고 있었으며 검은 두루마기 옷고름이 축 늘어져 땅에 거의 닿아 있었다. 팔소매 속에 양 손을 넣어 팔짱을 끼고 허리에는 검은 끈을 매고 있었는데 앞에 매듭을 매고 처진 끈 끝에는 검은 수술이 달려 있었다. 이상한 것은 그것뿐만 아니었다. 두 사람 중의 한 사람은 가슴에 책을 한권 끼고 서 있었다. 그 책 상단에 한문인 듯 세 글자가 쓰여 있었는데, 나는 원래 글을 몰라 무슨 글씨인지 알 수가 없었다.

순간 그 중 한 사람과 내 눈이 마주쳤다. 그 사람은 나에게 빙그레 미소를 짓더니 눈짓으로 따라오라는 몸짓을 해 보였다. 그런 다음 뒤도 돌아보지 않고 마당 한 가운데를 가로 질러 성큼 성큼 걸어 나가고 있었다.

나도 어느 순간 빠른 걸음으로 그 둘의 뒤를 따라 나가고 있었다. 대문 밖을 나와 논밭 둑을 지나 상당히 넓은 개울을 건너갔다. 개울에는 물이 상당히 많이 흐르고 있었다. 그 두 사람과 나는 물위를 첨 벙첨벙 걸어가도 발이 물에 빠지지 않고 건너고 있는 것이 아닌가.

'아니 우리 동네 앞에 이렇게 큰 개울이 없었는데 언제 생겼다냐?'

개울을 건너서 그 뒤를 따르면서 건너온 개울을 뒤돌아봤다. 개울 에 흐르는 물이 햇빛에 반사되어 눈이 부실 정도로 참 맑아보였다. 나는 다시 고개를 돌려 우리 집 있는 쪽을 바라보았다. 우리 집과 형 님네 집이 나란히 보였다. 우리 집은 고요한 것 같은데 형님네 집에 서는 무얼 하는지 굴뚝에서 연기가 모락모락 피어오르고 있었다.

나는 다시 고개를 들어 하늘을 봤다. 해가 머리 중천에 떠서 밝게 빛나고 있었다. 하늘은 푸르고 맑았다.

'아니 형수님이 벌써 점심밥을 짓고 있나?'

나는 중얼거리면서 아내를 찾으려고 고개를 돌려가며 찾아봐도 아내는커녕 그림자도 볼 수 없었다.

'아니 큰일 났네, 내가 잠깐 나갔다 온다고 말이라도 해야 하는 건 디, 들에서 들어와 내가 나간 줄 알면 얼마나 기다릴 텐디, 아따 이 일을 어째야 한다냐이.'

잠시 서 있는 사이 그 두 사람들과 거리가 좀 생겼다. 그랬더니 뒤 에 가는 사람이 나를 보며 빨리 따라오라 손짓을 하며 눈을 부라렸 다. 나는 다시 부지런히 걸어 그 사람들을 따라가고 있었다. 그런데 참 이상한 일은 조금 전까지 그렇게 아팠던 다리가 하나도 아프지 않을 뿐만 아니라 몸이 너무 가벼워 날아갈 것만 같은 기분이었다. 아주 가파른 산 비탈길을 올라가고 있는데도 조금도 숨이 차지 않았 다. 나무뿌리에 발이 걸려도 전혀 아프지가 않았다.

얼마를 올라갔을까, 산비탈 오솔길을 한참 올라가고 있는데 저 앞에서 여러 사람들이 모여서 웅성거리고 있는 모습이 눈에 들어왔다.

망각주忘却酒

'오매! 이 산중에서 뭔 일이다냐? 어째서 저기 사람들이 많이 모여 있어?'

갑자기 궁금증이 나서 내가 뛰어가서 보았다. 쓰러져가는 초가집 앞에서 이가 다 빠진 할머니가 주전자를 들고 술을 한잔씩 사람들에게 나눠주는데 그 술을 받아먹으려고 여러 사람들이 한 줄로 쭉 늘어서 있는 것이었다. 더구나 가관인 것은 술을 따라주는 할머니의 모습이었다. 하얀 머리를 산발을 하고 있었으며 이는 윗니 하나 아랫니 하나 둘밖에 없었으며 눈 한쪽이 없어 애꾸눈으로 등은 툭 튀어 나온 꼽추였다.

손톱에 때가 새까맣게 끼어 있었고 술을 줄줄 흘리면서 술잔에 따라주는데 뭐가 그렇게 좋은지 연신 입가에는 미소를 짓고 있었다.

"자! 이 술 한 잔 먹고 딸깍 고개를 넘어가는 거, 인생 뭐 있어 다 그렇고 그런 거, 정승판서가 다 무슨 소용 있어, 저승가면 다 똑 같은 거, 헤헤헤!"

연신 술을 따라주는데 나도 맨 뒤에서 줄을 서서 조금씩 조금씩 줄 따라 앞으로 다가서 가고 있었다. 그러는 사이 내 뒤를 봤더니 언제 왔는지 내 뒤에도 사람들이 상당히 많이 늘어서 있는 것이 보였다.

어느 사람은 앞으로 새치기해서 들어가려고 하는가 하면 다른 사람은 그 술을 안 먹으려고 슬금슬금 뒷걸음을 치고 있었다. 그러나 덩치가 크고 새까맣게 구레나룻이 돋은 산적두목 같은 놈이 가시가 달린 철 방망이를 들고 앞뒤로 다니면서 감시를 하고 있다가 질서를 안 지키는 사람들은 사정없이 쇠방망이로 내려 쳐서 혼쭐을 냈다. 그 위세가 얼마나 무섭던지 감히 어느 누구 하나 함부로 행동을 하지 못했다.

그러는 중에도 나는 참 이상한 것 하나를 발견하였다. 그것은 할머니가 술을 따라주는 주전자였다. 지금까지 몇 십 명의 술을 따라 줬는데도 주전자의 술이 항상 그만큼 차 있는 것 같았다. 보통이라면 술을 몇 잔 따르면 주전자가 비워져야 마땅할 것이었다. 술을 다시 채워야 할 텐데 분명 술은 잔에 채워지는데도 주전자에 술은 가득 들어 있는 것이다.

"참말로 신기하기도 해라, 어째서 따라도 따라도 술이 안 떨어지고 그냥 나온다냐!"

드디어 내 차례가 되어 나도 술잔을 받게 되었다. 술잔은 하얀 도자기 잔이었는데 맑은 술은 평소에 술을 한 잔도 못 마시는 내가 맡아보아도 향기가 그만이었다. 이 세상 어디에서도 맡아보지 못했던 꽃다운 냄새였다.

나는 술잔을 받아들고 그윽한 향기에 취해 나도 몰래 술잔을 입에 대고 마시려는데 술잔 안에 희미하게 글씨가 보였다. 난 글을 잘 몰라 그 글씨의 뜻은 잘 모르지만 그 글씨의 모양은 이렇게 생긴 걸로 기억이 난다.

'망忘 각却 주酒'라

나는 이 글씨의 모양을 머리에 새기며 술을 입안에 털어 넣었다. 그리고 술잔을 할머니께 준 다음 돌아서서 큰 대문을 통과하여 앞으로 나갔으나 그 술을 목구멍으로 넘길 수가 없었다. 그건 평소에 내가 술 한 모금만 마셔도 온 몸에 두드러기가 났기 때문이었을까. 여기서 만약 두드러기가 난다면 큰일이라고 생각하니 도저히 그 술을 넘길 수가 없었다.

나는 아무도 눈치를 채지 못하게 하기 위해서 술을 꿀꺽 삼키는 척 하면서 팔소매를 입에 댔다. 그 다음 입을 닦는 척 하면서 술을 팔소매에 뱉어버렸다. 다행히 내 옷은 산에 나무를 하러 다니면서 입었던 검은 색의 옷이라서 자세히 보지 않으면 술 묻은 자국을 쉬이 알아볼 수가 없었다.

"캬~!!! 그 술맛 죽여준다, 할매! 나 술 한 잔만 더 주면 안돼요?"

바로 내 뒤에 서 있던 사람이 이렇게 말을 하자,

"낵끼~ 이 썩을 놈아 빨리 잔 놓고 가!"

하며 할머니는 욕을 했다.

주막집 뒤 큰 대문 안으로 들어서는 순간, 또 다른 사람이 쇠방망이를 들고 지켜 서 있었다. 눈을 부라리고 서 있는 모습이 얼마나 무섭게 느껴지던지 오싹하였다. 나는 고개를 숙이고 지나치려고 하는데 그 사람은 나의 목 뒷덜미를 잡더니 번쩍 들었다. 매서운 눈초리로 나를 이리저리 살펴보더니 내 눈을 뚫어지게 쳐다봤다. 순간 나는 너무 무서워 두 눈을 찔끔 감아 버렸다.

"야~! 이놈아 눈 떠봐!"

하는 소리가 들렸다. 나는 겨우 실눈을 뜬 채 간신히 고개를 들어 쳐다봤더니 고개를 갸웃거리며 이번에는 내 입에다 코를 대고 킁킁 거리며 냄새를 맡아보는 것이다. 나는 무슨 영문인지 모르지만 그 순간이 너무 무서워 오금이 저려왔다. 내가 떨려고 하지 않았는데도 온 몸이 덜덜덜 떨려 왔다. 내가 마치 사시나무 떨 듯 떨고 있으니까 나를 다시 한 번 앞뒤 위 아래로 훑어보더니 바닥에 내던지듯 나를 내려놓았다. 멍하게 서 있는 나에게 손짓을 하며 지나가라는 몸짓을 했다.

"통과!"

나는 한숨을 쉬며 앞으로 몇 발짝 갔다. 어느 사이에 왔는지 모르게 앞의 검은 옷의 남자 두 명이 나를 기다리고 서 있었다. 아직 이른 봄이어서 그런지 회오리바람이 산자락을 스치고 지나가는데 바람 끝이 아주 차갑게 느껴졌다.

나는 얼른 팔소매에 양손을 집어넣고 고개를 돌려 바람을 피했다. 그러면서 저만치 앞서가는 두 사람을 봤더니 추위에 아랑곳 하지 않고 꼿꼿이 서 있었다. 다만 두 사람이 입고 있는 검은 도포자락만이 바람에 심하게 휘날리고 있었다. 매서운 바람이 지날 때마다 산등성이의 나무들은 바람을 견디지 못하고 절반 정도 눕혀지면서 "쏴~~~" 소리를 냈다. 갓 피어난 연두색 나뭇잎이 떨어져 공중으로 높이 올라가다가 춤을 추며 떨어져 내렸다.

아니 어떻게 나만 이렇게 추운건가 라는 생각이 들었다. 조금 전에 주막집에서 봤던 많은 사람들을 찾아봤으나 어찌된 영문인지 한 사람도 보이지 않았다.

나는 다시 눈을 돌려 주막집이 있는 곳을 살펴봤다. 주막집은 저만치에서 바람을 견디며 서 있었고 사람들이 어른거리는 것이 그림자처럼 보였다.

"빨리 가지!"

나는 정신이 번쩍 들어 앞을 쳐다봤더니 두 사람이 나를 보면서 빨리 가자 독촉을 하고 있었다. 내가 왜? 저 두 사람을 따라가야 하는지, 무엇 때문에 따라가야 하는지 영문도 몰랐으나 굳이 그것을 물어 보고 싶지도 않았다. 다만 저 두 사람이 몸짓으로나 손짓이 나로 하여금 거역할 수 없는 어떠한 힘이 있어 나는 따를 수밖에 없게 만들었다. 두 사람이 천천히 앞으로 걸음을 옮기자, 나는 다시 목줄에 매달린 개가 주인을 따라 가듯 조용히 뒤를 따라가고 있었다.

얼마나 올라갔을까. 나는 집에서 너무 멀리 왔다는 생각에 자꾸만 뒤를 돌아다보고 있었다. 앞의 두 사람이 무슨 눈치라도 챘는지 나를 힐끗 힐끗 쳐다보면서 두런두런 얘기를 나누는 소리가 들렸다. 나는 부지런히 걸어 거리를 좁혀서 걸어가며 무슨 말을 하는지 들어봤다.

"참 이상한 일이야. 망각주를 먹어서 이승에 일들을 다 잊어 버렸을 텐데, 왜 자꾸 저렇게 뒤를 돌아보는 거지?"

한 사람이 물었다.

"아니 그럼 망각주가 효과를 못 낸다는 말인가?"

"그렇지 않고서야 어떻게 저렇게 집 생각을 아직도 할 수가 있어?"

"저놈은 첨부터 행동이 저랬잖어. 방에서 나올 때도 봐, 어디 지가 죽었다고 생각이나 해? 멀쩡히 살아있다고 믿고 있잖아."

"아무리 그래도 저놈은 좀 이상한 데가 있어, 꼭 이승과 저승을 분간 못하는 놈처럼 말이여."

하며 고개를 갸우뚱거렸다.

"뭘 그런 걸 신경을 써, 지놈도 앞으로 49일 동안 저승을 돌고 돌아 옥황상제님 앞에 가면 충분히 느낄 거야. 그래서 49일 동안 먹고 힘내서 가라고 밥 세 그릇과 짚신 세 켤레를 집에 남은 식구들이 대문 앞에다 지어 놓고 사잣밥을 안 먹이던가. 그리고 사람이 죽으면 이승에서의 마지막 밥이라고 49일 되는 날 한 상 차려주는 것 아닌가. 그래서 49재가 아주 중요한 거여."

그들은 말을 주고받으며 계속 걸어 올라갔다. 그 말을 듣고서 나는 깜짝 놀랐다.

'아니 그럼 시방 내가 죽었단 말이여. 오매 그럼 내 이쁜 각시를 다시는 만날 수 없다는 말이여. 아이고 사람 환장허겄네, 아니 가만! 내가 이렇게 저 놈들 뒤만 쫄쫄 따라갈 일이 아니고 어떻게 해서든 도망을 쳐 집으로 가봐야 허것네.'

내가 몸을 뒤로 확 돌리려는 순간,

"이리 오시게, 이리 오시게."

하며 부르는 소리가 들렸다.

한편 그 시각 집에서는 난리가 나 있었다. 들일을 하고 들어온 아내는 부지런히 저녁을 준비하며 이리 갔다 저리 갔다 분주한 틈을 타고 마당 한쪽을 힐끔 쳐다보다가 깜짝 놀랐다.

"아니 이양반 지게가 있는 걸 보니 방안에 계신가 본데 인기척이 없네."

하고 중얼거리며 방문을 열어 봤다. 방안에는 이불을 돌돌 만 상태로 반듯하게 누워있는 남편의 모습이 보였다.

"아니 이양반이 자고 있나?"

하며 고개를 갸우뚱거리며 돌아와 하던 일을 계속 하다가 아무래도 마음에 걸리는지 방안으로 들어가 남편을 흔들어 깨웠다. 그러다가 직감적으로 손끝으로부터 느껴지는 감각이 소름끼칠 정도로 딱딱하고 차가움을 느꼈다.

아내는 기겁을 하고 맨발로 뛰어나가 윗집에 있는 시숙님에게 가서 말을 하려다가 말문이 막혀 그만 땅바닥에 풀썩 쓰러지고 말았다.

형님 내외는 들에서 일을 하고 들어와 마구간에서 소를 돌보던 시숙님은 제수씨가 무슨 말을 하는지 몰라 어깨에 멘 풀을 내려놓으려다 제수씨가 쓰러지는 모습을 보며 황급히 멘 풀을 던지듯 내려놓고 달려와 쓰러져 있는 제수씨의 어깨를 안아들면서 소리를 질렀다.

"여보! 여보 여보! 빨리 나와 봐요."

라는 소리에 부엌에서 밥을 하던 형수는,

"어마! 이것이 뭔 일이다냐?"

하며 달려와 나의 아내를 안고 마루에 가서 뉘어 놓았다. 그리고는 찬 물수건으로 얼굴을 닦아주니 정신이 든 나의 아내는 시숙님과 언니의 손을 잡고 빨리 집으로 가보라고 했다.

형수와 형님은 큰일이 일어났음을 직감하고 뛰어서 아랫집으로 황급히 들어와 방안을 살펴보니 내가 아랫목에 반듯이 누워있는 걸 발견하고 나를 흔들어 깨웠다. 그러나 이미 딱딱하게 굳어버린 나의 몸뚱이를 안고 형님과 형수는 통곡을 하기 시작하였다.

"어마~ 이것이 뭔일이다냐, 동네 사람들 나와서 사람 좀 살려 봐요."

"아니, 아침까지도 멀쩡하던 사람이 갑자기 왜 그런디아, 흑흑흑!"

형님과 형수는 나를 붙들고 울고 또 울다가 지쳐 동네 이웃과 친척들에게 부고를 하고 초상 치를 준비를 하였다.

저승사자의 실수

순간 움찔하면서 눈을 크게 치뜨고 앞을 보았다. 그 소리는 나를 부르는 소리가 아니었다. 어느 집 앞에서 싸리 대문을 사이에 두고 집 주인을 부르는 소리였다. 나는 그 집 주위를 자세히 살펴보았다. 싸리 대문 너머로 붉은 양철지붕을 한 흙벽집이 깨끗하게 서 있었다. 그리 크지도 작지도 않는 전형적인 시골 농사꾼의 집이었다.

마당은 싸리 빗자루로 쓸었는지 깨끗하게 치워져 있었으며 흙 마당 위에 빗자루 자국이 선명하게 나 있었다. 그리고 마당에서 툇마루 사이에 약 석자 넓이의 토방이 있었다. 그 토방 앞에는 사각 돌이 자연스럽게 놓여 있어 마루로 올라가는 계단 역할을 하여 신발을 벗어 놓고 마루에 오르기 좋게 만들어 놓았다.

그 집이 맨 첫 집이었다. 그 집 뒤로도 듬성듬성 집이 한 채씩 있었다. 뒷집들은 나무에 가려져 있었을 뿐 아니라 옅은 안개에 가려 자세하게 보이지 않았다. 다만 희미하게 보이는 지붕은 모두 하나같이 붉은 색을 하고 있었다.

　두 사람이 집 앞으로 다가가서 사람을 불러도 아무 인기척이 없었다. 잠깐 사이를 두었다가 다시 부르기 시작하였다.

　"이리 오시게, 이리 오시게."

　이번에는 부르는 목소리가 아까보다는 더 크게 들렸다. 잠시 고요한 적막만 흘렀을 뿐 안에서는 아무도 나오지 않았다.

　"아니 뭔 일이지? 지금까지 이런 일이 단 한 번도 없었는데, 우리 다음 집으로 올라가 볼까?"

　"그러세! 다음 집으로 올라가보세."

　그들은 싸리나무 울타리를 돌아 다음 집으로 가서 처음에 불렀던 것처럼 부르기 시작하였다. 다음 집은 첫 집보다는 약간 커보였다. 그 집도 역시 마당이 깨끗하게 쓸어져 있었고 집안이 잘 정돈되어 있었다.

　"이리 오시게, 이리 오시게!"

　두 번 세 번 불렀으나 그 집 역시 아무 말도 들리지가 않았다. 그러자 두 사람은 몹시 당황해하면서 안절부절 못하는 것 같았다.

　"허어, 이거 큰일 났구만, 이 일을 어쩐다지? 아니 이런 일은 지금까지 단 한 번도 없었는데 우리가 뭘 잘못한 건가?"

　옆에 서 있는 사람에게 묻자 다른 사람이 대답했다.

　"아니 그럼 망명부亡命簿를 다시 한 번 자세히 들여다 봐! 어디서부터 문제가 있는가를."

　또 다른 사람이 가슴 품속에 손을 넣고 무엇을 꺼내는 것이었다. 그것은 긴 두루마리의 한지로 만든 하얀 종이였는데 검은 글씨가 깨

알 같이 쓰여 있었다. 두 사람이 마주 서서 깨알 같은 글씨를 손가락으로 짚어가며 이야기를 나누고 있을 때 나는 눈을 돌려 하늘을 쳐다봤다.

어느 사이 해는 서산에 기울고 있었다.

"아니 내가 아침 일찍 집에서 나온 것 같았는데 벌써 저녁이 되었는가 보네. 조금 있으면 아내가 들에서 들어와 나를 엄청 찾을 텐디, 큰일이 나 버렸구만."

나는 발을 동동 구르고 있었다. 그러는 사이에도 두 사람이 소곤대는 소리가 귓가에 들려 왔다.

"일이 착오가 생겼으면 빨리 대책을 마련해서 행동에 옮겨야지. 까딱 시간이 넘어 버리면 일은 영원이 망치고 마는 거여."

한 사람이 말하자 옆에 있던 사람이 무언가 골똘히 생각을 하다가 조심스럽게 입을 열었다.

"우리가 저 사람을 구천동으로 데리고 가서 수명을 담당하는 사자들을 찾아 사정 이야기를 하고 도와달라고 해 보는 수밖에 없는 것 같으이."

"일이 그렇다면, 오늘밤 자시(밤 11:30~1:00)를 넘기지 말아야지, 그 시간 놓치면 영원히 저 사람은 구천을 헤매게 되는 거여. 그러니 어서 빨리 서둘러서 행동합시다."

"그럼 나는 저 사람 집에 가서 사잣밥(초상집에서 죽은 사람의 넋을 부를 때, 염라대왕이 보낸 저승사자를 대접하기 위해 차려놓는 세 그릇의 밥)과 짚신을 가지고 오는 동안 자네는 구천동 입구에 천년 묵은 당산나무 아래로 저 사람을 데리고 가서 기다리고 있어."

그렇게 말하며 막 돌아서 내려가려고 하였다.

"명록命錄사가 자시에 그곳을 지나가는 것이 분명해?"

"그래 분명해! 그래도 혹여 누구에게 들키면 안 되니까 도착해서 절대로 기적을 내면 안 되네."

"응 잘 알았네."

그 말을 뒤로 남기고 한 사자는 바람같이 산 아래로 내달렸다. 남은 한 사자는 나를 데리고 산 계곡을 굽이굽이 돌아 들어갔다. 구천동을 찾아가는 길은 정말 멀고도 험준하였다.

우리가 그렇게 천천히 걷는 것도 아닌데 점심때가 지나고 오후 하루 종일 걸어도 걸음은 멈출 줄을 몰랐다. 그렇다고 '때를 놓치면 영원히 구천을 떠돈다'는 말을 들은 나는 힘들고 지쳤으니 좀 쉬어가자는 말도 안 나왔다.

드디어 구천동 계곡 입구에 들어섰다. 아름드리 고목이 빽빽하게 들어서 있고 몇 천 년을 인간의 발길이 없었는지 고목 위에는 이끼 풀 같이 생긴 것이 자라고 있어 마치 괴목들이 털옷을 입고 서 있는 것 같았다.

그렇다고 우리가 가는 곳에 길도 나 있지 않았다. 고사리 풀 같은 것이 내 키를 훌쩍 넘겨 어디가 어딘지 방향을 잡을 수도 없었다.

음산한 분위기에 이름 모를 산새 우는 소리가 괴이하게 들려 저절로 소름이 돋았다.

"쭈~ 쭈 쭈 쭈 쭈~"

"휘~ 획~~~~ 휘~ 획~~~~~"

나는 더 이상 무서움을 견디지 못해 앞서가던 사자의 도포자락을 잡고 바짝 붙어서 따라가고 있는데 갑자기 사자가 걸음을 멈추고 섰다.

나는 영문을 몰라 사자 얼굴을 슬쩍 쳐다보니 사자 얼굴이 바짝 굳어 있었으며, 눈은 발아래를 주시하고 있었다. 나도 저절로 사자를 따라 발아래를 내려다보는 순간 나는 그만 너무 놀라 뒤로 자빠질 뻔 했다.

사자가 큰 구렁이 꼬리를 밟고 서 있는데 커다란 구렁이가 사자의 발목을 물고 몸을 비틀어 사자의 다리를 감아올리고 있는 것이 아닌가.

"에구머니나!"

나는 잡고 있던 도포자락을 놓고 뒤로 한 발짝 물러서서 사자의 다음 행동을 주시하였다.

순간 사자는 다리를 덜덜 떨더니 얼굴이 붉어졌다. 두 눈을 감고 열심히 주문을 외우는 것 같이 보였다.

그렇게 얼마를 버티었을까, 구렁이가 몸을 풀더니 스르르 숲 사이로 들어가 버렸다.

사자는 다리를 옮겨 한발 한발씩 천천히 움직이기 시작하였다. 나는 이 숲이 너무 무서워 사자의 도포자락을 다시 붙들고 뒤를 바짝 따라가고 있었다.

해가 떨어지자 깊은 산속은 한치 앞도 분간할 수 없었다. 다행히도 내가 걸어가는데 돌부리나 나무뿌리 같은데 발이 걸려서 넘어지거나 나뭇가지에 몸이 부닥치는 일은 없었다. 이상하게도 내 몸은 발을 땅에 대고 걷고 있으나 마치 발이 허공에 둥둥 떠서 가는 기분이 들었다. 그 순간에도 내 머리 속에서는 집에 일이 걱정되고 아내가 걱정할 거라는 생각은 떠나지 않았다.

어디서 소쩍새 울음소리가 처량하게 들려 왔다. 나는 고개를 들어 하늘을 봤다. 머리 위에는 달빛이 푸르게 비추고 있었다. 커다란 느티나무 숲이 넓게 드리워져 있었는데 아직 잎이 피질 않아 검은 가지만 하늘로 쭉쭉 뻗어 마치 무슨 큰 괴물이 팔을 쩍 벌리고 서 있는 것 같이 보였다.

그 슬픈 소쩍새의 울음소리는 그 큰 느티나무 위에서 들려오는 것 같았다.

"소~쩍! 소쩍~똑! 소~쩍! 소쩍~똑!"

그 소리는 정말 너무 슬프고 처량하게 들렸다. 소쩍새의 소리를 들어가며 얼마를 걸어갔을까. 아주 우람하고 혹이 불룩불룩 나 있는 커다란 고목 밑이었다. 사자가 걸음을 멈춘 곳은 평퍼짐한 바위 위였다. 사자는 그 바위에 자리를 잡고 조용히 앉았다. 나도 그 옆에 따라 앉으면서 저승사자의 얼굴을 살펴보았다. 사자는 두 눈을 꼭 감고 앉아 있었다.

얼마를 앉아 있었을까. 뒤에서 누군가 조용히 다가오는 기척을 느끼고 돌아다보았다. 집으로 사잣밥을 가지러 갔던 또 다른 저승사자가 무명 배낭에 주먹밥 3개와 짚신 3켤레를 담아가지고 와서 건네주었다. 지금까지 눈을 감고 앉아만 있던 사자는 그 주먹밥과 짚신을 고목나무 밑 바위 위에 늘어놓고서 조용히 뒤로 물러나 고목나무 뒤로 가서 앉았다.

그러자 옆에 서 있던 사자가 내 손을 잡고 일으켜 한참 떨어진 큰 바위 뒤로 가서 앉았다. 그리고는 나한테 조용히 하라는 신호로 검지를 세워 입에다 갖다 대며 두 눈을 크게 떴다가 감았다. 나는 잘 알겠노라고 고개를 끄덕여 보이며 조심스럽게 자리를 잡고 앉았다.

얼마나 시간이 지났을까. 저쪽 숲속으로부터 두런두런 이야기를 하며 누군가가 오고 있었다. 점점 가까이 오는 일행은 두 사람이 아니고 세 사람이었다. 그런데 그 세 사람들도 똑같이 검은 도포를 입고 검은 갓을 쓰고 있었다.

"저 사람들도 저승사자인가 봐."

내가 중얼거리는데 옆에 있던 사자가 내 입을 손으로 막았다.

"쉿! 조용히 해!"

라고 사자는 눈짓을 했다.

그 순간 세 명의 사자들이 사잣밥이 있는 곳을 지나가려다 말고 한 사자가 이렇게 말을 하는 것이다.

나의 운명

"어이! 여보게들 어디서 맛있는 밥 냄새 안나나?"

"글쎄 나도 이상한 밥 냄새가 나기에 주위를 둘러보는 중이야."

"아니 이 사람들이 정신이 돌았나. 이 첩첩산중에 무슨 밥 냄새가 난다고 야단들이야?"

남은 한 사람이 말을 했다.

"어? 저길 보게 하얀 쌀밥이 놓여 있지 않은가? 그것도 세 덩어리나 말일세. 아니 그런데 이 밤중에 누가 여기에 이런 밥을 가져다가 놨을까?"

그들은 주위를 두리번거렸다.

"아니 누가 갖다 놨으면 뭐할 것인가. 우리 배가 고프니 우선 이 밥을 하나씩 먹자구."

한 사자가 밥을 들어 하나씩 나눠주며,

"어~쭈 짚신까지, 이거 아무래도 우리 오늘 횡제했는걸."

했다.

밥을 먹고 나더니 신고 있던 헌 신발을 벗어 내던지고 새 짚신으로 갈아 신고 있었다.

"아니 어느 임의 솜씨이기에 이렇게 발에 딱 맞게 잘도 틀어 만들었구만."

다른 사자가 이렇게 말을 했다.

"그 임의 솜씨 한번 대단하이, 아주 튼튼하게도 만들었네."

모두 좋아라고 한 마디씩 했다.

그때였다. 바로 옆 나무 뒤에 숨어 있던 사자가 불쑥 나섰다.

"시장들 하신 모양인데 맵밥은 잘 드셨습니까?"

하며 나서자, 세 사자들이 깜짝 놀라 눈을 동그랗게 뜨고 그 사자를 쳐다보면서,

"아니 뉘신데 이렇게 우리를 놀라게 합니까?"

하고 물었다.

"예! 나는 망자 인도부에서 일하는 사자입니다."

"그런데 여긴 웬일로 와 계십니까?"

"다름이 아니옵고 내가 그동안 수십 년 망자들을 인도하였어도 단 한 번 실수를 하지 않았는데 오늘 저 아랫마을에 사는 신유생 문현이라는 사람을 데리고 와 입적을 시키려고 해도 아무 답이 없어 명부를 자세히 들여다보니 일에 착오가 있는 것 같아 내 사정을 한 번 봐 달라 이렇게 밥과 신발을 차려 놨습니다 그려."

"아니 그럼 이 밥과 신발은 당신이 차려 놨다는 얘깁니까?"

"아니요. 그 밥과 신발은 저 문현이네가 차려 놓은 걸 우리가 이리 갖다 놓은 겁니다."

내가 뒤를 돌아보는 순간, 지금까지 바위 뒤에서 숨도 안 쉬고 웅크리고 앉아 있던 사자가 나의 팔을 잡고 일어서 보였다.

"아니 무슨 속셈으로 이렇게 합니까?"

"속셈은 무슨 속셈이 있겠습니까. 이왕 맛있는 밥을 먹고 새 신발을 얻어 신었으니 저 사람의 사정을 좀 봐 달라는 거지요."

"아니 사람을 잘못 데려 왔으면 당신이 실수를 한 것인데, 왜 우리에게 사정을 봐 달라고 하십니까?"

그러자 지금까지 옆에서 구경만 하던 사자가 손사래를 치며 말을 했다.

"자! 자! 됐어요. 이왕에 밥은 먹어 버렸고 신도 바꿔 신었으니 그런 것 구질구질하게 따지지 말고 우리가 어떻게 사정을 봐 주면 되겠습니까?"

"저 사람이 금년에 25세인데 더하기 70을 해서 95세로 생사부의 기록을 고쳐 줬으면 합니다."

그 말을 듣고 세 사자들은 아무 말도 없이 서로의 얼굴만 바라보고 있었다. 순간, 사자들 사이에 긴장감이 흘렀다.

　파란 달빛 아래 거대한 느티나무 위에서는 소쩍새가 여전히 구슬 프게 울고 있었다. 봄철이었으나 아직 밤바람이 차갑게 불어와 도포 자락을 흔들었다. 얼마의 시간이 흘렀을까, 생사부를 들고 있던 사 자가 천천히 명부를 들어 올려 한 장씩 넘기면서 입을 열었다.

　"나산면 구산리 내동에 사는 신유생 노문현이라고 했나?"

　"예!"

　"어디 보자, 음~! 아니 이 친구는 이미 끝났어야 할 운명인데, 왜 여기에 와 있는 거지?"

　"그것이 우리도 아직 풀리지 않는 문제입니다."

　"그럼 이 문제를 어떻게 풀어야 하나?"

　망설이는 사자 옆에 있는 또 한 사자가 생사부를 슬쩍 가져가 들여 다보았다. 아마 세 사자들 중에 서열이 가장 높은 사자인 것 같았다.

　"좋네! 내가 이 사람의 수명을 5세 뺀 90세로 고쳐 줄 터이니 다 시 환생을 하거든 앞으로 남은 인생 평생 남을 위해서 살아야 할 것이야?"

　그는 내가 있는 쪽을 쳐다봤다. 그러자 나의 옆에 서있던 사자가 나를 툭 치며 허리를 굽혀 인사를 했다. 나도 순간 당황해서 엉겁결 에 허리를 구십 도로 굽혀 인사를 했다.

　"참말로 고맙네유~."

　"한 가지 더! 음~ 집에 무사히 가거든, 집 주위에 대나무를 무성하 게 심어 밖에서 집이 안 보이도록 하여라."

　그 말을 듣고도 나는 눈만 멀뚱멀뚱 뜨고 있었다. 내가 대답을 안

하자 옆에 서 있던 사자가 내 팔을 툭 치며 대답했다.

"예! 잘 알겠습니다."

나도 따라 황급히 허리를 굽히며 대답을 했다. 말을 끝낸 세 명의 사자들이 서로 눈짓을 하자 빠른 걸음으로 자리를 떴다.

그때까지 잔뜩 긴장을 하고 있던 두 명의 사자들이 한숨을 길게 내 뿜으며 긴장을 누그러뜨렸다.

"휴~! 한 고비 넘겼다만, 가만! 이제 이 사람을 어떻게 집으로 보낸담."

사자들은 서로 막막한 얼굴로 쳐다봤다.

환생의 길

"그건 나에게 방법이 있네."

"아니 어떻게?"

다른 사자가 의아해하는 눈초리를 보냈다.

말을 마친 사자가 나의 팔을 잡고 편편한 길로 나왔다.

"너 여기서 너희 집에 찾아갈 수 있겠나?"

나는 주위를 아무리 살펴봐도 도무지 이곳이 어딘지 알 수가 없는 아주 생소한 곳이었다.

"아니요, 전 여기가 어딘지 도무지 모르겠어유~."

"그럼 지금부터 내가 가르쳐 줄 테니 잘 들어. 여기 길을 따라가지 말고 이 골짜기를 타고 곧장 내려가면 너희 집이 나와. 그러니 절대로 내려가면서 뒤돌아보지 말고 곧바로 내려가야 해! 알았냐?"

"아니요, 여기가 어딘지도 모르겠는디, 어떻게 골짜기로 내려만 가면 우리 집이 나온다는 말이여유, 올라올 때는 저기에 있는 능선을 타고 휙 돌아서 왔는디요?"

"올라올 때 생각은 하지 말고 내말대로만 하면 너희 집에 갈수 있어. 그러니 걱정하지 말고 계곡으로만 쭉~내려가. 알았지?"

"야! 알았구만요. 그럼 시방 바로 내려가요?"

내가 물어보았다. 사자들은 손을 흔들어 주면서 빨리 내려가라는 것이다. 그리고 사자들은 다시 한 번 절대로 뒤를 돌아보지 말라는 부탁도 했다. 발길을 조심스럽게 옮기면서 주위를 보니 그래도 다행스럽게 달빛이 있었다. 어느 정도 물체를 분간할 수 있어 다행이라고 생각했다. 달빛 그림자에 비치는 느티나무는 마치 큰 괴물이 서 있는 것처럼 느껴졌다. 나무 위에서는 여전히 소쩍새 우는 소리가 처량하게 들려왔다.

나는 이런 생각이 들었다. 아니, 좋은 길을 놔두고 왜 계곡을 타고 내려가라고 하지? 그리고 왜 뒤를 돌아보면 안 된다고 하지? 궁금한 것이 한두 가지가 아니었지만 그렇다고 무슨 말로 더 이상 물어볼 수도 없었다.

그러나 등 뒤에서 두 사자가 하는 대화 내용 중 확실하게 들을 수 있었던 말,

"이상한 일이야! 저 사람은 망각주를 분명히 마셨을 텐데, 이승의 일들을 다 기억하는 것 같아?"

나는 두 사자들이 시키는 대로 산 계곡을 열심히 내려오기 시작하

였다. 얼마를 내려왔을까. 날이 점점 밝아오기 시작하였다. 나는 숲이 너무 우거져 길도 없는 산길이었다. 도무지 어디가 어딘지 알 수가 없었지만 아래로 아래로 내려오고 있었다.

배도 고픈 것 같고 기운이 다해 힘도 점점 없어졌다. 거기다가 웬 가시덤불은 그렇게나 많아서 빨리 걸을 수조차 없었다. 그러는 사이 어느 한 곳에 당도하니 맹감(땅개)나무 넝쿨이 무성하게 우거져 있었다. 빨갛게 익은 맹감이 얼마나 많이 열렸는지 나는 그곳에 주저앉아 맹감을 정신없이 따먹었다. 배가 불러 더 이상 못 먹게 되자 송알송알 달린 맹감을 따서 바지 양쪽 주머니에 가득 넣었다.

'허허허! 이렇게 빨갛게 익은 맹감을 따다가 우리 각시 가져다주면 정말 좋아 하겠지.'

나는 흐뭇한 미소를 지었다. 다시 한참을 내려오는데 내 앞 숲속에서 이상한 소리가 들리는 것이었다.

나는 조심스럽게 자리에 앉아 풀들을 손으로 헤치며 앞을 살펴봤더니 멧돼지였다. 큰 수컷 멧돼지와 암컷 멧돼지 그리고 새끼들이 고물고물 숫자가 많은 것 같았다. 나는 새끼들을 "한 마리 두 마리" 하며 세어보았다. 자그마치 새끼 멧돼지는 열두 마리였다. 그런데, 갑자기 큰 수컷 멧돼지가 내 땀 냄새를 맡았는지 코를 벌름벌름 하더니 주위를 두리번거렸다.

나는 멧돼지에게 들키지 않으려고 고개를 얼른 숙이고 조심스럽게 뒷걸음질을 했다. 그 자리를 빠져 나와 한숨을 돌리고 막 일어서려는 순간이었다. 갑자기 등 뒤에서 "우두둑" 하는 소리가 들려 뒤를 돌아다보던 나는 깜짝 놀라고 말았다. 집채만 한 수컷 멧돼지 한 마리가 수풀 사이를 뚫고 나에게 돌진해 오는 것이 아닌가.

나는 기겁을 하고 도망을 치기 시작하였다. 그러나 멧돼지가 얼마나 빠른지 금방 내 뒤까지 쫓아와 내 궁둥이를 들어 치받을 것만 같았다. 나는 다급한 나머지 큰 나무를 잡고 획 돌아 커다란 바위 위로 몸을 날려 오르기 시작하였다. 그러나 멧돼지도 나무를 돌아 바위 위로 쫓아 오르는 것이었다. 나는 어찌 할 바를 몰라 바위 위에서 건너편에 있는 나무 위로 뛰어 내렸다.

"우두둑 뚝딱!" 나뭇가지가 부러지며 내 몸이 허공으로 떨어지고 있었다. 나는 살아야 한다는 절박한 순간이었다. 사력을 다해 떨어지면서도 겨우 나뭇가지 하나를 붙들 수 있었다. 나무에 대롱대롱 매달려 멧돼지를 내려다보니 멧돼지는 바위 위에서 씩씩거리며 나를 쳐다보고 있었다. 정말 아찔한 순간이었다. 간발의 차이로 멧돼지를 피할 수 있었으나 한숨이 저절로 나왔다. 나무 위로 겨우겨우 올라타면서 한숨을 지었다. 나도 모르게 등에는 땀이 흠뻑 젖어 있었다. 멧돼지는 한참 동안을 그 자리에 서서 씩씩대다가 되돌아가버렸다.

긴장이 풀린 나는 배도 고팠지만 그보다 더 졸음이 파도처럼 밀려왔다. 나는 나무 위에 앉아 주머니에 따서 넣어 두었던 맹감을 꺼내 먹었다. 배가 어느 정도 부르자 나는 나뭇가지 위에서 엎드린 채 두 다리와 두 팔을 축 늘어뜨리고 잠을 자기 시작하였다.

얼마나 잤을까. 눈부신 해가 중천에 떠 있었다. 나는 주위를 조심스럽게 살펴본 다음 나무에서 내려왔다. 아무리 주위를 둘러봐도 도무지 알 수가 없었으며 방향 감각도 없었다.

산 아래쪽을 내려다보니 계곡 아래쪽에는 운무가 하얗게 끼어 잘 보이지가 않았다. 아래쪽을 향하여 내려가야만 될 것 같았다. 나는 길고 튼튼한 나뭇가지를 분질러 지팡이로 짚고 천천히 산을 내려갔다. 또다시 뭔가가 나타나면 호신용으로 쓰면 좋겠다는 생각이 들어서였다.

한참 산을 내려오자 쌓인 낙엽에 무릎까지 푹푹 빠졌다. 무슨 소리가 나서 가만히 서서 들어보니 낙엽 밑으로 물이 흐르는 소리였다.

봄이 되자 낙엽 밑에 얼어 있던 얼음이 녹아 흘러내리는 소리 같았다. 만약에 발을 잘못 밟아 헛딛기라도 한다면 그냥 물살에 빨려 들어가 버릴 것만 같았다. 나는 계곡을 피해 언덕을 올라 산등성이 쪽으로 방향을 잡았다.

그런데 이게 웬일이란 말인가? 아래에 뭔가가 움직이는 것을 보았는데, 그것은 덩치가 송아지만 한 백호白虎였다. 호랑이는 나를 발견하고는 쏜살같이 달려오고 있었다. 나는 기겁을 하며 들고 있던 지팡이를 내 던지고 달아나기 시작하였다. 계곡 쪽으로 달려가면 발이 빠져 못 도망칠 것 같아 산등성이를 타고 내리 뛰고 있었다.

순간 어느 사이에 호랑이가 등 뒤에까지 와서 내 목덜미를 물려고 했다. 나는 아름드리 상수리나무를 안고 한 바퀴 획 돌았다. 그러자 호랑이는 달려오는 속력에 의해 저만치 나를 지나쳐 갔다. 나는 다시 작은 솔잎 폭 사이를 이리저리 돌아 내 달렸다. 그런데 아뿔싸! 나는 그 자리에 우뚝 멈춰 설 수밖에 없었다. 나는 땅이 푹 꺼진 천 길 낭떠러지 앞에 서 있는 것 아닌가.

순간 뒤를 얼른 돌아보니 호랑이는 나를 향해 전력 질주를 하고 있었다.

　나는 더 뭘 망설일 수가 없어 발아래로 뻗어 있는 넝쿨을 잡고 절벽 아래로 내려 몸을 날리다시피 하여 달려가고 있었다. 그러자 머리 위에서 뽀얀 먼지가 일면서 호랑이가 급히 멈추는 것이 보였다.

　휴, 살았다. 나는 천천히 넝쿨 줄을 타고 내려가면서 발밑을 보니 아득하여 바닥이 잘 보이지 않았다.

　계곡은 몇 천 년을 그렇게 있었는지 팔뚝보다도 더 큰 넝쿨이 수도 없이 아래로 뻗어 있었다. 나는 그 중에서 가장 길고 굵은 넝쿨을 골라 단단히 잡고 아래로 천천히 내려가고 있었다. 얼마나 내려갔을까 희뿌연 물안개가 걷히는가 싶더니 어느새 바닥이 드러나 보이기 시작하였다. 바닥에는 물풀이 무성하게 자라 있었다. 무성한 물풀 한 가운데가 마치 커다랗게 멍석을 깔아놓은 듯 가운데가 둥그렇게 원이 그려져 풀이 누워있는 것이다. 나는 이상한 생각을 하며 천천히 내려가며 바닥을 유심히 보니 내 몸통보다 더 큰 구렁이가 똬리를 틀고 앉아서 입을 크게 벌린 채 내가 내려오기만을 기다리고 있었다.

　나는 깜짝 놀라 내려가던 밧줄을 단단히 잡고 다시 한 번 찬찬히 주위를 살펴보았다. 분명히 동굴아래의 풀들이 사람 키보다도 더 무성하게 자라고 있는데 한 가운데에 둥그렇게 자리를 차지하고 입을 크게 벌리고 있는 것은 분명 큰 구렁이였다.

　나는 손이 떨리고 온 몸에 힘이 쫙 풀려 그 자리에서 그냥 떨어질 것만 같았다. 구렁이 아가리와 나의 거리는 불과 내 키 한길 정도의 간격이었다.

내가 내려가다가 중간에서 멈춰 있으니 구렁이는 맘이 다급 했는지 몸을 힘껏 용솟음치며 뛰어오르며 나를 한입에 삼켜 버리려고 했다. 순간 나는 발을 얼른 위로 올려 움츠러뜨리니 구렁이의 아가리가 바로 내 발이 닿아 있던 넝쿨을 물었다가 놓쳤다. 밧줄이 흔들리면서 요동을 쳤다. 나는 나도 모르게 밧줄을 움켜잡고 위로 올라가기 시작하였다. 이번에는 더 힘차게 구렁이는 튀어 올랐다.

이번에도 아슬아슬하게 나는 구렁이의 아가리를 피할 수가 있었다. 만약 내가 위로 몇 발자국 올라오지 않고 그 자리에 있었더라면 영락없이 구렁이 밥이 되었을 것이다. 내가 매달려 있던 넝쿨은 크게 요동을 쳤으며 나는 마치 원숭이처럼 넝쿨에 바짝 붙어 몸의 균형을 잡고 필사적으로 버티고 있었다. 나는 다시 온 힘을 다해 두 발로 넝쿨을 잡고 두 손으로는 또 다른 넝쿨을 잡아끌며 위로위로 올라가고 있었다.

얼마나 올라왔을까. 머리 위로 훤히 하늘이 보이기 시작하였다. 하늘이 보이자 나를 잡아먹으려고 쫓아왔던 호랑이가 이번에는 걱정이 되었다.

'제발 호랑이가 없어야 할 텐데' 조심스럽게 고개를 돌려가며 위를 살피고 있는데, 아뿔싸! 호랑이는 아직도 그 자리에 턱 버티고 앉아 아래를 내려다보고 있었다. 호랑이의 모습을 발견하자 가슴이 뛰고 손발이 저려 왔다.

'오매! 저 징한 놈의 호랑이는 아직도 안 가고 저기에 있네, 어째야 쓰까? 인자 힘도 없고 배도 고파 죽것는 디.'

나는 꼼짝없이 동굴에 갇혀 내려갈 수도 올라갈 수도 없는 진퇴양

난의 신세가 되었다.

이대로 있다가는 얼마 못 버티고 아래로 떨어질 것만 같았다. 나는 옆에 늘어져 있는 작은 넝쿨을 잡아 내가 버티고 있는 큰 넝쿨에 내 몸을 감아 묶기 시작하였다.

양쪽에 손이 닿을만한 넝쿨은 전부 잡아 몸을 묶고 나니 그래도 조금은 힘이 덜 들었다. 그러나 이것도 임시방편일 뿐 얼마나 버틸 수 있겠는가?

나는 겨우 한숨을 돌리고 있었다. 검은 물체가 마치 공처럼 팔짝 팔짝 뛰는 듯 내 머리 위로 오더니 내가 버티고 있는 넝쿨에 달라붙어 뭔가를 열심히 하고 있지 않은가. 정신을 차리고 자세히 보니 내 주먹 두 개를 합친 것 만한 검은 들쥐였다.

'아니 쥐가 거기서 뭐 하는 거냐?'

나는 혼잣말로 중얼거리며 위를 쳐다보고 있는데, 내 머리 위로 하얀 가루가 떨어지고 있었다. 나는 머리 위에 떨어지는 하얀 가루를 손으로 받아 자세히 봤더니 그것은 넝쿨을 갉아서 먹으며 나오는 가루였다.

'아니, 저놈의 쥐새끼가 내가 타고 있는 넝쿨을 갉아 먹고 있는 거여 시방!'

나는 깜짝 놀라 몸을 바로 세우며 쥐를 쫓아버리려고 애썼다. 그러나 넝쿨에 달라붙은 쥐는 나라는 존재를 의식도 안 하는지 계속 넝쿨을 갉아 먹고 있었다.

나는 소리를 질러도 보고 넝쿨을 흔들어 보아도 쥐는 그 자리에서 꿈쩍도 하지 않았다.

"오매 사람 살려!"

"아~! 누가 나 좀 살려 줘요~!"

나는 죽을힘을 다해 절규를 해 봤지만 돌아오는 것은 동굴 속의 한 가닥 메아리뿐이었다.

쥐는 내가 버티고 있는 넝쿨을 많이 갉아 먹어 넝쿨 속살이 허옇게 반쯤만 보였다.

'이제라도 위로 올라가 차라리 호랑이에게 잡아먹히는 것이 나을까? 아니야, 호랑이는 내 온몸을 갈기갈기 찢어 먹을 거야, 그러면 얼마나 고통스럽겠어.'

나는 그 생각을 하면서 나도 모르게 몸서리가 쳐졌다.

'그럼 차라리 밑으로 떨어져 구렁이 밥이 되는 것이 나을까?'

구렁이 밥이 되는 건 더더욱 싫었다. 그러나 이대로 있어도 얼마의 시간이 지나면 나는 아래로 떨어지고 말 것이었다. 나는 아무리 생각을 해도 지금의 이 상황을 벗어날 수가 없었다. 나는 울다가 웃고 웃다가 울고 있었다. 무엇보다도 집에서 나를 기다리고 있을 내 예쁜 아내가 제일 생각이 났다. 어릴 적 나를 귀엽게 키워 주시던 어머니와 아버지 생각도 많이 났다. 옆집에 살고 계시는 형님과 형수님 생각도 났다. 귀엽게 마당에서 뛰어노는 조카들 얼굴도 생생하게 떠올랐다. 큰 조카 상문과 상숙이 남매들이었다.

내 아내도 시방 임신을 했는데 담에 딸을 낳을까, 아들을 낳을까 그것도 궁금했다. 내가 만약에 살아서 집에 갈 수만 있다면 내 아들 이름을 강철같이 강하라고 '철'이라고 지어 줄 텐데, 돌림자가 '상' 자니게 '상철'이라고 지었으면 좋겠지. 나는 이런 저런 생각을 하다가 깜빡 잠이 들고 말았다.

동굴 밑 하얀 안개 속에서 흰 머리와 긴 수염을 한 할아버지가 큰 지팡이를 들고 허공을 둥둥 떠서 내 곁으로 왔다.

"할아버지! 할아버지! 저 좀 제발 살려주세요!"

할아버지는 내 목소리를 듣자 천천히 고개를 내 쪽으로 돌려서 나를 쳐다봤다.

"허허~! 불쌍한 중생의 운명을 어찌 할꼬~!"

"할아버지, 저를 한 번만 이 사지死地에서 벗어나게 해 주세요."

"인생은 누구나 다 너와 같은 고달픈 삶 속에 갇혀 있는 것이야. 미련하고 어리석은 자들이 조그마한 돈과 쥐꼬리만 한 권세를 마치 특권인양 휘두르며 권위 의식에 사로잡혀 있지만 다 부질없는 짓이지. 다 찰나의 순간이야."

할아버지는 오른 손을 들어 하얀 수염을 점잖게 쓰다듬었다.

"할아버지 난 할아버지가 하시는 말씀이 뭔 말인지 몰라요. 제발 한 번만 저를 살려주세요."

나는 눈물로 애원하고 있었다.

"하하하! 너는 지금 꿈속에서 꿈을 꾸면서 괴로워하고 있구나. 네가 그곳을 벗어나는 것은 내가 할 수 있는 것이 아니고 오로지 네가 풀어야 할 숙제니라."

"예? 뭐라고요, 이 숙제를 내가 풀어야 한다구요? 고것이 뭔 말씀인지 지는 도무지 모르겠는디요? 할아버지 그러지 말고 나를 불쌍히 여기시고 한 번만 살려주세요. 흐~흑흑흑."

"인생이란 만나면 헤어지는 것이 순리이고 태어나면 반드시 죽는 것이 또한 순리가 아니더냐? 무얼 그리 살려 달라고 애원을 하는 게냐? 꿈에서 깨어나기만 하면 모든 고통에서 벗어나는 것을 왜 모른단 말이냐? 하~ 하하하 하~ 하하하!"

웃음을 남기면서 할아버지는 다시 짙은 안개 속으로 점점 사라져 갔다.

"할아버지~!"

"출생은 죽음의 시작일 뿐이고 죽음 또한 삶의 일부분일 뿐이지~~~~~~~!!!!!"

순간 잠에서 깨어난 내 눈에는 눈물만이 가득 고였다. 꿈이었지만 꿈같지 않고 너무나 생생하여 마치 현실인 것만 같았다. 나는 위를 쳐다봤다. 머리 위로는 푸른 하늘에 구름이 한가롭게 지나가고 있었다. 마치 세상 아무 일도 없는 것처럼 조용하고 한가로운 날씨였다.

그러나 흰 가루는 여전히 머리 위에서 휘날리고 있었다. 나는 쥐가 넝쿨을 파먹고 있는 곳을 보면서 기겁을 하고 말았다. 그 이유는 쥐가 넝쿨을 다 파먹고 남은 것이 손가락 두께 만큼 밖에 안 남았기 때문이다. 지탱하고 있던 넝쿨은 이제 힘이 없어 빙글빙글 돌면서 금방이라도 끊어질 것만 같았다. 흰 호랑이는 아래를 내려다보면서 입을 쫙 벌리고 빨간 입안을 날름 내 보이고 있었다. 그 모습에 놀라 내가 몸을 뒤로 젖히는 순간 "툭" 하고 넝쿨이 끊어져 내 몸이 허공에 떠서 밑으로 한없이 떨어지고 말았다. 나는 허공을 허우적대며 몸부림을 쳐 봤지만 아무소용이 없었다. 무엇이라도 한 가닥 잡으려 해도 손에 잡히는 것은 아무것도 없었다.

이제는 꼼짝없이 죽었구나! 하며 반사적으로 고개를 돌려 계곡 아래를 내려다 봤다. 내가 떨어지는 것을 알았는지 구렁이는 커다란 아가리를 쩌~억 벌리고 있었다.

"엄~니~!"

저승에서 다시 이승으로

나는 자리에서 벌떡 일어났다.

"엄니! 엄니! 엄니! 어딨어요?"

"우지직 와장창" 병풍이 넘어졌다.

갑자기 내 비명소리에 이어 윗목에 쳐 놓았던 병풍이 넘어진 것이다. 방안에서 상여에 매달아 띄울 꽃을 한지로 열심히 만들고 있던 사람들이 혼비백산하여 밖으로 뛰쳐나갔다.

"오매~ 죽은 송장이 일어나부렀네."

"뭣이여! 귀신이 나와부렀다고? 이것이 뭔 일이다냐?"

부엌에서 열심히 음식을 준비하던 아낙네들이 밖으로 뛰쳐나오며 지르는 소리였다.

그 말을 듣고 방으로 뛰어 들어오는 사람이 있었다. 다름 아닌 나의 아내 정인이었다. 아내는 방으로 뛰어 들어오자 한동안 혼이 나간 듯 서 있었다. 죽은 지 이틀이나 지나 관속에 넣어 윗목 병풍 뒤에 놓아두었던 사람이 머리는 산발을 하고 웃통은 반쯤 벗은 채로 서 있는 모습이 당키나 한가. 그녀는 나를 와락 끌어안으며 울부짖었다.

"여보! 당신이 정말 살아 있다는 말이요? 여보! 여보~!"

사랑하는 나의 아내 정인의 따뜻한 체온이 금세 느껴졌다. 그 말을 듣는 순간, 나는 다리에 힘이 쫙~ 빠지면서 자리에 풀썩 주저않고 말았다.

정신이 몽롱했다. 밖에서 사람들이 방안을 들여다보면서 뭐라고 떠드는 소리가 내 귀에는 그냥 "와글와글" 들릴 뿐 다른 말소리는 들리지 않았다.

아내의 품에 안겨 있는 순간이 마치 꿈을 꾸는 듯 아련하게 느껴졌지만 내 가슴의 심장이 "벌떡 벌떡" 뛰는 소리는 여실히 느껴졌다.

'아~! 내가 살아 있구나. 나는 죽지 않았어.'

나는 속으로 그 말을 되뇌며 아내 품에 안겨 얼마를 있으려니 갑자기 밖에서 누군가 뛰어 들어왔다. 상여를 만들기 위해서 새끼를 꼬고 있던 형님이었다. 형님은 방으로 뛰어 들어오면서 내 팔을 잡아 흔들며,

"문현아! 이것이 뭔 일이냐?"

하며 나를 끌어안아 주었다.

"성님! 시방 내가 살아 있지라우? 나는 죽지 않았지라우?"

나도 울음을 터뜨리며 형님 가슴에 얼굴을 파묻었다.

"어디가 그렇게 아프냐? 어디 아픈 디를 말해 보아라."

형님은 가슴에 얼굴을 파묻고 울고 있는 나를 밀쳐내면서 머리 위에서부터 가슴, 배를 거쳐 아래로 찬찬히 내려다보았다. 그때 비로소 나도 내 몸을 움직이면서 점검을 해 보았지만 아픈 곳이라고는 한 곳도 없었다. 내가 몸살이 나듯 끙끙 앓고 누웠던 생각을 해 보면

서 두 팔과 다리를 움직여 보아도 불편한 곳은 없었다.

아니 내가 그동안 꿈을 꾸듯이 겪은 일들이 저승이었단 말인가? 나는 아직까지도 너무 생생하게 느껴지는 일들을 생각하며 몸을 부르르 떨었다. 다시 생각해도 너무 끔찍하고 생각하기조차 싫은 기나긴 악몽이었다.

"자~ 이제 동생이 환생을 하여 돌아왔으니, 우리 기왕에 잡은 돼지와 여러 가지 음식으로 초상이 아닌 잔치를 벌여 마음껏 드시고 취해 봅시다."

형님이 밖으로 나가면서 마을 사람들에게 하는 말이었다.

"오매~!! 시상에 살다가 보니 이런 일도 다 있네."

마을 사람들은 모두 방안으로 들어와서 나를 만져도 보고 손을 잡아 주며 한마디씩 격려와 축하를 해 주었다. 밖으로 나가신 형님은 행여 내가 볼세라 만들다 만 상여를 얼른 걷어 치웠다. 초상집이 잡자기 잔칫집으로 바뀌고 곡소리 대신 노랫소리가 밤새도록 온 마을에 떠나가도록 울려 퍼졌다.

마을 사람들 들어 보소~
문현이가 죽었다네~
문현이가 살았다네~
죽었다 살았다 말들을 마소~
죽은 것이 산 것이요, 산 것이 죽은 것이라네.
얼씨구 절씨구 지화자 좋네~
얼씨구나 절씨구~~

나는 따뜻한 아랫목에 앉아 있으려니 아내가 이불을 가져와 온 몸에 감싸 주었다. 나는 기억에도 생생한 조금 전의 세상과 지금 눈앞의 세상이 너무나도 달라서 그냥 우두커니 마을 사람들이 술 마시고 노래하는 모습만을 바라보고 있었다. 그리고는 머리가 하얀 산신령님의 말씀을 되새겨 보았다.

'꿈속에서 꿈을 꾸고 있구나. 그 고통에서 벗어나는 길은 꿈에서 깨어나는 것'이라고?

나는 뭔가 알 것도 같으면서도 자세히 생각을 해봐도 도무지 무슨 말인지 알 수가 없는 말이었다. 그렇다면 우리의 인생살이도 따지고 보면 모두 꿈이란 말인가? 그래서 어른들이

"모든 인생살이가 일장춘몽이라 했든가? 그래 맞는 말이여. 우리가 지고 있는 이 무거운 인생의 짐을 벗는 길은 죽으면서 벗는 거여. 죽는다는 것은 뭣이여 꿈에서 깨어나는 것 아니 여. 그래서 일장춘몽이라고 한 거여."

나는 기억나는 대로 열심히 중얼거리고 있었다.

그런 모습을 옆에서 보고 있던 아내가 무척 걱정스런 표정을 하면서 나에게 조심스럽게 말을 걸어왔다.

"당신 시방 머리가 많이 아파유? 당신 머릿속에 시방 딴 사람이 있는 것 같아유."

나는 그 말을 듣고 웃음이 저절로 나왔다.

"헤헤헤! 당신 시방 뭔 말을 하는 거여? 헤헤헤!"

"오매! 이 양반이 진짜로 실성해 버렸는갑네."

아내의 그런 말에도 나는 아무 대꾸도 하지 않고 그냥 씽긋이 웃

고만 있었다. 그것은 무슨 말을 어디서부터 어떻게 설명을 해줘야 될지도 모르겠지만, 설령 해 준다 해도 알아들을 것 같지 않아서였다. 그러는 순간 방문이 활짝 열리면서 큰 소리가 들렸다.

"왔다 왔다, 나산댁! 빨리 나와서 막걸리도 더 짜고 술도 한잔 먹고 노래도 하고 춤도 춰봐, 이같이 좋은 날에 뭣땀시 방안에만 그렇게 있는가!"

우리 동네에서 가장 수다스럽다는 함평댁이 소리를 질렀다.

"아니 죽었던 서방님이 환생을 했는디 얼매나 좋겠는가? 서방님 곁에서 실컷 쳐다보고 만져 보라고 그냥 놔두고 막걸리는 우리가 짜서 내 놓자고."

강산댁이 따라 들어오면서 하는 말이었다.

어느덧 날은 저물어 가고 마당 한 가운데는 나무를 둥그렇게 쌓아 둔 모닥불이 활활 타오르고 있었다. 빨간 불꽃이 강렬하게 하늘거리며 춤을 추었다. 나는 몸이 피곤한 탓에 더 이상 견디지 못하고 안방 아랫목 벽에 기대어 눈을 감고 잠을 청했다. 들려오는 노래 소리가 마치 꿈속인 듯 아련하게 내 귓전을 울렸다. 그 소리가 점점 크게 들렸다 작게 들렸다 "웅~" 하고 울림으로 되돌아오기도 했다.

'우리네 삶도 꿈이고, 잠을 자면서 꾸는 꿈도 꿈이라는 생각이 들었다. 우리는 모두 꿈속에서 꿈을 찾아 헤매는구나.'

중얼거리며 나는 그렇게 깊은 잠에 빠져 들었다.

다시 찾은 삶, 희망찬 내일

내가 다시 눈을 떴을 때는 동창이 훤히 밝아 있을 때였고 사방은 너무 조용해 적막감마저 돌았다. 나는 고개를 돌려 아내의 자리를 보았다. 그러나 아내의 자리는 비어 있었다. 다시 고개를 돌려 방 윗목을 봤다. 거기에는 아내가 밥상을 차려 상보를 곱게 덮어 놓은 것이 보였다. 나는 자리에 누워 기지개를 켠 다음 몸을 일으켜 간신히 자리에서 일어났다. 그런데 생각보다 훨씬 몸이 가벼웠다. 그래서 문을 밀고 밖으로 나와 마루에 걸터앉았다.

밖에는 봄 햇살이 눈부시게 비춰 눈을 뜨고 똑바로 쳐다볼 수 없을 정도로 강렬한 햇빛이 비추고 있었다. 마당과 텃밭에는 아지랑이가 아롱아롱 피어오르고 그 사이로 닭들이 여기저기 땅을 헤치며 모이를 찾고 있었다. 누렁이도 오랜만에 보는 내가 반가웠는지 곁으로 다가와 내 손등을 연신 핥아대었다.

갑자기 돌개바람이 부는지 마당 한쪽에서부터 먼지가 일면서 서서히 돌기 시작하더니 점점 빨라지면서 마당 한가운데로 스치듯 지나가면서 먼지바람이 내 얼굴을 때리고 지나갔다.

양지쪽에서 모이를 쪼던 닭들의 깃털이 바람결에 따라 속살이 들여다보이며 마음대로 휘날렸다. 나는 짚신을 끌고 마당을 가로질러 측간(화장실과 퇴비장) 입구에 쳐 놓은 거적을 손으로 젖히고 안으로 들어가 퇴비가 있는 곳에 오줌을 시원하게 눴다. 또 다시 바람이 불자 쌓아 놓은 재들이 바람 따라 뿌옇게 일어 날렸다. 나는 얼른 측간에서 나와 거적을 다시 쳐 놓고 방으로 들어왔다. 그리고는 아내가 곱게 차려 놓은 밥상을 앞으로 당겨 살펴보았더니 참으로 먹음직한 미역국과 삶은 돼지고기를 한 상 차려 놓았다. 아내는 내가 입맛이 없을까봐 미역국까지 끓여 놓았던 것이다.

나는 오랜만에 아내가 차려 놓은 밥을 맛있게 배불리 먹었다. 다 먹은 밥상을 들고 부엌으로 들어가려고 하니 아내가 빨래 통을 들고 들어오는 모습이 보였다. 마을 한 가운데에 있는 동네 우물에서 빨래를 해가지고 오는 것이었다.

"아이고 일어나셨는감요? 아니 그란디 아직 힘도 없으면서 뭣 할라고 밥상을 들고 나온다요?"

아내는 빨래 통을 내려놓고 내게 얼른 다가와 밥상을 받아 부엌으로 들어갔다. 나는 천천히 우리 집을 한 바퀴 돌아봤다. 텃밭을 사서 금방 지은 집이라 울타리가 하나도 없어 너무 휑하게만 보였다.

'그래 맞아! 집 주위에 전부 대나무를 심어야지.'

나는 불현듯 꿈속에서 저승사자가 한 얘기를 상기하면서 중얼거렸다. 다행히 따뜻한 남쪽 지방이다 보니 대나무는 마을 이곳저곳 아무데서나 구할 수 있었다. 대나무 밭에 가서 대나무 뿌리를 몇 마디씩 캐다가 땅을 3~5치 정도 파고 묻어 놓기만 하면 거기서 뿌리가 내리고 죽순이 자라 대나무 밭이 되는 것이다.

대나무는 뿌리 마디마디에서 죽순이 봄 4월 말~ 6월 초순까지 비가 오고 나면 자라기 시작한다. 죽순이 여기저기에서 올라오는 것을 보고 '우후죽순'이라는 말이 나올 정도로 금방 번성하는 특성을 가졌다.

그날부터 나는 집 주변에 대나무를 열심히 심기 시작하였다. 계절도 봄이어서 대나무는 심는 대로 무럭무럭 잘 자라났다. 옆집에 살고 계시는 형님이 내가 대나무를 심는 모습을 보시더니 나에게 이렇게 물어 왔다.

"아니 동생! 자네 왜 갑자기 대나무를 집 주위에 그렇게 많이 심고 있는가?"

"네, 형님! 나도 이유는 잘 모르겠는데요, 저~ 내가 꿈을 꾸었을 때 저승에 계시는 사자분이 나에게 말하기를……."

나는 저승에서 있었던 이야기를 형님에게 상세하게 말씀을 드렸다.

"아~ 그런 사연이 있었구먼. 그럼 나도 같이 대나무를 심어야겠는 걸."

형님도 집 주변에 대나무를 심기 시작하였다. 그 대나무에서 여름에 죽순이 나고 잎이 피어 가을에는 무성한 대나무 밭이 되었다. 십년이 지나면서 대나무 숲이 우거져 밖에서는 형님네 집과 우리 집이 보이지 않을 정도로 대나무 밭이 무성하고 울창하게 우거졌다.

나의 건강도 대나무를 심기 시작하면서 괜찮아졌다. 얼마 안 지나서 집사람은 튼실한 아들을 순산하였다. 나는 그 첫아들 이름을 '상철'이라고 지었다. '상'자는 돌림자지만 강철 같이 굳건하게 살라고 '철'자를 넣었다. 그리고 나는 집사람과 열심히 일해 한푼 두푼 모은 돈으로 논과 밭을 사기 시작하였다. 내 논과 밭의 일이 없을 때에는 우리 집에서 얼마 안 되는 거리에 있는 '함평 이씨' 문중의 농사일을 해주고 품삯을 받아 생활을 했다.

우리 동네는 '함평 이씨'들이 많이 살고 있었으며 뒷산 앞산이 모두 '함평 이씨'의 문중 산이었다. 그래서 동네 사람들 거의가 봄부터 여름 가을까지 '함평 이씨'의 농사를 도와주며 삯을 받아 살고 가을에는 산 여기저기에서 '함평 이씨'들의 시제를 도와주며 떡과 과일 등을 얻어 끼니를 때우기도 하였다. 그렇지 않은 날은 산에 가서 나무를 한 짐 해가지고 나산장터에 나가 팔아서 생필품을 사오기도 하였다.

새벽 일찍 일어나 나무 한 짐을 해서 팔고 집에 와서 아침을 먹고 또 한 짐을 해서 갖다 팔았다. 어느 날 나는 나무 판 돈으로 고등어 한 손을 사서 지게에 달아매고 집에 왔는데 각시가 안 보이기에 밥꾸리에서 보리밥을 한 사발 퍼서는 냉수에 말아 된장에 고추를 찍어 먹고는 또 산에 올라가 나무를 해서 나산장으로 나갔다.

시장 초입에서 고추장 전을 벌여놓고 장사를 하고 있는 인선씨가 나를 보면서 말을 걸었다.

"아니 문현이는 오늘 벌써 나무를 세 탕채 하는 것인감?"

"예, 형님! 집에 그냥 있으면 심심하니께 그냥 왔다 갔다 합니다. 하하하!"

"내일은 우리 집에 논매는 날이니께 우리 일 좀 하세?"

"예, 그라지라우!"

"나무 팔고 이리 와, 내가 약주 한 잔 받아 줄게!"

"예, 알았구만요."

나는 나무를 팔고 인선씨를 찾아갔다.

"응 벌써 왔어? 주막집에 들어가서 술 한 잔 하지?"

"아따! 나 술 못하는 거 형님이 잘 아시면서요."

"음 그럼 장국이라도 한 그릇 먹고 가, 난 배가 불러서 술만 한 잔 할려니까."

"그러지요, 그럼."

나는 인선씨와 어깨를 나란히 하고 주막집으로 들어갔다.

"여~ 제수씨! 장국 한 그릇하고 탁배기 한 잔 주시오."

나는 허리가 좀 뻐근했지만 주막집 나무 의자에 걸터앉았다. 보리밥을 집에서 한 사발 먹긴 하였지만 뱃속에서는 허기가 밀려왔다.

주인아줌마는 뚝배기 가득 해장국을 퍼내 왔고 김치는 깍두기 한 가지만 주었다. 그러나 그렇게 먹는 해장국 맛은 정말 꿀맛이었다.

정신없이 먹고 있는 나에게 막걸리 한 사발을 건네주면서 인선 형님은 이렇게 말을 하는 것이었다.

"아니 이 사람 배가 많이 고팠나 보네, 자 목마르니께 탁주도 한잔 쭉~ 들이켜."

하시며 하얀 사발에 막걸리를 가득 부어 내 앞으로 내밀었다.

"아따 형님! 나 술 못하는 줄 잘 아시면서 술을 줘유?"

"이 사람아! 오늘같이 나른한 날에는 탁주를 한 사발 쭉 들이켜야 피로가 확 풀리고 힘이 불끈 솟는 법이여, 걱정하지 말고 한 잔 혀."

그 얘기를 들으며 상 위의 탁주를 쳐다봤는데 누런 막걸리는 거품이 조금 떠 있으면서 빙그레 돌고 있었는데 참 먹음직하게 보였다.

'오늘 참 힘들었는데 이제 일도 다 끝났겠다, 막걸리 한 잔 마신다 해도 별 문제없겠지.'

나는 속으로 이렇게 생각하고 막걸리 잔을 들어 형님께 건배를 하고 입에다 갖다 댔다.

처음에는 한 세모금만 먹으려고 했는데 갈증이 너무 났는지 나도 몰래 한 잔을 벌컥벌컥 다 들어 마셔버렸다. 그 모습을 본 인선 형님은 순간 좀 놀라는 눈치였다.

"음마! 자네 술 못한다고 지금까지 내숭을 떨었구만, 자 한 잔 더해."

하시며 술잔에 술을 가득 또 따라 주었다.

"아니어요, 형님! 정말 그만 할래요."

하며 손사래를 치며 장국을 다시 먹기 시작하였다.

평소에는 돈이 아까워 잘 못 사먹는 장국 한 그릇 50환이었는데 배가 고픈 지금은 정말 맛이 있었다.

장국을 다 먹을 즈음 얼굴이 빨갛게 상기되고 약간 어지러움을 느꼈다.

"형님은 아직 장 파하려면 좀 멀었지요?"

"아니여, 이제 파장이 다 되었는디 누가 지금 장에 나오겠는가, 짐 정리하고 끝내야지."

"그럼, 지는 먼저 들어가 봐야겠는디요."

"그래, 술 그만 마시려면 어여 올라가. 나도 짐 정리하고 바로 따라갈 텐게."

"술은 더 못 먹겠어요, 형님! 그럼 저 먼저 올라가 봐야겠어요, 장국 잘 먹었습니다."

나는 인사를 하고 지게를 챙겨 메고 집으로 향했다. 집으로 오는데 자꾸만 나도 몰래 웃음이 나왔고 산 고개로 접어들면서부터는 노래를 흥얼거리기 시작하였다. 하늘은 빙빙 돌고, 땅은 깊었다 얕아졌다 했으며 머리가 아파왔다.

산 고개 정상쯤 왔을 때는 빈 지게로 오는데도 숨이 턱 밑까지 차오르고 머리는 쪼개질 듯 아파왔다. 나는 아픔을 도저히 참지 못하고 길에서 조금 벗어난 곳의 무덤가에 자리를 잡고 메고 있던 지게를 옆에 벗어놓은 채 자리를 잡고 누웠다. 잠시라도 자고 나면 정신이 돌아오고 머리 아픈 것도 좀 멎을 것만 같았다.

'휴~! 나죽겠네, 여기서 잠깐만 자고 가도 되겠지.'

하며 묘지 옆 잔디에 누웠는데 초여름의 태양은 서산을 넘어가는지 하늘은 점점 붉게 물들어 가고 있었다. 나는 자리에 눕자 바로 코를 "드르렁 드르렁" 골며 깊은 잠에 빠져 들었다.

묘지에서 만난 사자死者

나는 얼마를 잤을까? 몸이 추워 잔뜩 움츠리고 새우잠을 자고 있었다. 풀벌레 소리가 들렸으며 이름 모를 새 소리도 구슬프게 들려왔다. 새 울음소리는 한두 마리의 울음소리가 아닌 것 같았다.

나는 의식을 차리려고 귀를 쫑긋이 새우고 여기저기에서 들려오는 소리들을 파악해 보았다.

저 멀리 어느 곳에서 가늘게 들려오는 소쩍새 울음소리도 있었다.

'아니 내가 지금 어디에 누워 있는 것이라냐? 지금 들려오는 소리들은 뭐고, 왜 이렇게 몸은 추운 것이여.'

나는 비몽사몽간에도 정신을 차리려고 안간힘을 쓰고 있었다. 그 순간 갑자기 누가 나를 부르는 소리가 들렸다.

"어이! 나와 보시게! 어~ 이! 나와 보라니께."

순간 나는 깜짝 놀라 벌떡 일어서려는 순간, 바로 내가 누워 있는 등 밑에서 무슨 소리가 나는 것이었다. 아니 그 소리는 분명 사람의 목소리였다.

"음~! 뭔 일이랑가?"

"오늘 저녁이 내 기일인데 같이 가지 않으려나? 아마 내 자식들이 술과 고기를 한상 차려 놓고 나를 기다리고 있을 걸세."
하는 소리는 내 발 바로 아래에서 나는 소리였다.

나는 가만히 실눈을 뜨고 주위를 살펴보았다. 순간 내 눈에 들어오는 것은 시퍼런 달빛뿐이었다. 머리는 쪼개질듯이 계속 아팠다.

'아니 방에 누워 있어야 할 내가 도대체 어디에 누워 있기에 달빛이 보인다냐? 아니 지붕이 갑자기 바람에 날아가 버리기라도 했다냐?'
하며 손끝을 조금 움직여 방바닥을 살짝 만져보니 손끝에 잡히는 것은 풀이었다.

'오매 뭣이여, 시방 내가 풀밭에 누워 있는 것이여 시방!'
하며 살며시 일어나려고 하는데 말소리가 또 다시 들려오는 것이었다.

"아니여! 오늘은 안 되겠어, 우리 집에 갑자기 손님이 찾아와 누워 자고 있거든."

"아니 갑자기 뭔 손님이 찾아왔다는 것인가?"

"글씨 나도 뭔 일인지는 잘 모르겠는데 지나가는 길손인 모양인디 초저녁부터 우리 집에 자리를 잡고 곤히 자고 있어."

"그리여? 그럼 나 혼자 갔다 와야겠구먼."

"그래 내 걱정 하들 말고 어여 어여 다녀와."

"그래도 좀 미안헌디."

"별 말씀을, 생각해줘서 고마우이."

"그럼 내 얼른 갔다 올게."

"아, 이 사람아, 천천히 배불리 많이 먹고 와! 1년에 한 번인디 뭐가 그렇게 바쁘다고 빨리 갔다 온다는 것이여. 하하하!"

그 말이 끝나자 조용해졌다. 내 마음은 일어나고 싶었는데 머리가 어지럽고 아파서 몸이 일으켜지지 않았다.

나는 다시 잠이 들어버렸다. 얼마나 더 잤을까 몸이 약간 추위를 느끼고 의식을 되찾으려 할 무렵 다시 무슨 소리가 들려왔다.

"아니 왜 벌써 왔어? 천천히 많이 좀 드시고 오시지?"

"말도 말어, 기분이 나빠서 밥 한 숟가락도 안 뜨고 그냥 왔어."

"아니 왜? 자식들이 잊어버리고 제사상을 안차려 났던가?"

"아 음식은 차린다고 차려 노았는디, 밥상 위를 보니께 구렁이 토막이 올라 있지 않겠어, 그래서 바로 숟가락을 놓고 나와 버렸어."

"어마! 그럼 섭섭해서 어쩐디야, 일 년을 기다린 날이었는디."

"그래서 내가 지놈들도 맴 좀 아파보라고 손자 한 놈을 데려 올라고 하네."

"아녀! 그건 너무 심하잖어?"

"그래야 그놈들도 평생 맘 아파하면서 살 것제."

"아니 그런다고 누가 말해주지 않으면 어떻게 제사를 잘못 지내서 자식이 죽었다고 생각이나 하겠어?"

하며 못내 아쉬워하는 말투였다.

"그러니께 일 년에 딱 한 번 있는 제사를 음식만 많이 차려 놓는다
고 누가 좋아하간디? 음식은 조금 차리더라도 정성을 다해 차려 놔
야지, 어이 괘씸한 놈들."

"아 이 사람아! 그만 맘 풀고 이제 용서해 줘."

"안 돼! 섭섭한 맘으로는 그보다 더한 벌이라도 내리겠구만 꾹 참
고 있는 것이여."

하고 말하는 순간 어디에선가 닭 우는 소리가 들렸다.

"탁 탁 탁! 꼬끼오~"

"아니 벌써 축시가 지나고 인시가 되가는 모양일세, 어여 들어가!"

"알았네, 내일 또 보세."

라고 하는 말을 끝으로 주위는 조용해졌다.

한참 조용하기에 나는 지금까지 자고 있는 척 하다가 눈을 살며시
떠 보았다.

동이 트는지 눈앞이 환해지면서 사물을 구별할 정도로 어느새 밝
아왔다. 나는 조용히 자리에서 일어나 옆을 보니 지게가 그대로 놓
여 있었다.

"아니 그럼 내가 어제 장에서 술을 한 잔 하고 집엘 가다가, 그렇
지 머리가 좀 어지럽고 숨이 차올라 잠깐 쉬어간다며 묘지 옆에 누
웠던 것인데 지금까지 잠이 들었던 것이구나."

하면서 지게를 둘러메고 짚신을 신고 그 자리를 떠나 구산 안동네로
접어들었다.

"참 이상한 일이구만! 그 묘지는 분명히 구산에 사는 나산 안씨들 선영인데 왜 그런 이야기들을 하지? 혹시 내가 꿈을 꾼 건 아닐까?"

나는 혼자서 중얼거리며 산길을 내려왔다.

내가 구산 안동네를 지나 내동으로 접어들려고 하는데 세영이네 집에 불이 밝게 켜져 있는 걸 보았다.

'아니 이 꼭두새벽에 집에 무슨 일이 있나 불을 켜 놓고 뭣들 하는 거여.'

하며 막 지나쳐오려고 하는데 여자의 울음소리가 들려 왔다.

'응? 누가 죽었나? 아니 세영이네 집은 늙은 사람은 없고 젊은 사람들만 살아서 죽을 사람도 없는디.'

하며 나는 호기심에 담 너머로 집안을 들여다보았다. 마당에는 세영이가 하늘을 쳐다보며 우두커니 서 있었다.

"어이~ 세영이 집에 무슨 일이 있는가?"

나하고 세영이는 나이가 한 살 차이로 내가 더 많아 형이라고 부르는데 우리는 친구처럼 참 다정한 사이였다.

세영이는 나를 쳐다보고도 아무 말 없이 한동안 멍하니 서 있었다.

'나는 무슨 일인지는 잘 모르겠지만 무척 심각한 일이 있는 모양이구나.'

하고 돌아서 가려고 하는데 방문이 열리면서 여자의 비명소리가 들렸다.

"형석 아부지 빨리 가서 의원님 좀 모셔오랑께요, 이러다가 형석이 죽어버리면 나 진짜 못 산당께요. 흑흑흑!"

세영이 마누라가 맨발로 뛰어나오며 울부짖는 소리였다. 나는 얼른 대문으로 뛰어 들어가서 세영이 마누라를 붙들고 물어봤다.

"아니 제수씨 도대체 무슨 일이 있기에 그러십니까?"

"우리 형석이가 다 죽게 생겨부렀구만이라우."

"아니 왜요?"

"모르겠어라우, 어젯밤이 시아버지 제사였는디 제사를 다 지내고 나서 갑자기 저렇게 애가 눈이 뒤집어지면서 갱기를 한다니까요, 오매 환장하것네."

"뭣이여! 제사를 지내고 애가 갑자기 갱기를 하면서 죽어간다고 라우?"

"야! 큰 일 났어라우."

"그럼 빨리 의원님을 불러 와야지요?"

"안 그래도 지금 막 갈려던 참인디요."

"어! 이것이 뭔 일이다냐? 큰일 나 버렸구만."

걱정이 무척 되면서도 내 머리 속에서는 어젯밤에 있었던 일들이 자꾸만 떠올랐다.

"어이 동상! 그런디 말이여 자네의 선영을 어디다가 모셨는가?"

"선영이요?"

"응 아부지 말이여?"

"아부지요? 형님은, 아~ 저기 뭣이야 나산 넘어가는 덜국재에 모신 것을 형님도 아시잖아요?"

하며 세영은 홍분을 했는지 얼굴은 빨개가지고 손을 들어 나산 쪽을 가리킨다.

"아 그럼 그 덜국재에 모신 아버님 기일이 어젯밤이었어?"

"그래라우!"

하면서 고개를 힘없이 떨군다.

"그래 맞어, 거기였지? 그런데 내가 어제 나산장에서 인선씨가 사주는 술을 한 잔 하고 덜국재를 넘어 오다가 자네의 선영 무덤에서 잠이 들었는데 참 희한한 일을 봤다니께."

하며 나는 어젯밤에 있었던 이야기를 자세히 세영이에게 해 주었다.

"오매 그럼 이 일을 어쩐다요, 성님?"

"내 생각은 빨리 의원님을 모셔다가 애를 봐 달라고 하고, 읍내에 가서 새 장을 봐다가 음식을 깨끗하게 차려 제사를 다시 지내면 어떻겠어?"

하면서 나는 세영이의 눈치를 봤다.

"성님 말이 참말이라면 그렇게라도 해야 쓰것는디요!"

"음 그래야! 음식을 많이 할 필요는 없고 간단히 나물 세 가지 전세 가지만 하고 맷밥 깨끗이 지어 놓고 두 부부가 아버님 잘못했습니다, 하고 싹싹 빌어보더라고."

하며 나는 진심으로 세영이를 동정하며 말했다.

세영도 처음에는 좀 황당하게 생각하며 나를 별로 못마땅하게 여기는 눈치를 보이더니 나의 진솔한 이야기에 긍정적인 모습을 보였다.

우리가 그런 이야기를 하고 있는 사이 윗동네에 사는 의원이 불려왔다. 의원은 아이의 맥을 먼저 짚어 보더니 눈도 까보고 입안도 들여다보며 고개를 갸우뚱거리더니 아예 아이의 옷을 훌러덩 벗겨 온몸의 상태를 자세히 들여다보고는 하는 말,

"아이는 내 의술 상식으로는 아무 이상이 없는 것 같은디 저렇게 괴로워하는 걸 보면 분명히 아프긴 한 것 같네."

하며 들고 왔던 가방을 챙기며,

"좀 더 지켜 보드라고, 내 집에 가서 약을 좀 지어 오겠네."

하며 집을 나섰다.

그러는 사이에도 아이는 죽는다고 데굴데굴 온 방안을 굴러다니며 몸부림을 쳤다. 어느새 아이의 이마에는 땀방울이 송골송골 맺혀 있었다.

그 모습을 차마 보지를 못하고 돌아서던 세영이는,

"형석 엄마 빨리 제사 준비를 해 보드라고, 우선 목욕부터 하고 깨끗하게 준비해! 난 장에 나가서 뭐 좀 사와 볼 테니께 말이여."

세영은 겉으로는 표현을 안 했지만 목소리는 메어 있었다.

세영은 나산장으로 달려가서 전어 3마리, 조기 3마리, 죽상어 1마리를 사가지고 집으로 돌아왔고 그도 목욕을 깨끗이 마치자 새 옷으로 갈아입고 윗목에 큰 상을 펴 놓고 제사상을 차리기 시작하였다.

나는 그의 모습을 한참 쳐다보다가 이렇게 말했다.

"어이 동상! 상을 윗목에 차릴 것이 아니고 준비를 다 해가지고 산으로 올라가서 아부지 선영 앞에 차려 놓고 빌어 보자고, 음? 그래야 될 것 같아."

하고 내 마음을 세영이에게 전했다.

"그래요? 그럼 성님 말씀대로 산으로 올라가서 제사를 지내지요."

하며 준비한 음식들을 지게에 올려놓기 시작하였다.

세영이의 부인도 부엌에서 나물과 생선을 구워 접시에 곱게 담아

내왔다.

"여보! 맵 밥은?"

"거의 다 되어갑니다."

"그냥 밥통에 퍼요, 산에 가서 그릇에 담아 올리면 되니께, 그라고 정종하고 정안수도 준비해요."

하며 세영이 다그쳤다.

그럭저럭 하루의 해도 서산을 넘고 있었다. 어둠을 헤치며 세영과 부인, 그리고 나는 산으로 오르기 시작하였다.

세영이 부친의 묘 앞에 도착하였을 때는 앞이 한 치도 안 보이는 칠흑 같은 깊은 밤이 되었다. 우리는 촛불을 켜 놓고 부친 묘 앞에 제사상을 차리기 시작하였다.

상을 다 차려놓고 하늘을 쳐다보니 별빛이 마치 금방 쏟아 질 것처럼 바로 눈앞에 떠 있다.

"성님? 예부터 제사는 자시가 되어야 지낸다고 하는디 시방 너무 이른 것 아닌가요?"

"야 이 사람아! 시방 애가 다 죽어가고 있는디 뭘 그런 걸 생각할 여유가 어디 있는가? 잔말 하지 말고 제수씨 하고 밤이 새도록 잘못 했다고 손이 발이 되게 빌어."

하며 나는 제수씨의 손을 잡아끌어 상 앞에 무릎을 꿇어앉혔다. 그때서야 세영이도 애 생각이 났는지 덥석 엎드려 큰 절을 두 번 하고는,

"잘못 했어라우, 아부지 이 불효자를 용서해 주서요."

하며 빌기 시작하였고, 따라서 제수씨도 고개를 숙여 절을 하고는 두 손을 모아 빌기 시작하였다.

나도 세영이 옆에 무릎을 꿇고 앉아 어젯밤에 있었던 일들을 생각하며 세영이와 함께 빌었다.

차가운 밤공기가 대지를 감싸고 맴돌았다. 찬바람에 어깨가 으스스 추위를 느끼게 했다. 그러나 우리는 멈추지 않고 빌고 또 빌었다.

시간이 얼마나 흘렀을까? 다리가 저려오고 한기를 느낄 때쯤 나는 주위를 한번 쓱~ 둘러보니 물안개가 끼었는지 주위가 온통 뿌연 연기로 둘러싸여 있었으며 이름 모를 풀벌레 소리가 여기저기에서 들려왔다.

먼 곳에서 아련하게 소쩍새 울음소리도 바람인양 처량하게 들려왔다. 소쩍새 울음소리는 바람이 세차게 불면 들리지 않다가 바람이 조금 멈추면 다시 들렸다.

우리는 새벽 묘시까지 빌고 또 빌다가 큰 절을 두 번씩하고 상을 거두어 지게에 싣고 산을 내려왔다. 그런데 너무나도 신기한 일은 산을 내려올 때까지 산길이 훤히 잘 보이던 것이 산을 다 내려와 조그만 개울을 건너자 갑자기 앞이 깜깜해지며 잘 보이지 않는 것이 아닌가.

우리는 세영이 아부지가 우리를 산길 아래까지 안내를 해 줘서 산 위에서는 길이 잘 보이던 것이 산을 다 내려오니 갑자기 보이지 않았다고 믿었다.

그보다 더 신기한 일은 우리가 집에 돌아와 보니 그렇게 아프다고 몸부림치던 애가 아무 일도 없다는 듯이 아주 평화롭게 자고 있었다. 마치 꿈속에서 재미있는 놀이라도 하는 것처럼 빙긋이 웃기까지 하였다.

세영이 내외와 나는

"천만 다행일세!"

"아닙니다, 성님 덕분이구만요."

하며 안도의 숨을 오랫동안 함께 지었다.

다음날 아침에 일어난 형석이는 언제 아팠느냐는 양, 평소와 똑같이 잘 먹고 잘 놀았다. 그것을 본 마을 사람들은 하나같이 입을 모아 '귀신의 장난'이라 했다.

나의 황혼기

나는 나이 50이 되는 해에 큰아들 상철이가 서울로 이사를 오라고 하여 이쩔 수 없이 이사를 했다.

아들 상철은 중앙청 옆 대로변에서 유리가게를 크게 하고 있었는데 성심이 착하고 부지런하여 주위 사람들로부터 도움을 많이 받아 사업이 하루가 다르게 번창하고 있었다. 또 효심이 지극하여 부모에게는 아주 끔찍하게 잘 했으며 제 밑에 동생들에게도 잘해 형제간의 우애도 그만이었다.

서울로 이사를 할 때 나는 한 가지 큰 고민에 빠졌다. 그것은 다름아닌 시렁위의 '석작'이었다.

다른 이삿짐은 다 싸서 서울로 올라왔는데 시렁에 올려놓았던 '불 석작'은 서울로 가져올 수가 없었다. 그래서 나는 그냥 시렁에 올려놓고 가기로 했다. 그래도 한편으로 맘이 안 편한 것은 혹여 누가 빈 집에 들어갔다가 호기심 때문에 그 물건을 내려 열어볼까봐 걱정이 되었다.

서울로 올라온 지 1년 정도 되었을 때 나는 몸이 많이 아팠다.

"여보! 이제는 내가 정말 죽을라나 봐, 어째서 이렇게 많이 아프단가?"

"어따! 당신도 툭하면 죽는다는 소리 좀 하지 마시오, 시골에서 뼈가 빠지게 일만 하다가 아들 덕분에 서울에 와서 허구한 날 빈들빈들 노니께 저 뭣이냐 몸에 리듬이 깨져서 고렇게 아픈 것이 아니것소?"

아내가 약간 짜증스럽다는 투로 말을 했다.

"그렇게 누워만 있지 말고 병원에라도 한번 가보시오."

"병원에 가봤는데 병원에서 나의 병명을 모르겠다고 안 허는가."

나는 옛날 생각이 나서 집사람에게 어디 용한 점쟁이에게 가서 한번 물어보라고 했다.

나의 권유에 못 이긴 집사람은 유명한 점집이 많은 미아리고개의 한 점집을 찾아가서 내 사주를 대고 점을 봐 달라고 했는데, 그 무당이 하는 말은 이러했다.

"이 사람 벌써 죽은 사람이여, 왜? 이런 사람 사주를 봐 달라고 해요?"

"죽기는 왜 죽어요, 지 남편이 오롯이 살아 계시는 디."

"뭣이여! 당신이 아무리 그래도 이 사람은 분명히 몇 십 년 전에 죽은 사람이여, 이 여자가 무당을 뭐로 보고 함부로 거짓말을 해." 하며 화를 버럭 내더라는 것이었다. 그 말을 듣고 나는 눈을 지그시 감고 옛날 생각에 잠겨들었다.

"아니 그럼 내가 지금까지 살아온 인생은 덤으로 사는 인생이란 말인가?"

"그래, 그때 저승사자도 날보고 평생 남을 위해 헌신하며 살라고 했어."

나는 그 생각에 미치자 이렇게 놀고 있을 것이 아니고 무슨 일이든지 열심히 하여 돈을 모으면 가난한 사람을 위해서 쓰기로 하였다.

다음날 아침 나는 큰애 철이에게 이렇게 말을 했다.

"이 애비가 너 일하는 공장에 가서 뒷일을 거들어주면 안되겠냐?"

"왜? 아버지가 일을 한다고 하세요? 무슨 돈이 필요하면 제가 드릴 테니 말씀을 해보세요."

"응! 아니 서울에 와서 그냥 놀고 있으니 몸도 근질근질하고 또 일해서 돈을 벌면 나보다 불쌍한 사람들 도와도주고 서로 좋지 않으냐?"

"아부지! 명색이 내가 사장인데 누가 보면 욕해요, 사장 아부지가 잡일한다고요."

"아따 그것이 뭔 말이다냐? 내가 어디 가서 도둑질하자는 것도 아니고 아들이 하는 공장에 가서 일 도와주고 용돈도 벌어 쓰자는 디 욕은 무슨 욕을 해."

"알았어요, 그럼 다음 달부터 파주로 땅을 사서 공장 지을 계획이니까 아버지가 박스나 고철을 모아서 용돈으로 하시면 되겠네요."

그때부터 나는 아들이 운영하는 액자공장에서 뒷일을 열심히 봐주고 고철도 모으고 박스도 모아 팔기 시작하였다.

처음엔 별 생각 없이 아들 일을 도와주겠다는 뜻으로 시작한 일이었는데 한 달이 지나고 두 달 지나 6개월 정도 지나면서부터는 수입이 꽤 많이 늘었다. 나는 그 돈을 집에 있는 마누라 보다는 가난한 사람들 도와주는데 신경을 더 많이 썼다.

출퇴근을 하다가 구걸하는 사람이나 가난한 이웃을 만나면 그냥 지나치는 일이 없었다.

나는 가난한 사람의 집에 쌀 포대를 사다 주더라도 절대 내 이름을 밝히지 아니하였으며 거지에게 돈을 줄 때도 상대방의 자존심을 생각해서 공손하게 전해줬다.

그런 일이 한 해 두 해를 넘어 십 년 이십 년이 지나면서 차츰차츰 나의 선행이 소문나기 시작하였고 동사무소에서 수없이 찾아와 선행 표창장을 주겠다고 해도 나는 극구 사양했다.

"어차피 인생은 빈손으로 왔다가 빈손으로 가는 것 아닙니까? 내가 먹고, 입고, 쓰고 사는 것도 다 이 세상에서 얻어진 것인데 그 조그마한 것 좀 서로 나눠 썼기로서니 무슨 표창은 표창입니까? 절대로 저에게 그런 말씀 하지 마시랑께요."

이런 말을 하면서도 나는 참 행복하다는 생각이 들었다.

나는 이제 90을 바라보는 나이에 세상에서 부러울 것 하나 없다. 자식 4남매 잘 커서 시집 장가 다 보냈고, 그 애들도 행복한 가정 꾸려 잘살고 있는 것도 정말 행복이었다. 그리고 무엇보다 언제나 곁에서 정성 다해 내조하는 내 아내 '정인'이가 있어 더욱 행복하다.

2011년 11월 3일 오전 노문현은 화곡3동 경로당에서 친구들과 10

원짜리 고스톱을 치고 나서 점심을 먹으러 나와 집으로 가다가 길가 전봇대를 잡고 쪼그려 앉아 숨겨 있는 것을 지나가는 행인이 발견하고 경찰에 신고하자 경찰관에 의해 병원으로 옮겨져 죽음을 맞아 장래를 치렀다. 우연인지는 몰라도 그때가 노문현의 나이 딱 90세가 되는 해였다.

장례를 치르고 난 큰아들 상철은 무슨 생각을 하였는지 급하게 목포행 KTX에 올랐다.

고향인 학교역에서 내려 택시를 타고 옛 집에 다다르니 지금은 폐가가 된 집, 조심스럽게 마당으로 들어섰다.

오랫동안 사람이 살지 않아서인지 주위는 음산한 기운만이 감돌았으며 마루에는 먼지가 하얗게 쌓여 있었다. 그는 마루로 올라가 안방 문고리를 잡았다.

"싸~아~" 바람소리에 대나무 잎이 떨면서 내는 소리였다.

사람은 살고 있지 않으나 대나무는 더욱 무성하게 자라 있었다. 안방 문을 열고 안으로 들어가려다가 기겁을 하고 놀랐다.

"스윽~"

"악!"

검은 물체가 상철을 향해 덮쳐 오는 것이 아닌가. 상철은 재 빨리 몸을 피해 문 뒤로 몸을 숨겼다.

"야~홍~"

그 괴물체는 고양이었다. 상철의 이마에는 순간 식은땀이 맺혔다.

"휴~ 놀래라."

하며 다시 문을 열고 방안으로 들어가 시렁위의 '석작'에 눈을 고정

시켰다. 그리고는 조심스럽게 '석작'을 내려 살펴보았다. '석작' 한 귀퉁이에 주먹이 겨우 들어갈 정도로 구멍이 뚫려 있었다.

"그래 맞아 바로 이거야."

상철은 알 수 없는 말을 중얼거리며 '석작'을 방바닥에 내려놓고 뚜껑을 열려고 해도 쉽게 열리지 않았다.

"그래 60여 년이란 세월동안 닫혀 있었으니 쉽게 열릴 리가 없지."

상철은 두 발로 밑짝을 잡고 두 손으로 힘을 주어 뚜껑을 열었다. 그러자 가느다란 대나무 발이 으스러지면서 뚜껑이 열렸다.

석작 안에는 거름포대가 색이 하얗게 바랜 채 묶여 있었으며 포대역시 쥐구멍이 하나 둘 나 있었다. 상철은 조심스럽게 포대를 들어 귀에다 대고 흔들어 보았다.

텅 빈 포대는 아무 힘이 없이 구겨지며 흔들렸다. 그 어떤 빛이나 무게 같은 건 찾아볼 수가 없었다.

"그래 아버지의 혼불이 담긴 상자인데 좀 더 단단히 간수를 해야 했는데……"

하며 후회를 했다.

그러나 지금까지 고향집에서 잘 지켜줬다는 생각에 입가에 미소가 번졌다. 상철은 조심스럽게 포대를 '석작'에 넣어 마당으로 들고 나왔다. 그리고는 대나무 잎을 모아놓고 그 위에 '석작'을 올려놓고 성냥을 켜 불을 붙였다.

바짝 마른 대나무 잎에 대나무 '석작'은 금방 불이 붙어 활활 타 올랐다. 하얀 연기와 함께 검은 티도 같이 하늘로 올라갔다.

"아버지 이제 편안하게 좋은 곳으로 가십시오. 이제는 보내드릴

게요, 아버지!"

하고 말하며 상철은 두 손을 가슴에 모으고 조용히 눈을 감으며 기도를 올렸다.

상철에게는 한평생 마음의 기둥이었던 아버지였다. 기도를 하는 상철의 두 눈에는 눈물이 맺혔다가 뺨을 타고 주르륵 흘러 내렸다.

조금 전까지만 해도 파란 하늘에 햇살이 곱게 비췄는데 어느 사이 굵은 눈발이 점점 많아지면서 금세 하늘은 캄캄해지기 시작하였다.

천상天上에서 내려온 춘향이

출생의 비밀

'비가 올라나 눈이 올라나 억수장마가 질라나!'

때는 조선 8년(서기 1440년) 고려의 마지막 왕인 공양왕이 이성계의 세력들에게 멸망을 하고 난 뒤 이성계는 조선을 세웠고, 수하인 정도전은 수도를 한양으로 정하고 한양도읍을 한창 조성하고 있을 때였다.

또한 이때는 이성계의 차남 방과와 동복형 방간이 박포의 꾐에 빠져 난을 일으키자, 5남 방원이 왕자의 난을 진압하고 왕위에 오른 해이기도 하다. 세상 사람들은 이것이 제1차 왕자의 난이라고 했다.

방원은 왕위에 오르자, 충신 황희 정승을 귀양 보내고 처남들까지 죽이는 시국이 몹시 어지러운 때이기도 하였다.

한편, 명나라에서는 황제 주원장이 붕어한지 1년이 지나서 새로

건국한 조선이 홀로서기를 하기 위하여 그동안 명나라에 바쳐왔던 조공을 폐하고 국호를 조선으로 쓴지 불과 2년도 안 되는 시기이기도 하였다.

전라도 천동(지금의 남원)에 한 90호의 사람들이 모여 사는 제법 큰 마을이 있었다.

이 마을 천동은 동으로는 영주산, 북으로는 봉주산, 서쪽으로는 방장산이 빙 둘러쳐져 있는, 마치 암탉의 알자리처럼 따뜻하고 아늑하며 평화로운 마을이었다.

마을 사람들은 하나같이 순한 양과 같았고, 농토도 풍부하여 살기도 좋았다. 다른 곳은 흉년이 들어 백성들이 굶주림에 시달리고 있었으나 유독 이곳 천동만은 풍년이 들고 인심이 좋아 배고파 굶주리는 거지가 하나도 없었다.

마을 앞쪽으로는 제법 넓은 냇물이 흐르고 있었으며 그 냇가를 따라 높은 둑이 양 옆을 지키고 있었으며 둑 위에는 수령이 수백 년은 족히 된 느티나무들이 줄지어 서 있어 마치 괴물처럼 솟아 있었다.

둑 안쪽으로는 대나무 밭이 둥그렇게 조성되어 있었으며 그 대나무밭 끝자락에 제법 커다란 둠벙(연못)이 자리하고 있는데, 사시사철 끊이지 않고 용수가 솟아 흐르는 물이 마을 사람들의 식수는 물론 마을 아래 제멋대로 만들어진 논과 밭에 오곡을 키우고 익히는데 생명수로 사용되고 있었다.

어디 그뿐이랴? 이 둠벙이 흐르는 곳에 커다란 반석을 수 없이 가져다 놓고 온 마을 사람들이 모여앉아 빨래를 하는 빨래터이기도 하였다.

동네 아낙네들은 빨래를 하면서 집에 계시는 집안 어른들의 문안 인사를 나누고 새로운 소식을 전해들을 수 있는 유일한 소식통이지만, 남자들은 이곳을 지나가기도 꺼려하는 곳이다. 그것은 이곳이 여자들만의 영역이거니와 많은 여자들이 모여 빨래도 하고 밤이면 목욕도 하는 은밀한 휴식처임과 동시에 남자들이 이곳을 지나가면 여자들의 눈길을 한 몸에 받는 것도 그렇지만 여자들의 대담한 농을 받을 것을 두려워하였기 때문이다.

여자들이란 혼자 있을 때는 한없이 나약하고 힘없는 존재지만 셋 이상만 모이면 대담해져 못하는 말이 없고, 초면의 남자 앞에서도 대담하고 당돌한 행동을 거침없이 하기 때문이다.

그런 것은 비단 빨래터에서만 일어나는 것이 아니었다. 여름에 밭에서 여러 여자들이 콩밭을 메다가도 좀 말쑥하고 건장한 차림의 남자가 저 멀리에서 오면 그동안 뽑아 놓았던 잡풀을 잔뜩 쌓아 길을 막아 놓고, 그 남자가 풀을 밟고 넘어가는지 아니면 돌아가는지 곁눈질을 해가며 밭을 맨다. 그래서 그 남자가 풀을 밟고 넘어가면 대담한 남자로 보았으며, 풀을 돌아 지나가면 소심한 남자로 평가를 하였다.

그러면서 여자들은 그 남자의 풍채나 생김새를 가지고 이야깃거리를 만들곤 하였다.

"풍채는 그럴싸하고 잘 생긴 사람이 성격이 매우 소심하구만." 하고 한 여자가 말을 하면,

"아이고 성님은 뭔 말을 그렇게 한다요? 새 옷을 방금 다려 입고

나와서 옷 버릴까봐 조심스럽게 돌아가는구만유."

하며 깔깔대고 웃으며 고단한 일상을 달래보기도 한다.

"위~매~! 저 남정네 좀 봐! 거침없이 당차게 풀을 밟고 넘어가네, 어깨도 떡 벌어진 것이 힘 좀 쓰게 생겼구만이라우."

라고 하자,

"뭣이여! 그러는 니 서방은 힘이 없어 일을 못하냐?"

"일만 잘 하면 뭐 해유? 밤일이 시원찮으니께 그렇지유."

"뭣이여? 니가 그런 말을 하면 나 같은 년은 죽으라는 말이냐?"

"성님! 그런 것이 아니고 저런 사내놈하고 꼭 껴안고 하룻밤만 뒹굴어 봤어도 소원이 없겠다는 말이지유. 하하하!"

라고 농담을 하며 그 자리에 있는 모두가 깔깔 거리고 웃기도 하였다.

신바람이 난 영광댁이 목청을 가다듬으며 소리 높여 노래 한가락을 한다.

앞산에 칡넝쿨은 엉클어 성클어졌는디~♪
우리 집에 저 바보는 그럴 줄도 모르네~♫

"오매~! 어느 년 잘 하면 외로워서 서방질 하겠네."

옆에서 듣고 있던 나산댁의 말에 구산댁이 박차고 나선다.

"야! 서방질도 통 큰 년이 하는 것이여, 아무나 하냐?"

"그만들 혀! 늦바람나면 날 새는 줄 모른다고, 정신들 꼭 붙들어 매고 살아 이년들아!"

하며 제일 큰언니 격 함평댁이 한마디 하자,

"알았시유, 성님! 앞으로 조심할 게유."

하며 아랫것들이 고개를 조아린다. 먹을 것 못 먹고 편치도 않은 세상살이에 유일하게 여자들이 회포를 풀고 마음을 달래는 유일한 분출구가 바로 이런 것이었다. 그리고 그것만이 이시대의 아낙네들의 삶이었다.

"이것 봐유, 나주댁 어제 밥 먹는 것 보니께, 아무래도 임신을 한 것이 틀림없지?"

라고 촉새 강산댁이 말을 하자,

"그래! 우리도 눈치 챘어."

오수댁이 맞장구를 쳤다.

"아니 곡식 한 톨 없는 집구석이 애까지 낳아 놓으면 어떻게 산디야?"

라고 말 한지가 바로 엊그제 같은데 어느새 세월이 흘러 8개월이 되었다.

"그란디, 배가 둥글넓적한 것이 딸 낳겠든디?"

"안 돼! 첫애는 떡두께비 같은 사내를 낳아야지 딸 낳아서 뭣하게."

"아따! 고것이 그렇게 맴대로 되는 것이간디, 아들이고 딸이고 건강하게 낳아서 건강하게 키우기만 허면 되는 것이여."

라고 신풍댁이 말했다.

나주댁은 임신 10개월 만에 큰 산고를 겪으면서 딸을 낳았고, 이름을 아버지 문수남의 성을 따라 문봉님이라 이름을 지었다.

"봉님 아부지! 미안해라우, 다음번에는 틀림없이 아들을 낳아 드릴께유."

"미안은 뭔 미안! 봉님이 낳을 때 보니께 당신이 피를 많이 흘리던디, 그 고생을 하며 딸을 낳아 준 것만도 고맙지 뭐~!"

"아니여라우! 내 몸이 가루가 되어도 꼭 다음번에는 떡두께비 같은 아들을 낳아야 쓰겠구만이라우."

이제 겨우 젖을 빼는 봉님에게 젖꼭지를 물리면서 하는 나주댁의 말이었다. 그렇게 낳아 기른 봉님이 어느새 다섯 살이 되어도 나주댁은 둘째 소식이 없었다. 빨래터에서 촉새 강산댁이

"이봐! 나주댁, 봉님이 하나만 낳고 마감할 꺼유?"

"워따! 성님은 남의 속도 모르면서 뭔 고런 말을 자꾸 해 쌌소? 뭔 하늘을 봐야 별을 따든지 말든지 하지 나 혼자 어떻게 애를 낳으라고 그라요?"

"아니! 봉님 아버지는 어디 두고 누구를 또 찾아, 집에 멀쩡히 있구면."

신풍댁 하는 말에 여우 눈을 하면서 나주댁이 말한다.

"아! 있으면 뭣 하것소, 허구헌 날 목로 방에서 해가 훤히 떠도 모르고 잭끼(도박)하기 바뿐디."

하며 나주댁이 역정을 내자,

"아무리 잭끼를 밤새워 하더라도 그깟 애 하나 만들 틈이 없을라구."

"시방 먼 말이어라우, 낮에는 시어머니 등쌀에 허리 펼 시간도 없고 밤에는 냄편 꼬라지도 보기 힘든디, 날보고 뭘 더 어쩌라고?"

봉님 어머니의 하소연이었다.

"그랴! 앞으로도 새털같이 많은 날이 창창히 남았승게 서두를 것도 없어."

하며 지금까지 옆에서 듣고만 있던 오수댁이 마음을 달래줬다.

그러나 그 후로 석삼년이 지나도 봉님 어머니는 더 이상 애를 낳지 못하였다.

그래서 애지중지 딸 하나가 재롱을 부리면 그렇게 귀엽고 예뻤다. 비단 봉님을 봉님 어머니 아버지만 예뻐한 것이 아니고 온 동네 사람들도 밤이면 저녁을 먹고 봉님의 재롱을 보기 위해 감자나 옥수수를 삶아 가지고 봉님의 집으로 모였다.

"봉님아! 노래 한 번 해봐라!"

"봉님아! 춤 한 번 춰봐라!"

"싫어! 나 춤 안 출거야!"

봉님의 말에 봉님 아버지가 손장단을 맞추기 시작하며 선창을 했다.

"춤 나오네 춤 나오네 굿거리장단에 춤 나오네."

"휘~이 휘~이 춤나오네."

봉님 아버지의 손장단과 구성진 노래 소리에 봉님은 어머니 무릎에 앉아 있다가 안고 있는 어머니의 팔을 풀고 벌떡 일어나 벌신 벌신 춤을 추고 있었다. 그 모습을 보면서 동네 아줌마들도 박수로 장단을 맞춰 합창을 하며 즐거워하였다. 춤을 추고 있는 봉님의 윗저고리는 고름으로 몸통을 한 바퀴 돌려 메고 있었으며 아랫바지는 허벙한 바지에 밑이 타여 있어서 그냥 앉으면 궁둥이가 드러나는 고쟁이 바지를 입고 있었다.

그렇게 사랑을 받던 봉님은 4살 때 수두를 심하게 앓고 난 뒤부터 얼굴에 부스럼이 생겨 겉 딱지가 떨어지고 난 후부터 얼굴 여기저기 흉터가 심하게 남는 바람에 사람들이 그 애만 보면 곰보라고 놀려대었다. 거기다가 집안이 가난하기 때문에 먹는 것이 부실하여 영양실조로 성장 발육이 또래보다 늦어 키가 작았다. 봉님도 처음엔 그런 놀림정도 대수롭지 않게 생각 하였으나 세월이 한 해 두 해 가면서 나이가 들어가자 그런 놀림이 엄청난 스트레스로 다가왔다.

그래서 대인기피증이 생겨 사람이 많이 모이는 곳은 잘 가지 않는 습성이 생겼다. 그것뿐이 아니었다. 골목길을 가다가도 저 앞에 누가 오는 것 같으면 한쪽 구석으로 몸을 숨겼다가 사람이 지나가고 난 후에 길을 가기도 했다.

그런 봉님의 마음은 아랑곳없이 봉님의 어머니 아버지는 봉님이 하나만은 세상 어느 것보다도 보배처럼 귀하게 여기고 살았다.

그러던 어느 날 봉님의 할머니가 돌아가셨다. 봉님의 아버지는 집안 대소가를 비롯하여 일가친척과 이웃동네에 부고를 알리고 초상 치룰 준비에 정신이 없었다.

물론 봉님의 어머니도 손님에게 대접할 음식 장만에 눈코 뜰 새가 없이 바쁜데, 봉님은 갑자기 자기 집으로 여러 사람들이 모여드는 걸 보고 놀라 뒷산 움막에 들어가 3일 동안 내려오지 않았다.

마을 사람들은 팥죽 계를 조직하여 집안 어른들이 돌아가시면 각 집에서 팥죽을 한 동이씩 쒀와 밤새도록 조문객들에게 팥죽을 대접하기도 하였다. 동네 젊은이들이 너도 나도 조문객들의 시중을 들고 있는데 봉님은 코빼기도 안보이니 봉님의 어머니는 화가 많이 났다.

"야, 점순아! 우리 봉님이 어디 갔는지 못 봤냐?"

점순이는 이웃에 사는 봉님의 친구였다. 나이도 같고 친구지만 점순은 봉님과 같이 있을 때 사람들이 곰보딱지라고 놀리는 것이 싫어서 같이 자주 어울리지는 않았다.

그래서 봉님은 친구들에게도 따돌림을 받아 항상 혼자 있는 외로운 아이였다. 같은 또래는 점순이 말고도 여럿이 있었는데, 그 아이들도 하나같이 봉님하고 어울리기를 꺼려했다. 집안이 가난한 것도 있지만 곰보인데다가 성격이 내성적이어서 그런 것 같았다.

집안에서는 할머니에게 많이 의지하고 살았는데, 이제 그 할머니마저 돌아가셨으니 봉님의 외로움은 더욱 커져만 갔다.

봉님이 열 살이 넘어 13세가 되자 친구들은 하나씩 시집을 가게 되었다. 그런 모습을 본 봉님의 가슴에도 청춘의 싹이 트기 시작하였다.

동네의 남자아이들을 한 사람씩 생각해보면서 마음속으로 사랑을 키우기 시작하였다. 그러나 현실은 달랐다. 다른 친구들이 길을 지나가면 사내들이 뒤를 따르며 말을 한번이라도 붙여 보려고 안달을 하는데, 봉님한테는 어느 누구하나 관심을 가져 주는 사람이 없었다.

그래서 봉님은 항상 혼자이고 외로웠다. 낮에는 들에 나가 일을 하고 밤에는 혼자 방안에 앉아 수를 놓거나 공기놀이를 하였다. 그러나 또래 친구들은 같이 한집에 모여 같이 수를 놓으며 놀았다.

달 밝은 밤이면 남자아이들이 동네 앞 시냇가 모래밭에서 윗옷을 벗고 씨름을 하면 여자들이 숲속에 몰래 숨어 구경을 하면서 이야기 거리를 만들기도 하는데, 봉님만은 그런 것에 전연 관심이 없었다.

그러나 그것이 남자에게 관심이 없는 것은 아니었다. 봉님은 수시로 민경을 앞에 놓고 머리를 곱게 빗어 올리고 부풀어 오르는 자기의 가슴을 보면서 힘이 장사처럼 세고 일도 잘하는 아랫동네 상근이를 생각하며 두근거리는 가슴을 쓸어내리며 마음을 안정시키기도 하였다.

봉님의 어머니 아버지는 주로 남의 집 일을 해주고 품삯을 받아 생활을 하기 때문에 항상 생활이 곤곤하였다. 그런 까닭에 봉님은 상근 앞에 떳떳하게 나설 용기가 없었다.

가슴속으로만 애태우는 짝사랑, 사랑하면서도 표현도 못하는 짝사랑을 봉님은 하고 있는 것이다.

그렇다면 상근은 봉님을 어떻게 생각하고 있을까? 봉님의 그런 마음을 조금이라도 알고나 있을까? 그것은 전혀 그렇지가 않았다. 상근은 온 동네 처녀들의 인기를 한 몸에 받고 있기 때문에 봉님 같이 곰보에 작은 키 찢어지게 가난한 봉님 정도는 전혀 관심도 없고 쳐다보지도 않았다.

그것은 상근뿐이 아니고 온 동네 사내애들의 마음도 마찬가지였다. 오히려 길을 가다가 봉님과 마주치면 옆길로 피해 돌아가는 일이 허다하였다. 세월이 가고 나이가 들면서 봉님도 그런 것들을 눈치 채게 되었고, 그것은 봉님에게 큰 충격으로 다가왔다.

친구들에게 따돌림, 남자들에게 따돌림, 사랑하는 사람의 싸늘한 외면 속에 봉님의 나이는 혼기를 훨씬 지나 19세를 바라보고 있었다. 친구들은 모두 시집을 가 아이가 둘인 친구도 있었다. 그러나 봉님에게 결혼은커녕 혼담을 해오는 사람도 없었다.

봉님은 밤이면 밤마다 세상을 원망하고 있었다. 아니 어머니 아버지를 원망하고 있었다. 할머니를 생각하며 밤새워 울어 아침에는 눈이 퉁퉁 부어 있기도 했다. 일할 의욕도 사라진지 오래였다. 밥맛도 점점 잃어갔다. 그러는 봉님을 보며 어머니 아버지는 '그러다 말겠지' 하며 대수롭지 않게 생각했다. 하루는 봉님 어머니가 이렇게 물었다.

"왜! 어디가 아픈 겨?"

"아니어라우, 그냥 쪼게 그렇네유."

"서숙밥이라도 열심히 먹어, 곡기가 안 들어가면 버티기 힘드니께."

"엄니?"

"왜?"

"쌀밥은 못 먹더라도 우리 집은 허구헌 날 서숙밥이래유?"

"순자네 좀 봐라, 서숙밥은커녕 보리개떡으로 살지잖아."

"이제 서숙밥 질렸내유."

라는 말에 봉님 어머니는 깜짝 놀랐다.

"아니! 저것이, 우리 형편에 서숙밥이라도 굶지 않고 먹으면 다행이라고 생각해야지 웬 밥 타령이여, 시방?"

봉님 어머니는 화를 버럭 냈다. 남들이 다 먹는 보리밥을 없어서 못 먹는데 화도 났지만, 식구 세 식구 사는데 딸에게 보리밥을 못 먹이고 서숙밥만 먹이는데 화가 났던 것이다.

그러면서 한편으로 봉님의 행동이 요즈음 좀 이상하다는 생각도 해 보았다. 지금까지 아무 일 없이 서숙밥을 먹으며 살아 왔는데 갑자기 밥 타령도 타령이지만 언제부터인지 웃지도 않거니와 밭일도 하지 않고 해찰만 하는 것 같았다. 그래서 봉님 어머니는 봉님의 친구들을 하나씩 머리에 떠 올려 보았다.

봉님의 나이 19세, 봉님 친구들이나 또래 아이들 모두 시집을 갔고, 봉님보다 훨씬 어린 나이의 아이들도 시집을 다 가서 아이들을 낳고 잘 살고 있었다. 그러나 봉님에게는 어느 누구 한 사람 결혼하자며 혼서지나 사주단자를 보내오는 사람조차도 없었다. 그래서 더욱 비참한 생각이 들었다. 그래서 봉님의 어머니 아버지는 봉님에게 미안한 생각에 조심스럽게 대하고 있던 참이었다.

"엄니! 저 세상에도 남자는 있겠지유?"

"몰라야! 내가 저 세상을 갔다 온 것도 아닌디 어떻게 알 것냐!"

"엄니는 나가 없어도 아부지랑 행복하게 잘 사시겠지유?"

"시방! 자가 먼~ 귀신 씨나락 까먹는 소리를 하고 있는 겨?"

"아녀라우, 그냥 해본 소리구만유."

"어여 밥 먹고 오늘 중으로 콩밭 다 메야지, 내일부터 고추밭 들어가 맨다."

봉님 어머니는 봉님을 달래며 하는 말이었다.

"엄니는 일하는 게 그렇게 좋아유?"

"낸들 좋아서 하것냐? 목구멍에 거미줄 칠까봐 우력으로 하는 거지!"

"엄니! 나 오늘 하루 쉴라요."

"뭣이라고? 안 돼야, 일손이 이렇게 귀한디 뭣땜시 쉰다는 것이여?"

"몸이 좀 안 좋아라우."

"그랴? 진작 말을 하지, 어디가 그렇게 아프냐?"

"몸도 아프고 맴도 아프고 모든 것이 다 아파요."

봉님은 고개를 푹 숙이고 자기 방으로 들어가 버렸다.

"무슨 귀신 씻나락 까먹는 소리를 하는 겨?"

말은 그렇게 하지만 봉님의 뒷모습을 보고 있는 봉님 어머니의 마음도 무척 아팠다. 봉님은 방으로 들어가서 문을 닫고 자리에 털썩 앉아 울기 시작하였다. 그냥 서러웠다. 모든 것이 귀찮았다. 그리고 아무 희망이 없었다. 세상이 재미도 없고 살기가 싫어졌다. 인생살이에 더 이상 미련도 없었다. 다만 한 가지 아쉬움이 있다면 사람으로, 아니 여자로 태어나서 남들과 같이 결혼을 못해본 것이 한이 남았다. 남자라면 차라리 고자(유환관증類宦官症)라도 좋았다.

봉님은 부풀대로 부풀어 오른 가슴을 안고 엉엉 울었다. 세상 모든 남자들이 야속하고 미웠다. 순간 봉님의 눈이 번쩍 빛을 내 뿜었다. 이 세상 남자들을 다 죽여 버리고 싶었다. 봉님은 울다가 말고 울음을 뚝 그쳤다. 그리고는 이를 악물고 두 눈을 부릅떴다.

그러자 두 눈에서 불꽃이 튀어 나왔다. 선반에서 가위를 꺼내어 명치끝에 대고 두 손으로 힘을 주어 내리 꽂으려다 말고 주위를 한 번 살펴봤다.

온 방안에 피가 범벅이 될 것을 생각하며 가위를 다시 선반에 올려다 놓았다. 그리고는 방바닥에 쓰러져 누워 한없이 울다가 또 울다가 잠이 들었다.

봉님은 꿈속에서도 남자 뒤를 따라 다니는 꿈을 꾸었다. 남자가 너무 좋아 쫓아갔는데, 남자가 갑자기 싫다고 뿌리치는 바람에 천 길 낭떠러지로 굴러 떨어지는 꿈을 꾸다가 깜짝 놀라 눈을 번쩍 떠 보니 벌써 해가 남산위에 떠 있었다. 얼마나 놀랐는지 가슴에 진땀이 고여 흘러내렸다.

겨우 겨우 일어나 창문을 열었다. 밖은 아직 한밤중인 듯 달빛이 퍼렇게 물들어 나무 위를 비취고 있었다. 거무스레한 나무들의 그림자가 동쪽으로 길게 늘어져 있는 걸로 봐서 시간은 새벽인 것 같았다.

창밖을 얼마나 바라보고 있었을까! 봉님은 다시 잠을 청했다. 얼마나 잤을까? 어머니는 부엌에서 저녁밥을 하고 있었다. 어머니가 밥을 다 했는지 봉님의 방 앞으로 와서 봉님을 부르는 소리가 들렸다.

"봉님아! 몸은 좀 괜찮은 게냐?"

라는 소리를 듣고 봉님은 얼른 눈을 감고 자는 척 했다. 문이 열리고 어머니의 따스한 손이 자는 척 하고 있는 봉님의 이마에 와 닿았다. 순간 봉님의 눈에서는 눈물이 핑 돌았으나 억지로 표현을 안 하고 그대로 누워 있었다.

"어이구! 열이 많이 나는걸 보니 몸이 많이 아픈가 보구나."

봉님 어머니는 방 안으로 들어와 시렁에서 이불을 내려 봉님에게 덮어주고 방에서 나갔다. 봉님은 어머니가 밖으로 나가자 이불을 끌어안고 엉엉 울었다. 울음소리가 행여 밖에서 들릴까봐 이불로 입을 틀어막고 엉엉 소리 내어 울었다. 조금 있다가 아버지가 대문을 열고 들어와 봉님을 찾는 소리가 들려도 못 들은 척 누워 있다가 다시 잠이 들었다.

저승길을 택한 봉님

밤하늘에는 둥근달이 커다랗게 떠 있었다. 봉님은 자리에서 일어나 앞닫이 옷장 문을 열고 새 옷을 꺼내 입었다. 그리고 평소에는 아까워서 신지 못했던 예쁜 버선도 꺼내 신었다. 머리를 가지런히 빗어내려 간결하게 차렸다. 밖에는 쥐죽은 듯 조용한 것이 어머니와 아버지가 힘든 노동에 지쳐 잠이 깊이 든 것 같았다.

봉님은 밖의 동정을 살피면서 조심스럽게 문을 열었다. 마당은 사물이 훤히 보일 정도로 달이 시퍼렇게 밝아 신발을 찾아 신는데 조금도 불편이 없었다. 댓돌위의 신발을 조심스럽게 신은 봉님은 마당으로 나와 안방 앞에 서서 어머니 아버지가 자고 있는 안방을 향해 서 있는데 눈부시게 하얀 치맛자락이 소슬바람에 펄럭인다. 동시에 머리카락도 춤을 추듯 앞뒤로 너울거리다가 이마를 감싼다. 봉님은 눈을 지그시 감았다가 다시 뜨며 두 손을 이마에 모으고 안방을 향해 큰절을 한번 하고는 발소리를 죽여 마당을 빠져 나왔다. 달빛에 어린 검은 그림자가 봉님을 따라 절을 하더니 봉님의 뒤를 한 치의 오차도 없이 따랐다.

시간은 대략 술시戌時를 지나 해시亥時로 막 접어들고 있었다. 집안에 있을 때는 몰랐는데 밖으로 나와 보니 찬바람이 불어와 옷깃을 여미게 하였다.

봉님은 마치 귀신에 홀린 듯 터덜터덜 달빛을 헤치며 그냥 목적도 없이 걷고 있었다.

윗동네 아랫동네를 한 바퀴 돌아도 봉님 외에 어느 누구 한 사람의 그림자도 없었다. 평소 같으면 여자 혼자의 몸으로 이 야심한 밤에 거리를 돌아다닌다는 것은 상상도 할 수 없는 일이었다. 그것은 봉님도 마찬가지였다. 그러나 오늘밤만은 달랐다. 봉님의 얼굴을 보면 무엇을 두려워한다거나 무서움은 조금도 없는 것 같았다. 그런 봉님의 모습은 영락없이 광녀狂女였다.

봉님은 마을 앞 당산나무를 지나 평소에 사람들이 가기를 꺼려하는 성황당까지 주저하지 않고 올라가서 큰절을 올리고 나왔다. 때마침 며칠 전 단오절을 축하하기 위해 성황당과 마을 당산나무에 새끼줄을 얼기설기 엮어 놓고 오색 천을 소원서와 함께 주렁주렁 매달아 놓았다.

또 마을 맨 뒤편 언덕위에 자리 잡고 있는 포도 관청 주위도 한 바퀴 돈 다음, 아낙네들이 매일 둘러앉아 빨래를 하는 빨래터를 돌아 호수 맞은편 언덕에 올라섰다.

달빛을 받은 호수의 물은 새파랗게 보였으며 가끔씩 불어오는 바람에 잔잔한 파동을 일으키고 있었다. 파동을 일으키는 물결 따라 봉님이 서 있는 모습이 춤을 추듯 흔들려 보였다.

봉님은 기도를 하는지 두 눈을 꼭 감고 한동안 움직임이 없었다. 마치 석고상처럼 서 있는 봉님의 모습, 다만 움직임이 있다면 봉님이 입고 있는 하얀 치맛자락과 머리카락만이 바람에 펄럭이고 있을 뿐이었다.

얼마나 서 있었을까? 봉님이 천천히 허리를 굽혀 치맛자락을 잡아들고 위로 올려 머리를 감싸고 잠시 머뭇거리는가 싶더니 몸을 날려 물위로 뛰어 들었다.

"풍~덩~!"

요란한 소리를 내며 봉님이 뛰어들자 잔잔했던 물이 위로 솟아올랐다 밑으로 떨어지며 요란하게 요동을 치는가 싶더니 커다란 파도를 그렸다.

물에 뛰어든 봉님의 머리가 두어 번 물위로 솟구치는가 싶더니 이내 가라앉았는지 조용해졌다. 하얀 저고리와 하얀 치마폭이 '꼬르륵' 소리를 내며 점점 깊이 빠져 들어갔다.

호수위의 물은 큰 파장을 그리며 연신 출렁이고 있었다. 그 파장이 밀려와 빨래터에 닿았을 때는 철썩 철썩 소리를 내며 파도가 뒤집혔다.

이날이 바로 서기 1365년(조선 33년) 5월 5일 단오일 축시丑時 정도 되었다.

봉님의 나이 19세, 여자로서는 가장 아름다운 꽃다운 나이였다. 그러나 봉님은 이 세상에 태어나서 단 한 사람의 남자에게도 눈길을 받아보지 못하고 한 많은 생을 마감하게 되었던 것이다.

조금 전까지만 해도 맑았던 하늘에 갑자기 먹구름이 끼더니 금방 소낙비가 내리기 시작하였다.

"와르르~ 쾅~!"

번개가 번쩍하는가 싶더니 벼락이 내리쳤다. 마치 봉님의 가슴에 맺힌 한이라도 풀 듯, 그렇게 소낙비는 아침 날이 훤히 새도록 내리고 있었다.

여자들이 해마다 단오절에는 창포를 뿌리 채 뽑아다가 물에 끓인 다음 그 물로 머리를 감아 곱게 빗어 내린 뒤 밖으로 나와 그네도 타고, 널도 뛰면서 하루를 보내는 날이었다.

농부들도 이날 하루만큼은 지친 몸을 쉬며 자기 자신을 위해 사는 날이다. 또한, 사대부집 여자들이 꽃단장을 하고 대문 밖으로 외출을 하는 유일한 날이기도 했다.

밖으로 못나오는 사대부집 규수들은 밖의 구경을 하지 못해 담 안쪽 옆에 널빤지를 깔아놓고 껑충껑충 뛰면서 밖의 풍경을 구경하는 유일한 날이기도 하였다.

아침에 일어나 봉님의 방문을 열어본 봉님 어머니는 봉님이 자리에 없는 것을 발견하고 밖으로 나오면서 다급하게 봉님 아부지를 부르기 시작하였다.

"봉님 아부지! 봉님 아부지!"

"무슨 난리가 났어? 왜 그리 호들갑이야?"

"봉님이 방에서 없어졌어유!"

"몸이 아프다며 방에서 누워 저녁도 안 먹은 애가 어디로 갔을까? 이 빗속에."

말을 하면서도 봉님 어머니는 괜히 가슴이 두근거리고 예감이 안 좋았다.

"다 큰 애가 어디 갔겠어, 볼일이 있어 나갔겠지."

봉님 아버지도 마음을 진정시키며 하는 말이었다.

"그 애가 이 새벽에 볼일은 무슨 볼일이 있겠어유?"

"그거야 모르는 일 아니야? 다 컸는데."

"아니에요, 틀림없이 무슨 변고가 생긴 거에유."

봉님 아버지도 괜히 불안한 마음이 들기는 마찬가지였다.

"허허~! 그렇게 호들갑 떨지 말고 좀 기다려 봅시다."

"뭔 일인지는 모르겠으나 가슴이 떨리고 불안해유."

하면서 봉님 어머니는 집안에서 왔다 갔다 하며 안절부절못하고 있었다.

봉님 어머니는 다시 한 번 집안 곳곳을 다 뒤져봐도 봉님이 안보이자 결국엔 머리위로 거적을 둘러쓰고 싸리대문을 열고 밖으로 나갔다.

"웬 놈의 비는 이렇게 새벽부터 쏟아진다냐!"

봉님 어머니는 동네 여기저기 봉님의 친구들 집까지 다 찾아 다녔지만 봉님의 흔적을 찾을 수가 없었다. 사람들을 붙들고 봉님을 보았느냐고 물어봐도 누구 한 사람 봉님을 봤다는 사람은 없었다.

봉님 어머니는 아침도 못 먹고 돌아다니다가 정오가 다 되어 기진맥진하여 집으로 돌아왔다.

한편에서는 마을 앞 연못에서는 창포를 베어다가 물에 끓여 가지고 나와 머리를 감는 아낙들 수십 명이 모여 시끌벅적하였다.

그 아낙네들은 간밤에 봉님이 이 연못에 뛰어들어 죽어 있는지를 아는 사람들이 아무도 없었다. 아마 그걸 알았다면 이 여자들이 이 물을 그렇게 편하게 사용하지도 못하였을 것이다.

그렇게 세상은 봉님이 한 사람 없어졌다고 해서 조금도 변하지 않고 아무 일 없는 것처럼 잘도 흘러갔다.

한편, 봉님의 어머니와 아버지는 봉님을 찾아 날이면 날마다 거리를 헤매며 혹시 흔적이라도 찾으려고 생업을 모두 접어두고 동분서주 하고 있을 뿐이었다. 하루, 이틀, 한 달, 두 달, 봉님의 어머니 아버지는 거지 아닌 거지꼴을 하고 노상 걸식을 하면서 봉님을 찾아 떠돌아다니다가 추운 겨울이 되자 한밭골(지금의 대전) 다리 밑에 움막을 치고 자리를 잡았으나 너무 추운날씨에 밖을 돌아다녔기에 봉님 아버지는 손과 발이 얼어 동상이 심한 상태였다.

그러나 두 사람은 동상으로 손과 발이 썩어 들어가는 것보다 더욱 무서운 것이 배고픔이었다. 며칠째 곡기를 먹어보지 못하여 배고픔을 느끼지 못하고 온 몸에 감각이 없어 이제 정신마저 몽롱해짐을 아련히 느낄 뿐이었다.

혹독히 추웠던 밤이 지나고 아침 햇살이 밝아오자 두 사람 모두 마치 나무토막이 누워있는 것처럼 빳빳하게 굳어 있었다.

봉님의 어머니 아버지는 그렇게 한 많은 인생을 외동딸 봉님을 찾아 헤매다가 결국 그렇게 허무하게 죽은 것이다.

"어마~! 나주댁이 봉님이 이름만 부르며 그렇게 거리를 싸돌아다니더니 이제 완전히 모습이 안보인당께."

빨래터에서 함평댁의 말이었다.

"그럼, 봉님 아버지는?"

"그 양반도 같이 안보여."

"큰일 나 버렸네, 도대체 봉님이는 어디를 갔기에 그렇게 코빼기도 안 보인다냐?"

오수댁이 혀를 차면서 걱정을 하는 소리였다.

"봉님이 불쌍해서 어쩐데?"

"불쌍하기로 치면 지네 어머니 아버지가 더 불쌍하지라우."

라고 신풍댁이 말을 하자, 촉새 강산댁이 나섰다.

"세상에 여자로 태어나서 열아홉이 되도록 시집은커녕 남자에게 사랑 한번 못 받아본 봉님의 신세가 더 불쌍하지라우."

라는 말에 전주댁도

"아들도 없이 딸 그거 하나만 보고 살았는디, 그것마저 잃어버려 저렇게 거지 아닌 거지꼴이 된 지네 어머니 아부지가 더 불쌍 안 허요?"

촉새 강산댁의 말에 모두들 수긍하는 기색이었다.

"아휴~! 오늘따라 양잿물을 조금만 넣었는데도 빨래가 희고 부드럽게 빨아졌당께."

하는 함평댁의 말에,

"글씨, 물이 좋아서 그런가, 우리들 빨래도 훨씬 희게 빨아 지는구만유."

하며 아낙들은 손을 부지런히 놀리고 있었다. 그렇게 무더운 여름이 지나가고 가을이 와도 봉님네 식구들은 하나도 보이지 않았다. 그러나 그 집 어른들은 다 돌아가시고 일가친척들도 하나 없어 사람들 머리에서 점점 잊어지고 있었다.

주인을 잃은 봉님네 집만 앞마당에 잡풀이 웅성하게 자라 초라한 모습을 하고 있었다. 그러나 동네에서 좀 떨어져 있어서 사람들의 관심에서 벗어난 외딴집에 청소를 해주는 사람도 없어 집 여기저기에는 거미줄만 겹겹이 처져 있었다.

그런데 동네에서는 어느 날부터 봉님네 집에 귀신이 산다는 소문이 입에서 입으로 전해 내려오고 있었다. 심지어는 비오는 밤에 봉님네 집 앞을 지나가다가 하얀 소복을 한 여자가 흐느끼며 울고 있는 모습을 보았다는 소문도 있었다.

마을 사람들은 흉측한 봉님네 집을 불태워 버려야 한다는 사람들도 있었다. 그러는 한편에서는 혹시 봉님네 가족이 다시 돌아올 때를 생각해서 집을 없애면 안 된다고 하는 사람들도 있었다.

"어느 누가 무슨 권리로 봉님네 집을 마음대로 불태울 수 있단 말인가?"

또는 "그건 말도 안 된다."

는 사람들에 의해 봉님네 집은 흉물스럽게 그 자리를 버티고 있었다. 동네 아이들도 그쪽으로 가서 노는 것을 꺼려하였다.

사람들은 가을걷이를 다 거둬들이고 상달인 음력 10월이 되면 조상님들 묘지를 찾아가 햇과일과 햇곡식을 차려 놓고 시제들을 모신다. 시제를 모시게 되면 누구보다 신이 나는 것은 동네 아이들이다. 문중에서 시제를 모시는 날에는 마을의 모든 아이들이 모여서 시제 떡을 얻어먹을 수 있기 때문이다.

이런 날은 동네 나이 많이 드신 분들이 몸이 아파 참석을 못하여도 시제 때 장만한 모든 음식을 조금씩이라도 나눠 짚으로 싸서 보내드리는 것을 '끄르미'라고 하는데, 동네 어른들이 이 끄르미를 하나씩 받아 펼쳐놓고 무슨 음식을 차렸는지 자세히 살펴보고 난 다음 하나하나 맛을 보는 것이 하나의 풍습이었다. 또한 이때쯤에는 고을 원님使道이 새로 바뀌는 때이기도 하다.

원님이라 함은 지금의 군수 정도의 관리직책으로 전라도 관찰사觀察使의 명령을 받고 내려와 일을 봤으며, 근무성적이 좋으면 몇 년씩 연임하여 근무를 하는 경우도 있지만 1년도 채 안 되어 바뀌는 경우도 있었다.

이때의 전라도 관찰사는 전주에 자리 잡고 있었으며 전라도 지방의 경찰권, 사법권, 징세권, 행정권까지 가진 절대 권력자였다. 그래서 남원고을 원님 되려면 전라도 관찰사의 직계로 두터운 신임이 있어야 임명받을 수 있는 직책이기도 하였다. 이와 같은 직책의 순환이 주로 정초에 바뀌는 경우가 많았다.

원님元任을 사또使道라고 부르는 것은, 경찰권 사법권까지 가지고 있어 마을에서 송사가 있을 때 재판을 맡아 죄인을 신문하고 거기에 맞는 판결을 내리기 때문에 붙은 이름이다. 그래서 부하인 장졸將卒들이 자기네 주장主將을 높여서 부르는 말이 바로 사또인 것이다.

이때만 해도 시국이 참으로 어수선했다. 멀리 한양에서는 이성계의 5남 태종 이방원이 왕위를 찬탈하기 위하여 왕자 난을 일으켜, 계비 강씨의 두 아들 방석과 방번을 무참히 살해한 것도 모자라 고려의 마지막 충신들(정몽주 등)을 모두 살육하고 정리하느라 일반 백성들의 생활은 말이 아니었다.

태종 이방원은 그것뿐이 아니었다. 아버지인 태조를 왕의 자리에 앉힌 것은 물론이고 한양에 도읍을 세우는데 일등공신인 정도전까지 잡아 죽여 태조 이성계의 미움을 한껏 사게 되었다.

그래서 태조 이성계는 살아생전 자식인 태종 이방원을 보지 않겠다고 별궁이 있는 함주(함흥)로 들어가 속세와 연을 끊으려고 하였으나, 상왕께 인정을 못 받는 임금은 반쪽 임금에 지나지 않는다는 충신들의 상소에 못 이겨 차사를 뽑아 함흥으로 보냈으나 태조 이성계는 차사가 오는 족족 활을 쏴 죽이니, 차사가 함흥에만 가면 돌아오지 못한다 하여 '함흥차사咸興差使'라는 유명한 말을 남기게 되었다.

이토록 나라가 어수선한 틈새를 노린 지방 관료들은 쥐꼬리 만 한 권력의 힘으로 양민들을 짓밟고 괴롭혔다.

백성들이 살기가 힘들고 생활이 궁핍하면 갖가지 유언비어가 난무하기 마련이다. 이때에 전라도 지방에서도 예외가 아니었다. 얼마 안 있으면 난리가 나서 젊은 사람들은 모두 끌려간다느니, 한양에서 처녀들을 모두 잡아가니 10세가 넘는 처녀들은 무조건 시집을 보내라는 등 확실한 증거도 없는 유언비어가 난무하였다.

그런가 하면 반가운 소식도 있었다. 지리산의 이야기다. 지리산은 지형적으로 2개 도에 걸쳐있는 남부지방을 대표하는 아주 큰 산이었다.

경상도와 전라도, 이렇게 도계가 겹쳐 있는 산인데 경상도 쪽으로 더 많이 기울어 있어 사람들은 경상도 지리산이라 불렀다. 그런데 어느 날 갑자기 포도청에 공고문이 붙어 그 지리산 즉, '경상도 지리산을 전라도 지리산이라 하라'는 것이었다. 처음에는 이게 무슨 말인가? 하고 의아해 했던 백성들도 '임금님의 어명'이라는 말을 듣고 좋아하며 환영을 하니, 그때부터 경상도 지리산은 전라도 지리산이라 부르기 시작하였으니 전라도 사람들은 좋아라 하였으나 반대로 경상도 사람들은 좋아할 이유가 없었다.

그 사연인즉 이러하였다.

태조 이성계가 별궁 함흥에 들어가 움직일 기미가 없자 태종 이방원은 차사를 한 사람, 두 사람, 박순까지 무려 10명이나 보냈으나 모두 죽임을 당하고 소식이 없자 태종 이방원은 선왕의 절친이자 왕사로 있는 무학(舞鶴: 무학이 아기 때 무학을 감싸고 있는 5마리 학이 춤을 추며 날아가는 것을 보고 붙여진 이름이다)대사를 불러 부탁을 했다.

태종 이방원 왈,

"대사는 선왕이신 태조께서 가장 아끼고 절친한 친구이시니 대사가 함흥으로 올라가 선왕을 꼭 모시고 내려오시기를 바랍니다."
라는 어명을 받고 무학대사는 몹시 망설였다. 이유는 무학대사가 지금의 의정부 밑 산속 절간(지금의 회룡사)에서 수도를 하며 살고 있으나, 그동안 많은 차사를 보내도 그 차사들이 하나같이 돌아오지를 못하고 죽임을 당했다는 소문을 들어 잘 알고 있었기 때문이었다.

그러나 왕의 명령이라 쉽게 거절할 수도 없었다. 가만히 생각에 잠겨있던 무학대사는 모든 것을 하늘에 맡기기로 하고 왕명을 받들어 함흥으로 올라갔다. 함흥에 도착한 무학대사는 선왕이 계시는 별궁으로 바로 들어가지 못하고 주위를 맴돌며 시간을 보내다가 용기를 내어 대문을 열고 들어갔다. 때마침 태조 이성계가 정자에 앉아 쉬고 있다가 무학이 들어오는 것을 보고 벌떡 일어나 활을 꺼내들고 살을 매겨 겨누며 하는 말,

"네 이놈! 아무리 나의 친구라 할지라도 네가 나를 데려가려고 왔다면 당장 물러가라. 만약 그 대문을 열고 나가지 않는다면 이 화살이 너를 용서치 않을 것이다."

라고 호통을 치자 무학대사가 그 자리에 무릎을 꿇고 엎드려 하는 말,

"태상왕님! 저는 추호도 태상왕님을 한양으로 모실 생각이 없습니다."

"그럼 여기까지 왜 올라 온 거야?"

"제가 금강산을 구경하고 돌아가는 길에 태상왕님이 여기에 계신 걸 생각하고 얼굴이나 한번 뵙고 갈려고 들렀습니다."

"그 말이 진심이랬다?"

"감히 어느 안전이라고 소인이 거짓말을 하겠습니까?"

라고 말을 하자 태조 이성계는 그때서야 긴장을 풀고 활을 내려놓으면서 하는 말,

"내가 신경이 너무 예민한 탓에 너무 심하게 했나 보구려."

라고 말을 하였다. 고개를 들고 일어서는 무학대사를 보면서 다시 또 말했다.

"마음이 넓으신 대사께서 이해하시고 안으로 들어오시게."

"황공하옵니다, 그럼 들겠습니다."

라는 말과 동시에 대청으로 성큼 올라서니, 태상왕은 신하들에게 명을 하여 주안상을 내게 하였다.

둘은 대청에 마주 앉아 참으로 오랜만에 술과 함께 점심을 먹기 시작하였다. 점심을 다 먹고 난 뒤 무학대사가 신하들에게 손짓을 하니 대기하고 있던 신하들이 크기와 무늬가 똑 같은 백마 2마리를 끌고 와 정자 밑에 매어 놓고 여물을 한 아름 주었다. 그런데 이상하게도 한 마리는 열심히 여물을 먹고 있는데 다른 한 마리는 여물을 먹지 않고 여물을 열심히 먹고 있는 모습을 쳐다만 보고 있는 것이

었다.

　얼마의 시간이 지나자 한 마리가 여물을 다 먹고 뒤로 물러나자 남은 한 마리가 그때야 여물을 먹기 시작하였다. 그런 모습을 신기한 듯 쳐다보고 있는 태조 이성계에게 무학대사가 넌지시 말을 꺼냈다.

　"보십시오! 한낮 축생짐승인 말도 자식을 생각해 자식이 밥을 다 먹을 때까지 기다렸다가 자식이 배를 다 채우고 나서야 어미가 먹기 시작하지 않습니까?"

하고 말을 하면서 태조 이성계의 눈치를 살폈다.

　안 그래도 울적한 마음에 혼자 외롭게 생활을 하다가 오랜만에 옛 친구를 만나 술을 한잔 하고나니 마음이 울적하던 차에 친구인 무학의 말을 듣는 순간 감정이 복 받쳐 태조 이성계의 눈에서 눈물이 금방 주르륵 흘러 내렸다.

　무학대사는 그 때를 놓치지 않고 말을 계속 이어 나갔다.

　"자식이 부모를 애타가 찾고 있는데 태상왕께서는 왜 이리 무심하십니까? 모든 일은 하늘의 뜻이라 생각하시고 이만 저하고 같이 한양으로 내려가시지요."

하며 다시 한 번 상소를 하였다.

　그러자 태조는 설움이 터지면서 소리 내어 엉엉 울기 시작하였다. 끝내는 무학대사의 가슴에 얼굴을 묻고 통곡하듯 엉 엉 소리 내어 울자 무학대사는 태조 이성계의 얼굴을 가만히 감싸 안으면서 귓속말로 속삭였다.

　"앞으로의 일이 더 중요합니다, 지난 일은 모두 다 잊으소서."

라는 무학대사의 말에 마음을 진정시킨 태조 이성계가 눈물을 닦으면서 말을 하였다.

"세상에 방원이 그놈이 말이야?"

"압니다, 그래도 잊으십시오."

"그래! 잊어야겠지?"

라고 태조 이성계도 단념을 하고 있었다.

"모든 일이 인력으로는 되는 것이 없습니다, 잊으십시오."

그렇게 하여 태조 대왕과 무학대사는 함경도 함흥을 출발하여 한양으로 향하게 되었다.

함흥에서 출발하여 정평을 거쳐 영흥을 지나 문천, 원산을 지나 금강산으로 접어들자 태조 대왕이 무학대사에게 이렇게 말을 하였다.

"이보시오, 무학! 우리 오랜만에 금강에 왔는데 금강산에 들어가 온천이나 즐기고 갑시다."

하며 의견을 묻자 무학대사가 쾌히 승낙을 하였다.

"그렇게 하시지요, 세월이 좀 먹겠습니까."

라며 무학이 말에서 내려 짐을 풀자 태조 이성계도 마차를 멈추고 짐을 풀었다.

태조를 호위하는 호위무사들이 사방에 경계선을 치고 경계에 들어갔다.

금강산 노천 온천탕은 강원도 고성군 온정리에 자리 잡고 있으며, 지질은 중생대 쥐라기 단천암군의 조립실 화강암과 그 풍화산물로 되어 있으며, 온천수는 화강암 틈새를 따라 흘러나오고 있었다. 수온은 섭씨 39~44도 정도 되어 목욕하기 딱 좋은 온도였다.

예부터 금강산 온천은 신경통, 관절염, 피부병에 특효가 있다 하여 많은 객들이 찾아들어 목욕을 즐겼던 곳이다.

　태조왕과 무학대사가 옷을 모두 벗고 탕 안에 앉아 있노라니 마음은 평안하고 세상이 한가로웠다.

　머리 위의 푸른 하늘에는 하얀 뭉게구름이 두둥실 떠서 한가롭게 움직이고 있었다. 기암괴석이 수천척이요, 수백 년 소나무들이 분재처럼 몸을 꼬며 암석위에 버티고 서 있었다.

　태조 이성계는 그동안 겪어왔던 마음고생이 한꺼번에 확 날아가는 느낌이었다. 술에 취하고 풍광에 취한 태조 이성계가 갑자기 장난기가 발동하였다.

　"이보게 무학! 우리 서로 욕하기 시합이나 해 볼까?"

　"욕하기 시합을 해요?"

　"서로 욕하기 시합을 해서 더 지독한 욕을 한 쪽이 못한 쪽에게 원하는 것을 다 해 주기로 말이야."

　"아니 이 산중에 뭐가 있다고 내기를 하려 하십니까?"
라는 무학의 말에,

　"서로 욕을 하여 더 심하게 욕을 하는 쪽을 못하는 쪽이 술 한 동이 내기함이 어떠한가?"
라고 말하는 태조의 마음을 무학은 잘 알고 있었다.

　태조가 오랜만에 세상을 나와 깊은 산중 온천에 몸을 담고 있으니 기쁨에 넘쳐 장난기가 발동하여 장난을 걸어오는 것임을 잘 알고 있었다.

　"그러시지요, 제가 태상왕보다 욕을 못하면 술 한 동이를 벌주로 내겠습니다."

라고 말하자, 태조 이성계도 흔쾌히 대답을 하여 서로 욕하기 시합이 벌어졌다.

"그럼 대사가 먼저 욕을 해 보시게."

"무슨 천부당한 말씀을 하시옵니까, 저는 태상왕의 신하에 불과한데 어찌 감히 욕을 먼저 할 수가 있겠습니까, 상왕께서 먼저 하십시오."

하며 무학은 손사래를 쳤다.

"이 사람이 서로 모태로 돌아가 옷을 다 벗었는데 누가 주인이고 누가 신하란 말인가? 지금부터는 군신君臣의 관계를 떠나 동무童舞이니 말을 함부로 해도 괜찮네."

라고 말을 하였다. 그러나 무학대사가 계속 거절을 함으로 태상왕이 욕을 먼저 하게 되었다.

"자! 욕을 하겠네, 잘 받으시게?"

"예! 지르십시오, 잘 받겠습니다."

하자 태상왕의 욕이 시작되었다.

"야! 이 늙은 누룩돼지야! 피둥피둥 살찐 모습이 마치 바람난 수캐처럼 생겨가지고, 어디 생과부나 노리고 다니는 화상 같구나. 하하하!!"

라고 욕을 했다. 태상왕이 한 욕을 가만히 생각을 해 보면 욕 치고는 지독한 욕이었다.

평생의 수도승에게 살찐 누룩돼지라고 하는 것도 욕이거니와, 평생을 금욕을 철칙으로 알고 살아가는 수도승 무학에게 바람난 수캐처럼 과부나 노리고 다니는 중놈이라고 표현을 하고 있지 않은가!

무학은 수도자의 길을 가기 위해서 어릴 적부터 같이 동문수학을 하며 자란 사랑하는 여인 애련낭자까지 뿌리친 터인데, 이런 욕을 듣는다는 것은 도저히 참을 수가 없는 수치스런 욕이었다(애련낭자는 무학의 스승 오산림(吳山林)의 막내딸이었다). 하지만, 무학이 누구인가! 팔십 평생을 오직 수도에만 전진하면서 도道를 통함을 넘어서 각覺의 경지에 이른 사람이 아니던가! 무학은 조금의 얼굴의 표정도 변하지 않고 의연하게 미소를 짓고 있었다.

태상왕도 이쯤 되면 무학의 표정이 울그락불그락은 아니더라도 상기된 모습을 기대하고 있었는데 의외의 태연함에 상당히 멋쩍어 하는 표정이었다.

그래서 태조는,

"자! 내 욕은 여기까지니 자네가 이제 나한테 욕을 해보시게!"

"예! 그럼 소인이 욕을 할 테니 무례함을 용서하소서."

무학이 답을 하고 막 욕을 시작하려 하는데 태조가 정색을 하며 이렇게 말했다.

"야! 이 사람아! 욕을 하기로 마음먹은 사람이 무슨 그렇게 형식을 갖추는 건가, 전혀 개의치 말고 어여 욕이나 실컷 해 보시게."

하며 독촉을 하자,

"제가 보기엔 태상왕께서 생긴 모습이 마치 성불한 부처님 같사옵니다."

라고 하였다.

아니! 지독한 욕, 세상에 없는 지독한 욕을 할 것으로 기대를 하고 준비하고 있는데, '성불한 부처의 모습' 같다니 이게 무슨 욕이란 말인가! 라고 생각한 태상왕은 버럭 소리를 질렀다.

"야 이 사람아! 자넨 지금 내게 욕을 하라고 했지 아부나 떨라고 한 것이 아닌데 무슨 그런 말을 하는가?"

하며 화가 잔뜩 난 표정으로 손가락을 세우고 무학에게 덤벼들었다. 무학도 심각한 표정으로 태상왕을 노려보고 있다가 금세 웃음을 터트리며 하는 말,

"상왕님! 진정하시고 내 말 좀 들어 보십시오, 사람이란 본래 개의 생각과 마음을 가지고 사물을 쳐다보면 모든 것이 개로 밖에 보이지 않지만, 부처의 생각과 마음으로 사물을 쳐다보면 모든 것이 부처로 보이는 것이옵니다. 하하하!"

이 이야기는 그랬다. 태상왕은 개의 생각과 마음을 갖은 사람이고 자기는 부처님의 마음을 가졌다는 말이다. 그러니 방금 지독한 욕을 한 태상왕의 욕은 무학이 그렇다는 것이 아니고 바로 자기한테 한 욕이 되어버린 것이다. 그의 말을 들은 태상왕은 가만히 눈을 굴려 생각을 해보더니, 깜짝 놀라며 박장대소를 하는 것이었다.

"에끼 이 사람아! 그럼 감히 이 태상에게 개 같은 놈이라는 말인가? 하하하!"

하며 둘은 손을 마주 잡고 깔깔대며 웃었다.

"내기는 내가졌네, 내가 벌주를 내지."

하며 태상왕이 신하들을 불러 주안상을 준비하게 하여 술을 마시기 시작하였다.

"자! 내 벌주 마시겠네."

하며 태상왕이 자기가 따라 자기가 마시며 무학에게는 술을 주지 않

는 것이었다. 그래서 무학이 옆으로 앉으며 하는 말,

"아니 술 주인은 저인데 어찌 남의 술을 허락도 없이 마시면서 주인에게는 한 잔도 주지 않는 것입니까?"

하는 무학대사의 말에,

"아니 수도하는 스님이 무슨 술을 마신다는 말인가? 나 같은 개나 마시지."

태상왕이 웃으면서 말했다.

"그것이 어디 술입니까? 제가 보기에는 곡차입니다."

"뭣이여? 부처의 눈에는 술도 곡차로 보이는가 보이."

"원래 술의 원료는 곡식을 발효시켜 만들었으니 곡차지 뭡니까?"

"자! 그럼 곡차 한잔 받으시게, 이 곡차 한잔 먹고 천년만년 사시게."

그렇게 하여 두 사람은 술을 밤새워 마시며 즐거운 시간을 보내고 있었다. 그런데 갑자기 태조가 뭔가 떠오른 듯 정색을 하며 심각하게 묻는 말이 있었다.

"이보시게 무학!"

"예!"

"내가 몇 해 전 천하를 통일하고 나서 저 남쪽 땅 끝 마을 남해 보광산 보리암에 가서 100일 기도를 드렸는데, 마지막 날 잠을 자는데 꿈에 머리와 수염이 하얀 산신령이 나타나서 나한테 하는 말이,

"내가 너에게 이 나라 왕을 시켜주었으니 너는 나에게 무엇을 해주겠는가?"

하시기에

"나는 꿈속에서도 무슨 좋은 생각이 떠오르지 않아 대답을 못하고 그냥 잠에서 깨어났는데, 지금 가만히 생각해 보아도 그것이 마음에 걸리는데 자넨 도사道士이니 무슨 좋은 생각이 있는가?"

태조의 말을 듣고 가만히 생각을 하던 무학이 이렇게 대답을 하는 것이었다.

"그럼 그 산신령에게 평생 비단옷을 입혀 드리는 것이 어떻습니까?"

"뭐? 어떻게 사람도 아닌 산신령에게 비단옷을 해서 입힐 수 있단 말인가?"

라며 호기심이 가득한 아이처럼 무학의 입을 쳐다보고 있었다.

"그거야 어렵지 않지요, 산 이름을 '보광산'에서 '보광' 대신 비단 금金자를 써서 '금산'으로 바꿔주면, 평생 변하지 않는 비단옷을 입혀 드리는 것인데 뭐가 그렇게 어렵게 생각하십니까?"

라는 말에 태상왕은 무릎을 탁 치며 하는 말이

"그래! 맞는 말이야! 역시 자넨 도사가 틀림없네."

하며 칭찬을 하였다.

"그렇다면 말이야! 내가 보리암에서 기도를 끝내고 한양으로 올라오다가 지리산을 지나게 되었는데, 지리산이 거대하고 웅장한 것이 틀림없는 명산이더라고. 그래서 지리산에서 다시 100일 동안 기도를 드렸는데 지리산에서도 마지막 날 꾼 꿈이 보광산에서와 똑같은 꿈을 꾸었어. 그때도 나는 산신령에게 아무런 대답을 못하고 돌아왔는데 지리산 산신령에게는 무엇을 해줘야 하나?"

하며 잔뜩 기대를 하며 쳐다보고 있었다.

무학이 그 말을 듣고 또 다시 곰곰이 생각을 하더니 이번에는 무학의 입에서 의외의 말이 나왔다.

"아무리 산신령이라지만 감히 태상왕님께 무엇을 요구하다니 괘씸하지 않습니까?"

라며 이번에는 조금 전과 달리 정색을 하는 것이었다. 그러한 그의 행동에 더 놀란 것은 태상왕이었다.

"아니 우리가 한낱 인간에 불과한데, 산신령을 어떻게 할 수도 없는 것 아닌가?"

라고 물었다. 그러자 무학대사가 이렇게 말을 했다.

"참으로 괘씸한 산신령을 귀양을 보내버리십시오."

"아니 산신령을 어떻게 귀양을 보낸단 말인가?"

하며 태상왕이 의아하게 생각하자, 무학은 입술을 지그시 깨물며 다음과 같이 말을 하였다.

"지금은 사람들이 경상도 쪽으로 산이 더 많이 기울어 있어서 경상도 지리산이라고들 합니다. 그러나 상왕께서 '어명'을 내리시어 전라도 지리산이라고 명하신다면 경상도에서 전라도로 귀양을 보내는 것이지 무엇입니까?"

라고 하자, 태상왕은 박장대소를 하며 깔깔대며 웃었다.

"어! 맞으이 맞아! 역시 자네는 도사 중의 도사야! 어~ 흐흐흐!

내가 궁에 들어가는 즉시 '어명'을 내려 전라도 지리산이라 명하겠네. 하하하!"

라고 말하며 들고 있던 술잔을 기분 좋게 비웠다.

이렇게 하여 경상도 지리산이 그 뒤부터는 태조 이성계의 '어명'

으로 전라도 지리산으로 불리게 되었던 것이었다.

봉님의 영혼靈魂

"남원 부사府使 부임이오!"

"신관사또 행차시다, 길을 비켜라!"

정월 대보름, 농민들에게는 1년 중 가장 큰 명절이었다. 각 가정에서는 오곡밥을 해 조상께 바치고, 새롭게 한 해의 시작을 준비하는 날이었다.

또 낮에는 들에 나가 바짝 마른 논둑과 밭둑을 태워 한 해의 병충을 막는 일을 하였다. 그리고 아침 일찍 만나는 사람에게 다가오는 여름 더위를 사가라고 '더위 팔이'도 하였다.

"병국아!"

"왜 불러!"

"니 더위 내 더위 가래더위" (네 더위와 내 더위를 같이 날려 보내자 는 뜻)

이처럼 사람의 이름을 불러 대답을 하면 "내 더위!" 하고 더위를 팔고 도망가는 아이들 매년 보름날 하는 풍습이었다. 그래서 이 날은 더위를 많이 팔아야 그해 여름에 더위를 덜 느낄 수 있다고 생각하였다. 반대로 더위를 많이 받으면 그 사람 더위까지 모두 나에게로 와 여름이 훨씬 더울 거라고 생각하였다.

그래서 이날만은 누가 불러도 대답 대신 "먼저 더위"라고 해서 내 더위를 상대에게 주는 풍습인 것이다. 또 한편으로는 각 마을마다 청년, 부녀자, 어른, 아이 할 것 없이 모두 힘을 합쳐 윗동네 아랫동네 편을 갈라 줄다리기 시합을 해 이기는 마을 농사가 풍년이 든다고 여겼다.

또한 각 마을이 농악대를 구성하여 '성황당 지신밟기' '각 가정 지신밟기' '당산나무 지신밟기' 등을 하고 돌아다니며, 각 가정 지신을 밟아주고 곡식을 조금씩 거둬 그 곡식으로 밥을 하여 온 동네 사람들이 잔치를 벌이기도 하였다. 그리고 아이들은 저녁이 되면 쥐불놀이라 하여 깡통에 불씨와 나무를 넣고 동그랗게 원을 그리며 돌려 하늘 높이 던지면 불꽃이 포물선을 그리며 떨어지는 모습을 보며 환호를 지르기도 하였다.

아이들은 그 불씨를 돌리며 마을끼리 불 싸움을 벌이기도 하였다. 그리고 각 가정에서는 집 마당에 나무를 쌓아 놓고 모닥불을 피운 다음 식구들 모두 자기 나이 수만큼 불을 뛰어 넘으면 한 해 동안 잔병이나 잡귀가 물러간다고 믿었다. 그만큼 이날의 불은 신성하고 병충과 잡귀까지 모두 물리치는 신성한 불이었다.

또 한 가지는 대보름 하루전날 밤에는 잠을 자면 눈썹에 석가래(이의 알)가 생긴다며 잠을 자지 않으면서 대신 딱딱한 호두나 땅콩, 개금 같은 것을 소리 내어 깨서 먹으면 집안으로 들어오려던 귀신이 그 소리를 듣고 놀라 도망간다고 믿었다.

이와 같은 모든 풍습은 조상 대대로 내려오며 지켜지는 토속신앙에 그 뿌리가 있는 것이다.

이해 정월 대보름날은 특별히 신관사또가 부임하는 날이 겹치는 날이었다.

수십 명의 포졸들이 줄을 맞춰 길을 막았고, 군악대 맨 앞의 나팔수가 나팔을 불어대면 마을 사람들은 그 자리에 무릎을 꿇고 머리를 숙여 존경의 마음을 표시하였다.

"쉬~ 물렀거라! 신관사또 행차시다."

앞에서 길막이를 하고 있는 상급포졸의 기세가 등등해 보인다. 양민들은 그의 기세에 눌려 황급히 뒤로 물러서서 무릎을 꿇고 머리를 조아렸다. 선두의 상급포졸의 기세가 얼마나 등등한지 날아가는 새도 떨어뜨릴 기세다. 그 모든 것으로 보아 원님의 권세를 과히 짐작할 만하다. 포도청 안에는 더 소란이었다. 청소는 물론 정리 정돈이 잘되어 있었으며 모든 근무자들이 부서별로 열을 맞춰 허리를 굽히고 서서 신관사또를 맞이하고 있었다. 서기를 보는 사람은 인계인수 명부를 들고 원정 살림을 확인 및 정리하느라 눈 코 뜰 새가 없나보다. 직책이 좀 높은 사람들은 얼굴도장을 찍으려고 신관사또의 일거수일투족을 살피기 바쁘다. 기회만 생기면 앞으로 달려 나가 온갖 아양을 다 떨어댄다.

신관사또 박상근, 이 시대의 호남에서 이름을 날리는 인재였다. 밀양 박씨 가문의 종손으로, 문무를 겸비한 보기 드문 인재가 남원 고을 원님으로 부임한 것이다. 박상근 사또는 성대히 차린 저녁을 거하게 먹고 밖으로 나와 팔자걸음으로 정원을 거닐며 밤하늘을 쓱 한번 쳐다봤다. 오늘따라 별들이 유난히도 반짝거렸다. 그런데 거대한 은하수 물결 사이로 유성별이 떨어지는 것이 보였다. 사또 박상근은 유성별을 쳐다보며 혼잣말처럼 중얼거렸다.

"어느 위인이 세상을 떠나시는가! 떨어지는 유성 빛이 참 밝기도 하이."

신관사또는 뒷짐을 지고 있던 팔을 푸는가 싶더니 오른손을 들어 코에다 대고 코를 '팅~' 푼 다음 손을 뿌리치듯 털자 뒤를 따르던 서기가 명주 손수건을 내밀었다.

손수건을 건네받은 사또는 코 주위를 수건으로 닦더니 손가락도 비벼 닦았다. 그 모습을 지켜보고 서 있던 서기가 얼른 수건을 받아 들었다. 그렇게 얼마동안을 거드름을 피우며 정원을 거닐던 신관사또가 사랑채로 들자 서기가 허리를 굽혀 물었다.

"저~ 취침은 몇 시에나~?"

"내 걱정 하지 말고 그만 가서 쉬게."

"네! 그럼 이만."

대답을 하고 서기가 밖으로 물러났다. 이 시대의 부부들은 대부분 각방을 쓰고 살았다. 부인은 안채에서 살고 남편들은 사랑채에서 취침을 하며 과년한 딸이 있는 집은 안채 옆에 별채를 두어 딸이 생활하게 하였다. 이 남원관사도 이와 비슷한 구조로 집을 지어 원님살이를 하게 한 것이다.

또 사랑채 밖 대문 옆에는 행랑채를 두어 집에 찾아오는 손님이나 나그네들이 사용하게 하였고, 집안의 잡일을 하는 머슴들은 행랑채 옆에 따로 방을 마련하여 기거하게 하는 것이 이 시대의 사대부 집의 가옥이었다. 이 남원관사도 이와 비슷한 구조로 되어 있었으며, 민 채와 다른 점이 있다면 원님이 직무를 수행하는 관청이 있고 포졸들이 숙소로 사용하는 숙사와 훈련을 하고 열병식을 할 수 있는 연병장이 있어 규모는 작지 않은 원이었다.

사랑채의 불이 꺼질 때까지 문 밖에서 포졸들이 보초를 서다가 불이 꺼지면 조용히 물러갔다. 이날도 이와 같은 모습으로 신관사또가 부임 첫날밤을 맞이하게 되었던 것이다.

"사또! 편한 밤 되시옵소서!"

"밤새 야경은 이상 없이 돌고 있느냐?"

"예! 그리하옵니다."

"됐다, 그만 물러가거라!"

"아닙니다, 오늘밤은 첫날밤이기에 밤새워 보초를 서 있겠습니다."

"되었으니 그만 물러가래두."

"아니옵니다, 서기님의 특명이오니 염려마시고 그만 취침에 드시옵소서."

"알았다."

짧은 한마디 대답과 방안의 호롱불이 동시에 꺼졌다. 불이 꺼지자 주위는 적막감이 흘렀다. 대략 이 시간이 술시(밤 9시)를 지나 해시로 가고 있었다. 보초근무자가 저녁을 먹고 2~3시간을 부동자세로 서 있으니 슬슬 졸음이 오기 시작하였다. 졸리는 눈을 억지로 뜨고 있다가 진 자시(밤 1시)가 되자 마루에 걸터앉아 꾸벅 꾸벅 졸고 앉아 있었다. 그래도 근무를 교대해 주는 사람이 없었다. 긴 겨울밤이 지나가고 아침이 되자 서기가 달려왔다.

"근무자! 밤사이 별일 없었지?"

"예! 아무 일 없었습니다."

"사또는 기침을 하셨느냐?"

"아직 주무시고 계십니다."

"어제 부임행차에 많이 고달프신 모양이구나?"

하며 대청마루로 올라가 방문 앞에 허리를 굽혀 인사를 하면서 조심스럽게 말을 꺼냈다.

"사또나리~! 사또나리~! 똑! 똑! 똑!"

"……!!!!"

"사또나리~! 소인 이서기입니다."

"……!!!!"

"아니 해가 중천인데 웬 잠을 아직까지……?"

이동욱 서기는 이러지도 저러지도 못하고 서성대다가 자리를 떠났다. 그러다가 어느 사이 사시(巳時 : 오전 11시)가 지나 오시가 되는데도 사또는 기침할 기색이 없자, 이 서기는 방문을 열려고 문고리를 잡아당겼다. 그러나 문은 안에서 잠긴 채 열리지가 않았다. 이 서기는 마음이 급해졌다. 그래서 포졸들을 불러 문고리를 부수라고 명령을 내렸다. 몇 명이 달려들어 문을 부수고 안으로 들어가 보니 이것이 무슨 일입니까? 침실에 누워 있어야 할 사또는 옷을 다 벗은 채 방 한쪽 구석에서 무릎을 꿇고 두 손을 가슴에 모은 상태로 고개를 숙인 채 죽어 있었는데, 얼굴 표정은 공포에 질려있는 모습이었다.

이불은 여기 저기 널려 있었다. 밤사이 괴한이 침입하여 결투라도 벌였나 싶어 여기저기 살펴봐도 피한방울 흘린 흔적이 없었다. 신관 사또는 텅 빈 방에 혼자 자면서 도대체 무엇을 보았기에 그토록 공포에 질린 얼굴을 하고 있었을까?

이 서기는 몸을 바들바들 떨면서 밖으로 나와 포졸들을 불러 안채에 알리고 위 관청에 보고서를 써서 올렸다. 보고서를 쓰면서 사인을 불확실로 써 올렸다. 그도 그럴 것이 자리에 누워 편안히 죽었다면 급살(심장마비, 뇌출혈)로 올렸겠지만 죽은 모습이 누구한테 용서를 빌고 있는 자세로, 얼굴이 공포에 질려 있는 것처럼 죽어 있었기에 딱히 뭣이라고 사인을 밝힐 수가 없었다. 이동욱 서기가 50평생을 살면서 관내 살인 사건이나 자연사한 사람들을 수없이 보았지만 이런 모습으로 죽은 사람은 처음이었다. 그것도 바로 어젯밤까지 아주 건강한 사람이었고 무술실력이나 담력이 대단한 사람이지 않았는가! 온 마을에 신관사또가 밤사이에 괴사하였다는 소문이 입에서 입으로 순식간에 퍼져 나갔다. 그러나 외부에서 침입한 흔적이 없고 상처가 하나도 없이 죽었기 때문에 귀신이 한 짓이라고 떠들었다.

"아휴! 세상에 신관사또가 무슨 못된 짓을 저질렀기에 부임첫날밤에 귀신에게 매 맞아 죽은 겨."

라는 소문이 퍼지기 시작하였다.

"어떤 놈이 전 부임지에 원한을 품고 있다가 새로 부임해 오니까 여기까지 쫓아와서 죽인 겨."

빨래터에서 아낙네들의 이야기였다.

한편, 이 사건은 도 관찰사에서도 초미의 관심을 끄는 사건이었다. 지금까지 아무 사고도 없던 남원에서 이런 사고가 난다는 것은 어느 누구도 이해할 수 없는 일이었다.

그래서 장례비를 지원해 줘 장례를 치르는 한편 사건을 조사하는 감찰반을 파견하였다. 그러나 사건이 일어난 지 한 달여가 지나도 감찰반은 그 어떤 단서하나 찾지 못하고 사건은 점점 미궁으로 빠져 들고 있었다. 그렇다고 남원 일대를 관리하는 원님자리를 너무 오래 비워둘 수가 없어 새로운 적임자를 찾아 내려 보내기로 하였다.

다음 원님은 최성봉 참의(지금의 차관보쯤)로 지명이 되었다. 최참의는 46세, 문과 출신으로 전주 최씨 문성공파 11대 손으로 당대의 명문 중의 명문집안이었다. 성격이 온유하고 침착한 성격의 소유자로 모든 일에 빈틈이 없는 사람이었다. 도 관찰사에서도 최참의를 선정한 이유도 이번 살인사건의 어떤 단서를 찾을 수 있을까 해서 숙고 끝에 선정한 인물이었다.

신관 최성봉 사또의 부임은 조용히 이루어졌다. 요란한 풍악도 없었고, 부임방도 붙이지 않았다. 관내에서도 모든 것을 조용히 하라 했고 그의 뜻에 따라 조용히 맞아들였다. 경비는 예전의 2~3배로 늘려 쥐 한 마리 드나들지 못하도록 철저했다.

그리고 이 서기가 퇴청을 하지 않고 밤새도록 관내에서 대기하고 있었다. 모두들 긴장하는 부임 첫날밤이 깊어가고 있었다. 고요한 밤은 아무 일 없이 날이 밝았다.

아침이 되자 이 서기가 초조한 마음으로 방문 앞에 서서 큰 기침을 하고 입을 열었다.

"사또! 소인 이동욱입니다, 기침은 하셨는지요?"

"……!"

안에서 아무 대답이 없자 이 서기는 불안했다. 침을 한번 꿀꺽 삼킨 다음에 다시 한 번 불러 보았다.

"나~리~! 소인 이 서기이옵니다."

그의 목소리는 몹시 떨리고 있었다.

"……!!!"

"여봐라! 빨리 문을 열도록 하여라."

이 서기는 자기도 모르게 몸을 바들바들 떨고 있었다. 그것은 직감에서 오는 불안감이었다.

왠지 기분이 좋지가 않았다. 포졸들이 몰려들어 방문을 열자 최 사 또는 큰 칼을 옆에 놓은 채 앉은 자세로 옆으로 쓰러져 죽어 있었다.

칼은 칼집에서 빼지도 않은 채 그대로 있는 걸로 보아 침입자가 있는 것은 아닌 것 같은데 도대체 이게 무슨 일인지 알 수가 없었다.

지난번과 비슷한 것은 이번에도 망자의 얼굴이 공포에 질려 있었다는 것일 뿐, 별다른 단서는 나오지 않았다. 관내에서도 두 번이나 똑 같이 첫날밤 주검이 나타나니까 모든 사람들이 공포에 떨고 있었다.

전라도 관찰사에서도 이번에 또 사건이 벌어지자 한양으로 보고를 아니할 수가 없었다. 그래서 사건의 전말을 상세히 써서 의정부에 고하고 명령을 기다리고 있었다. 보고를 받은 의정부에서도 예사로운 일이 아니라며 예조를 통해 임금님께 상소로 올렸다.

보고를 받은 태종왕은 "모든 것을 철저히 조사하라"고 명한 뒤, "직위를 떠나 무술이 뛰어나고 담력이 큰 사람을 뽑아 보내라"는 어명을 내리시게 된 것이다. 조정에서 어명을 받고 대신들이 의논한 끝에 병조판서 이현종을 내려 보내기로 의견을 모았다.

판서 이현종은 함평 이씨 9대손으로 무관 출신이며, 전장에 나가서 혁혁한 공을 세웠으며 담력이 크기로 소문이 난 장수였다.

대신들의 추천을 받은 이현종은 태종왕의 왕지(王旨:태종 이후 교지라 함)

를 받들어 남원 원님으로 부임하면서, "부임즉시 모든 사건을 철저히 조사하여 진상을 밝혀 보고하라"는 특명을 받고 부임하게 된 것이다.

이현종 판서가 전라도 관찰사에 도착한 날이 이듬해 5월 초삼일이었다. 전라도 관찰사에서는 한양에서 부임해 내려오는 이 판서를 극진히 맞이해 주었다.

관찰사에서 하루를 쉬고 바로 남원으로 내려와 원내 이곳저곳을 둘러본 다음 서기를 불러 그동안에 일어났던 일들을 소상히 묻고 또 물었다.

이현종 판서, 아니 남원 원님이 생각해도 아무런 이상한 것을 발견하지 못하였는데, 어찌된 일인지 부임 첫날밤에 그것도 두 번씩이나 사람이 죽는다는 것인지 도대체 이해가 되지 않았다.

마지막으로 자기가 오늘밤 자야 할 방을 살펴보고 있었다. 방은 겉 문과 안쪽 문이 따로 분리되었고, 겉 문창살은 연꽃문양이 나무 통판에 정교하게 새겨져 있었고 문틀도 견고하게 잘 짜여 있었다.

겉 문으로 들어가 문턱이 있고, 그 문턱 앞에서 신을 벗고 양문을 열고 안방으로 들어서면 아랫목에 산수화 8폭 병풍이 쳐 있고 그 앞에 침구가 깔려 있었다.

침구 앞에는 조그마한 교자상이 놓여 있었으며, 방 위쪽 양 옆에는 소가구가 놓여 있고 가구 위에는 둥그런 보름달 백자 도자기가 놓여 있었고, 맞은편에는 커다란 주병 청자도자기가 놓여 있었다. 오른편 벽에는 책장이 있고 고서 몇 권이 꽂혀 있고 왼편 벽에는 햇대(옷걸이)가 걸려 있는데 그 햇대를 가리는 보에는 소나무 아래 다정하게 노닐고 있는 백로 한 쌍이 수놓여 있었다. 방은 제법 큰방으로 족히 8평정도 되는 방으로 천장에도 목단꽃무늬 그림으로 예쁘게 장식이 되어 있었다.

신관사또 이현종은 방안 이곳저곳을 아무리 살펴보아도 이상한 점은 발견하지 못하였다. 이중문의 출입구도 하나뿐이고 다른 창문은 없었다.

모든 점검을 완벽하게 마치고 저녁을 먹은 다음, 큰 칼 옆에 차고 원 내를 한 바퀴 돌아보았다. 그런 다음 부하들을 모아놓고 철저한 경비를 부탁하였다. 그리곤 뒤뜰에 나가 몸을 풀고 칼을 뽑아 무술 연습을 하기 시작하였다.

"휙~! 휙휙!!!"

칼바람이 몰아쳤다.

"얍!!! 휙휙!!!"

우렁찬 기압 소리와 함께 휘두르는 칼바람소리, 온몸은 금방 땀으로 젖어갔다.

그렇게 얼마를 했을까, 사또는 행동을 멈추고 옷을 벗고 등목을 했다. 옷을 새로 갈아입고 밖으로 나가 마을을 한 바퀴 돌아보았다. 안내는 이 서기가 하였다. 사람들은 낮에 일하고 저녁을 먹으면 바로 잠자리에 들어 술시(밤 9시)가 되면 거리는 쥐죽은 듯 조용했다. 원에서 해시(밤 11:30분)까지는 야경을 돌지만 해시가 지나면 그것마저도 없어 온 세상은 고요 그 자체였다.

가끔씩 들려오는 산 짐승의 울음소리가 소름을 끼치게 했다. 이 사또는 마을을 돌아보고 들어와 자시(밤 12시)가 되자 방으로 들어가기 전 방문 앞 양 옆에 서있는 근무자에게 타일렀다.

"밤에 졸지 말고 보초 똑바로 서도록 하라!"

"예!"

대답소리를 들으며 방으로 들어가자마자 겉옷을 햇대에 걸어놓고 침구위에서 무릎을 꿇고 두 손을 가슴에 모으고 정신을 집중해서 기도를 올렸다. 그런 다음 호신용 칼을 옆에 놓아두고 호롱불을 켜둔 채 자리에 누웠다. 두터운 솜으로 만든 요가 푹신하고 편했다.

"잠들면 안 된다, 나는 오늘밤 무슨 일이 일어나는지 반드시 밝혀내야 한다."

라며 혼자말로 중얼거리고 있었다.

그러나 30분 40분을 누워 있으면서 정신이 가물거리기 시작 하였다. 그래서 자리에서 벌떡 일어나 앉으며 하는 말,

"자면 안 된다!"

라고 외치며 머리를 흔들었다. 자리에서 일어나 기지개를 켜고 양팔을 흔들며 방문을 열어 보았다. 근무자들이 긴 창을 들고 바른 자세로 서 있었다.

"별일 없지?"

"예! 이상이 없습니다."

"졸리면 군장한테 교대해 달라고 해라."

"예!"

라는 대답을 듣고 사또는 안심하고 문을 닫고 자리에 누웠다. 자리에 누워서 얼마의 시간이 흘렀을까? 갑자기 볼에 찬바람이 느껴졌다.

"아니 방문이 열렸나?"

하며 방문 쪽으로 고개를 돌리는 순간, 호롱불이 파르르 심하게 떨며 꺼졌다. 순간 방안이 어두워졌다. 사또는 자리에서 벌떡 일어나 앉으며 매섭게 외쳤다.

"어느 놈이냐?"

"……!"

"어느 놈이 감히 내 목숨을 노리느냐?"

하며 정신을 집중하여 방문 쪽을 쳐다보니, 안방 문이 소리 없이 열려 바람이 세차게 들어오고 있었다.

"썩 나오지 못할까?"

하며 칼을 집어 들고 일어서려는 순간, 하얀 소복을 한 여자의 모습이 방안으로 밀려 들어왔다. 머리는 풀어 산발을 했으며 옷은 화려하지는 않았으나 깨끗한 차림이었다.

머리와 옷이 바람결에 휘날리고 있었다. 얼굴은 백지장처럼 하얀 색을 띠고 있어 필시 망자가 분명해 보였다.

"사람이면 말을 하고 귀신이면 썩 물러가라!"

하며 칼자루를 잡고 칼을 빼려고 하는 순간 말소리가 들려왔다.

"사~또! 사~~또!"

라는 소름끼치는 소리에

"말을 하라!"

"소~녀~ 저 아래에 사는 문봉님이라 하옵니다."

"문봉님! 그런데 이 한밤에 여기는 어인 일이냐?"

"소녀는 추녀라는 낙인에 천추의 한이 남아 열아홉 나이로 물에 뛰어들어 자결하였사옵니다."

"뭣이! 자결을 해?"

"그러하옵니다."

"그런데 이 야밤에 여기는 왜 왔느냐?"

"제 육신이 저 앞 딸각 다리 밑 둠벙에서 추위에 떨고 있사옵니다."

"그래서 그것이 어쨌단 말이냐?"

"저에게는 부모와 형제도 없어 어느 누구 한사람 제 시신을 거둬 안치해 줄 사람이 없어 이렇게 무례함을 무릅쓰고 찾아 왔사옵니다."

"그때가 언제란 말이냐?"

"작년 바로 오늘, 5월 단오일이옵니다."

"그래서 어떻게 해 달라는 말이냐?"

"저의 육신을 거두어 양지바른 곳에 안장을 해주시옵고, 제 배가 너무 고프니 저를 위해 제삿밥을 좀 차려주시면 여한이 없겠사옵니다."

"그래 그것이 다이더냐?"

"예!"

"그럼 이 앞전에 부임한 사또 두 명을 죽음으로 만든 것이 너의 소행이더냐?"

사또는 도끼눈을 뜨며 물었다.

"예!"

"오늘처럼 이렇게 너의 소원을 말하지 않고 왜 죽였느냐?"

"제가 오늘밤처럼 저의 소원을 말씀드리려고 방안으로 들어왔을 뿐인데, 저의 모습을 본 사또들이 기겁을 하고 쓰러져 저로서는 어쩔 수가 없었습니다."

라고 말하며 흐느끼며 울고 있었다.

"좋다, 내가 너의 소원을 잘 알았으니 다시는 이런 요사스런 행동을 하지 말거라."

"예! 이 소녀를 불쌍히 여기시어 제 소원만 해 주신다면 다시는 인간사에 얼씬도 않을 것이며 좋은 곳으로 가서 지내겠습니다."

"염려 하지 말거라."

"감사하옵니다, 사또."

봉님은 머리에 손을 얹고 사또에게 공손히 절을 하고 뒤로 물러나는가 싶더니 이내 시야에서 사라져버렸다.

봉님의 혼이 떠나가자 활짝 열렸던 문이 저절로 닫히며 원래대로 잠겼다. 한참동안 멍하니 그 자리에 앉아 있던 사또가 정신을 번쩍 차리고 자리에서 일어나 문을 열고 밖을 보니 보초병 두 명 모두 마룻바닥에 쓰러져 세상모르고 잠을 자고 있었다.

"이놈들이 졸지 말라고 그렇게 일렀거늘 그 사이에 잠을 자는 거냐?"

라고 호통을 치며 깨우니, 보초병들이 크게 하품을 하면서 일어나 하는 말이,

"아니 어느 여인네가 살짝 스쳐 지나가는가 싶었는데, 저희들이 그냥 정신을 잃었습니다."

라며 머리를 긁적였다.

"이제 별일 없을 터이니 겁먹지 말고 자기 자리를 확실히 지키도록 해라."

말하고는 하늘을 한번 쓰~윽 쳐다본 다음 방안으로 들어가 자리

에 누웠다.

그 시간이 축시(丑時 : 새벽 3시)가 지나고 있었다. 인시(寅時 : 새벽 5시)가 되자 새벽 첫닭이 울었다. 첫닭이 울고 두 번째 닭이 울고 세 번째 닭이 울면 사람들이 자리에서 일어나 아침을 지어 먹고 일터로 나간다.

지금으로 치면 새벽 5시 30분 정도의 시간이다. 그러나 이날 첫닭이 울자 이 서기가 사또의 방문 앞에 와서 보초병들에게 별 이상이 없느냐고 물었다.

아무 이상이 없다고 하자 하는 말이,

"야! 저기 밖에 있는 관을 들어다가 마루에 올려놓아라."

하며 조심스럽게 방문을 열고 안으로 들어가다가 신관사또가 지르는 고함소리에 깜짝 놀라 뒤로 자빠졌다.

"어느 놈이냐?"

"사 사또! 소인 이 서기옵니다."

"이 서기가 이 꼭두새벽에 어인 일이오?"

"아 글쎄! 그것이 아니오라, 사또께서 밤새 안녕하신지 문우 여쭙고자……!"

"그래? 그렇다면 인기척을 하고 들어와야지, 난 또 어느 산적 놈이 내 목숨을 노리고 들어오는 줄 알고 단칼에 베어 버리려고 했지."

하며 긴 장도를 들어서 서기의 목에 갖다 댔다.

"사 사또! 죄 죄송하옵니다, 소인을 살려 주시옵소서."

하며 이 서기는 온 몸을 바들바들 떨고 있었다.

사또가 그 모습을 보고 있노라니 웃음이 절로 나는지

"하하하! 이보게 장난일세, 뭘 그리 놀라는가? 하하하!"

라는 말에 정신을 차린 서기가 이렇게 말했다.

"예! 장 장난 이라 구요? 아니 무슨 장난을 이렇게 심하게 하십니까요?"

"그러는 자넨, 이 사또가 죽지 않아 섭섭한가? 관까지 가져다 놓고."

"아 아니옵니다. 소인은 그냥……! 얘들아 빨리 관을 치우도록 하라."

"그 관을 잘 보관해 두거라, 나중에 쓸데가 있을 것 같다."

"사또! 진짜 별 이상이 없는 거지요?"

"자! 보시게 무탈하지 않은가?"

하며 두 팔을 번쩍 들고 한 바퀴 빙그르 돌아보였다.

"천만다행입니다요, 사또!"

"자네는 이리 앉아 내 얘기를 들어보게."

사또는 서기와 마주 앉아 어젯밤에 일어났던 일들을 소상히 설명해 주었고, 앞으로의 대책을 마련하기로 하였다.

춘향이로 환생

다음날 남원고을 포도청 앞에 이런 방이 붙었다.

"동네 모든 남자들은 한사람도 빠짐없이 울력을 나와 물을 품어라!"

"집 안에 있는 모든 그릇들을 가지고 나와 물을 퍼내라!"

관에서 나온 포졸들이 마을 사람들을 격려하며 분주하게 돌아다 녔다.

"영차! 영차! 해지기 전에 바닥이 보였다. 영차! 영차!"

온 마을 사람들이 혼연일체가 되어 물을 품어냈다.

새벽부터 시작한 일이 점심때쯤 절반 정도 품어냈다. 그러나 마을 사람들은 왜 이 둠벙의 물을 품어야 하는지 아는 사람은 한사람도 없었다.

둠벙가 높은 자리에는 신관사또가 사륜거에 앉아 총 지휘를 하고 있을 뿐이었다. 점심도 교대로 먹으며 열심히 물을 품자 미시(未時:오후 3시)쯤 서서히 바닥이 드러나기 시작하였다.

바닥이 드러나자 어른 팔뚝만한 잉어, 붕어가 요동을 치며 움직이고 있었다. 그런데 신관사또가 앉아 있는 바로 앞 언덕 밑 수초사이로 하얀 납골이 물위로 선명하게 드러나기 시작하였다. 납골은 머리부터 발 정강이뼈까지 서로 연결이 되어 절반쯤 흙속에 묻힌 채 누워 있었다.

그 모습을 본 주민들이 모두 기겁을 하고 놀라 두레박을 팽개치고 달아나는 순간,

"멈춰라! 너희 장정 4명이 들어가서 저 납골을 잘 수습해 나오너라."

신관사또의 명이었다.

네 명이 가마니 양쪽에 장대를 끼워 들것을 만든 다음 안으로 들어가 머리뼈부터 순서대로 수습을 해 나왔다. 손가락 마디와 발가락 마디만 없지 완전한 사람의 형태를 갖추고 있었다. 흙속에 묻힌 부분은

까맣게 변해 있었다. 납골의 모양으로 보아 여자가 분명하였다.

사또는 뼈를 자세히 살펴 본 다음 명을 내리려고 입을 여는 순간 서기가 먼저 입을 열었다.

"사또나리! 이 뼈의 주인이 누구이옵니까?"

질문을 받은 사또는 대답을 얼른 하지 못하고 파란 하늘을 한번 올려다보며 망설이고 있다가 갑자기 생각이 난 듯 이렇게 말을 하였다.

"그 여인은 천하의 절세미인 춘향이일세, 봄 춘春자 향기 향香자 춘향이!"

사또는 산 너머 남촌에서 불어오는 봄바람의 향기가 너무 좋아 그 바람의 향기를 표현하여 무심코 내 뱉은 이름이 바로 춘향이었다.

"아니 그런 절세미인이 어인 연고로 이곳에서 자진을 하였나요?"

"한양 간 낭군을 위해 정절을 지키려다가 이곳에 뛰어들어 죽었지."

라고 즉흥적으로 한 말인데 이 소문은 순식간에 입에서 입으로 퍼져나갔다.

"억울하게 죽은 춘향이를 위해 제사를 잘 지내주고 저 앞산 양지바른 곳에 곱게 묻어 주어라."

하며 사또는 사륜거에 올라앉아 그곳을 떠나려는데,

"사또나리! 제사를 며칟날로 정해 올릴까요?"

하고 서기가 황급히 따라오며 물었다.

"오늘이 며칠인가?"

"5월 초엿새 날이옵니다."

"그럼 5월 초닷새로 정하여 지내거라."

"그것은 좀~!"

"왜 무슨 문제라도 있느냐?"

"단오절하고 겹치는 날이라서 곤란합니다."

"무슨 소리냐? 단오절 하고 겹치면 제사 지내는데 문제가 있다는 말이냐?"

"그런 것은 아니지만, 모두가 즐거워야 할 단오절인데 흥을 깨지나 않을까 염려가 되어서 그러하옵니다."

하며 서기는 연신 허리를 굽실거렸다.

사또와 서기의 대화를 온 마을 사람들이 들으며 지켜보고 있었다.

"일단 내 명대로 거행하고 자세한 것은 원에 들어가 이야기하기로 하자."

라는 말을 남기고 사또는 자리를 떠나갔다.

사또는 봉님의 납골, 아니 춘향의 납골을 관에 넣어 제사를 정성스럽게 치른 다음 남산인 주천산 구룡계곡에 묘를 정성껏 써주었다. 그리고 사또가 손수 묘비도 '성옥녀지묘聖玉女之墓'라고 써서 세워주었다.

이 구룡계곡은 계곡이 깊고 물이 맑기로 유명한 곳이며, 전설에 의하면 용 9마리가 살다가 승천하였다 하여 구룡계곡이며, 춘향 묘바로 옆에는 용소와 넓은 변 바위가 있어 훗날 그 바위 위에 육각 정자를 지어 놓고 향악가들이 모여 춘향가를 지어 불렀던 장소이다.

이 육각 정자를 후세 사람들은 육모정이라 불렀으며, 육모정 바로앞 용소의 물이 옥같이 맑다하여 옥용추라고도 불렀다. 이렇게 춘향의 장례를 다 치르고 난 사또는 한양의 임금님께 그간의 내력을 상세히 적어 상소를 하는 한편으로 이동욱 서기를 내세워 고을 관료들을 모셔놓고 조회를 열었다.

"지금부터 절세의 미인 춘향이 넋을 위로하기 위하여 고전을 만들어야겠어요. 고전은 아주 귀하고 성스럽게 만들어야 하오."

하며 좌중을 둘러보았다. 그러자 고을 유지 양상훈이 일어나 말을 하였다.

"예로부터 이 남원 고을은 겨울에는 따뜻하고 여름에는 시원하여 인심 좋고 살기 좋은 곳으로 유명합니다. 또한 열녀 효녀가 많고 인재가 많이 나는 곳이기도 합니다. 천혜의 기름진 농토에 농민들이 부지런하여 풍년가가 끊이지 않는 곳이므로, 고전을 만들려면 이와 같은 것도 다 고려해서 만들어야 된다고 생각 합니다."

하며 장황하게 설명을 늘어놓았다.

그러자 뒤이어 윤종만 참봉이 일어나 입을 열었다.

"우리 남원에 터전(本)을 두고 대대로 살아오는 성씨가 약 20여 성씨가 되는데 이분들의 명예와 전통을 잘 살리는 고전이어야 할 것입니다."

라는 말에 사또가 나섰다.

"본관은 이곳이 처음 임용지라 잘 모르고 있었는데 이곳에 본을 둔 성씨가 그렇게나 많다는 말이요?"

하고 묻자, 정만식 대감이 일어나 답을 했다.

"손이 가장 많은 남원 양梁씨를 비롯하여, 정鄭, 진晋, 견甄, 황보皇甫, 이李, 윤尹, 황黃, 염廉, 배裵, 류柳, 최崔, 고高, 임任, 안安, 지地, 송宋, 조曺씨, 그리고 최근에 송학에서 내려와 자리 잡은 전全씨까지 약 20여 성씨가 살고 있지요."

하며 정중히 말했다.

　사실 전金씨는 원래 고려를 창건한 왕건의 왕王씨이었는데, 고려가 패망하고 이성계가 조선을 세우면서 왕족인 왕王씨들을 색출하여 몰살시키는 바람에 죽임을 피해 뿔뿔이 흩어지면서 왕손임을 숨기려고 성을 전金, 용龍, 옥玉, 전田씨로 바꾸어 쓰기 시작하였고, 그것이 불과 10여년이 조금 넘는 시기였다. 그리고 이 시기의 조선 초기 최고 명성을 떨치고 있는 성은 조선을 세운 전주 이씨 외 창녕 성씨, 밀양 박씨, 동주 최씨 등이 있다. 이 성씨를 쓰는 명문가 성삼문의 본관은 경상도 창녕이요 자는 근보謹甫요 호는 매죽헌梅竹軒이라 하였다.

　"그렇다면 이 나라 조선의 가장 명문가 집안을 내세워 각본을 짜고 실력 있는 작가를 내세워 '관, 탈, 민, 녀' 형의 설화를 만들면 되겠군요."

라고 사또가 말을 했다. 그러한 사또의 말에 이의를 대는 사람은 하나도 없었다.

　관, 탈, 민, 녀형이란, 권력을 가진 자가 그 권력을 이용하여 민간의 여인을 탈취하려는 행위를 말한다.

　또한 거기에 맞서 고통을 당하면서도 정절을 지키는 여인의 의지와 거기에 따르는 갈등을 잘 묘사하여 표현하는 구조를 말하는 것이다.

　그렇게 해서 나이 19세가 되도록 청혼 한번 못 받고 죽은 봉님의 한을 풀어주기 위한 것이다. 봉님은 추녀가 아닌 절세미녀로, 처녀의 한과 지조를 지킨 열녀로 표현하고픈 의도가 깔린 고전을 만들려고 하는 것이었다.

그래서 이 땅 조선에서 뭇 남성들의 호기심을 일으키고 모든 여자들의 귀감이 되어 설화 속에서 영원히 살아있는 봉님을 만들어 주는 것이 이현종 원님의 뜻이었다.

"고전만으로 끝나는 것이 아니고 춘향이를 찬양하는 민요도 만들어 모든 사람들에게 귀감이 되는 춘향이를 만들어 보시오."
라는 명령으로 이동욱 서기는 머리를 짜고 발품을 팔아가며 고전 만들기에 들어갔다.

춘향가의 탄생

전라도 함평에 고전 설화에 능통한 이정원(1401~1469)이라는 글쟁이가 살고 있었다. 이동욱 서기는 함평으로 찾아가 이정원 작가를 초빙하여 사또에게 대령시켰다. 사또는 이정원 작가에게 자기의 뜻을 상세히 설명하고 남원의 향기를 느낄 수 있는 설화를 써 달라고 주문을 하였던 것이다.

이 모든 이야기를 전해들은 이정원 작가는 춘향이의 성을 당대의 명문 창녕 성씨로 정하고 그의 상대남자는 전주 이씨(조선조 왕의 성)로 하였으며 남원을 배경으로 하여 '신원설화'(원한을 풀어주는 설화)를 창작하여 지방 권력의 상징인 변학도(밀양 변씨) 사또에게 대항하는 모양을 꾸며 서민들의 마음을 풀어주는 고전 작품을 쓰기 시작한 것이다.

춘향전은 모두 12마당으로 나누었는데, 남원부사의 아들 이몽룡과 퇴기 월매의 딸 춘향이가 사랑—이별—시련—재회의 순으로 각 본을 짰다.

또한 판소리 부분은 크게 6부로 나눠볼 수 있다.

첫째, 이몽룡과 춘향이의 만남을 방자를 통해 연결하게 되고 그 배경을 오작교로 하였다.

둘째, 춘향이와 이몽룡이 만나서 사랑이 싹트게 되었으며, 들떠있는 마음을 '천자풀이'로 표현을 하였고, 깊어가는 사랑을 '사랑가'로 표현하였다.

셋째, 춘향이와 이몽룡이 만나서 사랑을 하다가 어쩔 수 없이 이별해야 하는 애틋한 마음을 '이별가'로 표현을 하였으며,

넷째, 변학도가 남원부사로 내려오는 과정과 춘향이를 능멸하는 과정을 '시련가'로 표현하고, 춘향의 강렬한 저항에 춘향이를 옥에 가둬 억울한 마음을 '옥중가'로 표현하고 있으며, 옥중에서 사랑하는 이도령을 그리워하는 마음을 '쑥대머리'로 표현하고 있다.

다섯째, 이몽룡이 과거에 급제하여 전라어사가 되어 남원으로 내려오는데 그 험한 박석티고개를 넘으며 힘든 마음을 표현하는 '박석티'가 있으며 장모와 만나 옥중면회를 하는 과정을 그렸다.

마지막 여섯째, 춘향과 이도령이 재회하는 기쁨을 변학도 생일잔치로 극치를 이루면서 '어사출도'와 춘향과 이몽룡의 앞날을 축하하는 뒤풀이로 마감을 하였다. 이로써 춘향이와 이몽룡은 백년해로 하며 아들 딸 낳고 잘 먹고 잘 살았다는 춘향전이 탄생하게 된 것이다.

또 이 판소리가 세월이 흐르면서 동편제와 서편제로 나뉘게 되는데 그 특징은 대략 다음과 같다.

동편제는 송흥록의 법제를 표준으로 하여 운봉, 구례, 순창 등지에서 부르는 판소리를 말하며, 성량이 풍부하고 장단의 소리가 빠르게 전개되며 시원하게 쭉쭉 뻗어가는 것이 특징이다.

서편제는 박유전의 법제를 표준으로 하여 광주, 나주, 보성 등지에서 부르는 판소리를 말하며, 장단이 느리고 복잡하여 연기적 요소가 많은 것이 특징이다. 이와 같이 같은 호남지방에서도 동편과 서편이 서로 다른 특징을 가지고 있으니 이와 같은 현상은 어떤 스승의 제자냐에 따라서 달라지게 된 것이다.

또한 권력에 의한 탐관오리들 때문에 백성들의 원성이 극에 달해 민심이 흉흉한 것에 착안하여 이도령을 암행어사로 둔갑을 시켜 일시에 부정부패를 척결하는 모양새를 그려 수많은 백성들의 마음과 한을 풀어주는 역할까지 하게 되었던 것이다.

이렇게 되자 춘향의 이야기를 쓴 설화는 고전으로 입에서 입으로 널리 널리 퍼져 온 나라 백성들의 귀감이 되기에 충분한 설화가 되었던 것이다.

춘향전의 설화가 초미의 관심을 끌자 춘향전 판소리 또한 큰 관심을 얻어 전라도를 대표하는 곡이 되기도 하였다. 춘향전과 판소리가 유명세를 타자 신이 나는 건 권번기생(관기)들이었다.

그 이유는 춘향 모 월매라는 기생의 딸로 성춘향이 등장하여 기생들의 기개와 절개를 세워줬기 때문이다.

사실 그동안 기생이라 함은 화류계 인생으로 웃음과 몸을 돈에 파는 천민으로만 인식이 되어 왔던 것이다.

지금까지는 음지에서 생활을 해 왔던 기생들이 너도 나도 춘향이라는 이름을 걸고 떳떳하게 활동을 하는 세상이 되었던 것이다.

그래서 권번 기생들이 민속의식 고취와 춘향의 절개를 본받고자 십시일반 돈을 모금하여 매년 단오절 춘향의 제삿날에 함께 제사를 지낸 것이 춘향제의 원조가 되었던 것이다.

또 춘향전에 나오는 광한루라는 명칭은 1419년 황희 정승이 남원으로 유배되어 왔을 때 광통루란 작은 누각을 지어 산수를 즐기던 것을 세종 26년(1444년) 하동 부원군 정인지가 달나라 미인인 항이가 사는 월궁속의 광한성부를 본 따 광한루라고 바꿔 부른 것을 설화에 인용한 것이다.

이현종 원님의 헌신적인 노력으로 이정원 작가의 춘향전이 완성이 되었고 그 작품이 전국적으로 유명해지게 되자 그 뒤로는 단 한 번도 봉님의 원혼이 나타나지 않았으며, 춘향전의 덕택으로 평범했던 시골마을 남원고을이 조선팔도에서 유명지가 되어 모든 선비들이 남원 근처를 지나갈 때 남원에 세워진 춘향각에 들러 정식으로 예禮를 갖추어 인사를 드리고 떠났다고 한다.

그리고 그렇게 탄생한 춘향전은 하나의 기록문학이 되었고, 춘향가는 구비문학으로 온 나라 백성들에게 자리 잡혀 2014년은 춘향제를 정식으로 지낸지 제84회째가 되었다.

정부에서는 춘향전을 무형문화재 제5호로 지정하였으며 세계 문화유산으로 등록까지 하였다.

또한 임권택 감독은 2005년 2월 제55회 독일 베를린에서 열리는 국제 영화제에 춘향뎐이라는 제목 영화를 제작하여 아시아인으로는 최초로 황금곰상을 수상하자 전 세계인들이 춘향이에 대한 큰 관

심을 가지고 이 영화를 수입하여 자국에서 상영함으로 대한민국 국
격을 높이는데도 큰 공헌을 하였다.

　그동안 춘향전을 직접 쓰거나 번역을 한 것만도 약 70여종에 달하
는 것으로 알려졌다.

　이로써 춘향전은 대한민국 국민에게 가장 친숙하고 가장 많은 국
민들 가슴속에 영원히 기억에 남는 으뜸 고전이 된 것이다.

05

'겨레의 얼' 무궁화

긴급 뉴스를 말씀드리겠습니다.

지금 영등포 OB맥주 공장 앞에는 북에서 내려온 무장공비 24명이 인천에서 버스를 탈취해 청와대 쪽으로 달려가다 우리 군, 경의 저지를 당해 서로 대치하고 있습니다. 우리 군, 경은 유한양행 정문 중앙에 가로수를 들이받은 버스를 두고, 사방으로 바리케이드를 치고 총에 실탄을 장전한 채, 버스를 정 조준하고 있는 상태입니다.

이 사건은 1971년 8월 23일 오전 11시 긴급뉴스로 흘러나온 그 유명한 실미도 사건이었다. 나는 아침에 회사에 출근하여 동료들과 둘러앉아 모닝커피를 마시다가 이 뉴스를 보고 깜짝 놀라 자리에서 벌떡 일어났다. 무장공비 침투라는 뉴스를 들은 시민들은 한바탕 전쟁의 공포에 휘말렸다.

1년 후 나는 오직 이 나라를 지키겠다는 일념으로 대한의 최강부대 해병대에 입대하여 기본 훈련을 마치고 체격이 크고 훈련성적이 양호하다는 것 때문에 차출된 곳이 실미도와 같은 임무, 같은 시기에 창설된 강화도 서남쪽 마니산 계곡에 있는 특수임무 부대에 뽑혀가 지옥과 같은 훈련을 3년 동안 받으며 상부로부터 명령만 기다리며 대기하다가 75년 5월에 보안각서를 쓰고 제대하였다.(보안각서란 "그 부대에서 있었던 모든 일들을 가족이나 친구, 어느 누구에게도 발설하지 말 것이며 만약 이를 어겼을 시 국가보안법위반으로 처벌받음" 이라는 각서이다.)

그로부터 약 30년이 지난 2005년 1월 8일 대한민국 국회에서 특수임무 수행자에 관한 보상법과 예우법이 통과되었다. 이 법안에 따라 육·해·공군의 특수임무와 관련요원들이 모두 보상을 받으려고 정보사령부로 밀려들었다. 그러나 내가 소속된 해병 특수임무부대인 해병상륙공작대는 실체가 인정되질 않아 보상에서 제외시켰다.

나는 국정원(전 중앙정보부)에 찾아가 실체를 밝히려 했으나 그 어느 누구도 우리의 실체를 알거나 관심을 갖고 이야기 해주는 사람은 아무도 없었다. 그래서 난 해병대 상사 계급으로 당시 중앙정부에 파견 근무 하면서 서부전선 일원에 해안가를 거점으로 두고 특수임무를 수행하다가 관련 정보기관으로부터 명령을 받고 우리부대를 기획하고 창설한 사람을 먼저 찾아야겠다고 작정했다.

그분은 당시 의정부에 거주하고 있었는데 나이가 70이 훨씬 넘었고 중풍까지 와 몸이 많이 불편한 상태였다. 그분은 우리부대가 창설된 배경을 다음과 같이 자세하게 설명해 주었다.

우리부대는 68년 1월 21일 적 특수8군단 소속 124군 부대 김신조

일당이 대통령 암살을 목적으로 청와대 뒷산까지 난립한 사건이 있었는데, 대통령은 놀라기도 했지만 너무 화가나 북침을 결심했다. 그러나 미군의 반대로 북침이 성사되지 못하자 적 특수8군단을 능가하는 특수공작부대를 육·해·공·해병대에 창설하여 명령만 내리면 즉시 평양에 있는 주석궁에 침투하여 김일성을 제거할 부대를 창설할 것을 명령한 것이다.

그 명령을 받은 국정원장은 육·해·공·해병대 총 지휘관들에게 명령을 전달했다. 이 명령을 받은 육군은 인천 앞 선갑도, 해군은 월미도 앞 매도, 공군은 실미도, 해병대는 강화도 서남쪽 마니산에 특수부대 창설을 하게 됐다는 이야기를 들었다.

이런 특수부대 창설 배경을 모두 들은 나는 국정원과 정보사령부에 알려 실체 인정을 요구하는 한편 월간지 『한국화보』 8, 9, 10월호 3회에 걸쳐 "이제는 말 할 수 있다" "실체를 인정하라" "우리는 명예회복을 원한다"는 제목으로 연제를 했다. 나의 이런 행동은 엄격히 따져서 보안법위반이었으나 명예 회복을 위한 어쩔 수 없는 행위였다.

이 책들을 관계기관, 국정원, 정보사령부, 청와대, 해병대사령관, 해군참모총장, 보상위원회, 고충처리위원회 앞으로 특별 송달하였다. 나는 보상보다는 우리의 명예회복이 더 중요했다.

그 결과 우리부대원들은 전역한지 30여년 만에 대한민국 정부로부터 포상을 받게 되었다.

그 다음의 문제는 나의 동료들을 찾는 것이었다. 그래서 나는 저 멀리 북쪽 끝 강원도에서부터 제주도까지 30여 년 전의 동료들을 찾아 무려 6개월 동안 헤맨 끝에 모두 124명을 찾았는데, 신병을 비관한 나머지 자살한 대원이 8명, 알코올 중독자 4명, 중환자실 3명, 감옥에 수감된 대원 2명, 외국에 이민 간 대원 4명이었다. 나는 그 대원들의 서류를 일일이 작성하여 서초동 보상심의위원회에 접수했다. 그러나 모든 고난이 그렇게 쉽지만은 않았다. 69년 11월 제 1차 수로 차출되어 간 군산의 모 선배를 찾았을 땐, 그 선배는 아들 하나를 남기고 죽은 지 20여년이 흘렀고 부인은 재혼을 하여 행복한 가정을 꾸미고 살고 있었다. 나는 그 부인에게 선배 이야기를 하며 국가의 보상 접수할 것을 권유하였다가 사기꾼으로 오해를 받아 문전박대를 당하는 일도 겪었다. 그때가 가장 서럽고 힘들었던 것 같았다. 그런가 하면 경주의 어느 선배를 찾아 첫 전화통화를 했을 때에는 무려 2시간 동안 통화하였는데, 이름도 얼굴도 모르는 나의 후배가 보상을 타 주겠다며 내 이름을 들고 전국을 헤매고 다니는 것을 알고 놀랍고 감사하다며 눈물을 하염없이 흘리면서,

"이제는 보상 같은 것은 못 받는다 하여도 여한이 없다."
고 하며 통곡하는 모습도 보았다.

대원들을 찾아 접수를 마치고 보상이 어느 정도 진행되자 나는 경기도 양평군 용문면 칠읍산 자락에 위치한 나의 초당에서 전국모임을 갖게 되었다.

이날 모인 대원들은 80명 정도 되었는데, 나는 대원들 앞으로 나가 그동안의 경과보고를 하고 다음과 같이 말을 이어갔다.

"정부에서는 6월 30일까지 공고기간을 하고 7월 1일부터 보상을 실시하는데 선임순과 복무연한에 따라 기본 몇 천 만원부터 많게는

2억 정도까지 보상을 받게 되는데, 이 보상을 운이 좋았다고 여겨 다 쓰고 말 것인지, 아니면 그 돈을 얼마씩이라도 갹출하여, 내 나라 내 조국 땅에 다시 한 번 우리의 발자취를 남기고 죽을 것인지를 우리 함께 고민해 봤으면 해서 이렇게 모였습니다."

라고 하였다. 우리는 서로 갑론을박 토론 끝에 다음과 같은 결론을 내리게 되었다.

우리가 보상을 받게 되면 무조건 1인당 200만 원씩 갹출하여 우리가 죽는 날까지 이 나라 삼천리금수강산에 무궁화를 단 한그루라도 더 심다가 죽기로 결정하였다. 나는 산림청보다는 행정자치부에 사단법인의 허가를 받을 마음을 먹고 명칭도 '무궁화봉사회'로 정하였다.

그리고 그동안 막연히 '무궁화는 우리 나라꽃이다'라고 생각하던 것을 무궁화는 우리나라 서해안에서 최초로 자생하였으며 동, 서양을 막론하고 세계 어느 곳에서도 자라고 있으며 심지어는 해발 4000m가 넘는 티베트에서도 혹독한 추위를 잘 이겨내며 자라고 있다는 것을 알게 되었다.

그리고 '영명:Rose of sharon'이라 해서 '신에게 바치고 싶은 아름다운 꽃'이라 하였으며 '무궁화無窮花 · 목근화木槿化'라 하여 '영원히 피고지지 않는 꽃'으로 세종 25년 훈민정음이 창제되면서 무궁화라는 이름이 처음 한글로 쓰여 짐도 알게 되었다.

높이는 대략 3~5m까지 자라는 낙엽활엽수종으로 매년 7월에서 10월까지 피고지고 지고 피며 30년생 1그루에서 많게는 3,000송이까지 피는 꽃이라는 것도 처음 알게 되었다.

그 결과 2006년 4월 20일 행정자치부로부터 법인등록허가증을 받은 우리는 신바람이 나서 2006년 5월 6일 무궁화묘목 5년생 1,000그루를 구입하여 대형 관광버스에 몸을 싣고 우리가 그토록 염원하던 강화도 마니산으로 출발하였다.

우리 부대가 있던 정수사 절 밑에 도착해 보니 우리의 내무실 본 건물은 이미 없어지고 달콤한 휴식을 취하며 지내던 오락실 건물, 절벽 밑에 은밀하게 숨겨져 있던 탄약고 건물만이 그 오랜 세월을 버티며 우리를 반겨주는 것 같았다.

우리가 혹독한 훈련으로 땀을 흘리고 피를 토했던 바로 이곳에 겨레의 꽃 무궁화를 심을 거라는 것을 현역시절, 그때는 어느 누구도 꿈에서조차 생각을 못해왔던 일이 아니던가?

우리는 정수사 아래 느티나무가 있는 곳에서부터 시작하여 부대입구 위병소가 있던 곳까지 길 양옆으로 무궁화를 정성껏 심었다. 부대가 있던 도로가에 무궁화가 심어져 있는 것을 보니 정말 가슴이 뿌듯했다. 우리 모두는 하늘을 향해 큰소리로 고함이라도 외치고 싶었다. 그런 우리의 마음은 비단 나 하나 만의 기분이 아니었을 것이다.

우리 모두는 무궁화를 다 심고 큰 바위 위에 빙 둘러앉아 준비해 간 도시락을 먹으면서도 다시 한 번 옛 추억을 회상해 보았다. 오늘 여기 모여 무궁화를 심고 점심을 같이 먹는 대원들은 전국 각지에서 바쁜 일손을 멈추고 나라꽃 무궁화를 심는 행사에 참석한 대원들이었다. 저 멀리 제주도, 부산, 전남 녹동, 목포, 포항, 경주, 강원도 원주에서 달려온 옛 전우들이었다.

모두는 하나 같이 강화도 하면 그때 그 시절의 생지옥과 같은 혹독한 훈련의 아픔으로 가슴이 막막함을 느끼고 있었던 차였다.

우리는 지난날의 아픔을 뒤로하고 남아있는 무궁화를 심기 위해 화도 쪽으로 돌아가 강화도 버스종점에 차를 세워놓고 마니산 정상으로 올라갔다.

그 이유는 우리나라에서 가장 성스럽고 역사가 깃든 곳, 참성단 주위에 무궁화가 단 한그루도 없다는 것을 우리는 훈련을 하면서 매일매일 올라와 본 경험으로 생생히 기억하고 있었기 때문이었다. 누가 먼저랄 것도 없이 한달음에 참성단에 도착해보니 참성단 주위에는 철조망이 2중 3중으로 쳐져 있어 들어갈 수조차 없었다.

우리는 관리사무소에 내려가서 우리의 목적을 이야기하고 철책문을 열어줄 것을 권유하였으나 소장이 하는 말,

"이곳 참성단은 문화재관리청 소관이므로 관리청의 허락 없이는 어느 누구도 들여보낼 수 없습니다."

라고 하는 것이다.

나는 소장에게 문화재관리청 담당자에게 전화를 연결하게 하여 우리의 목적을 자세히 전달하였으나 역시 일언지하에 거절당했다.

"여보시오, 담당자님! 내 나라 내 땅에 나라꽃 무궁화를 심겠다는데 왜 안 된다는 겁니까? 더욱이 옛 문헌을 보면 단군 할아버지가 이곳 참성단에서 천제를 지낼 때는 참성단 주위에는 근화_{槿花}가 만발하였다고 기록이 되어있는데, 지금 이 참성단 주위에 무궁화는 한 그루도 없고 잡초만 무성하지 않습니까?"

라고 나는 열을 올리며 항의하였고, 같이 올라온 동료들은 관리사무소의 책상을 주먹으로 내리치며 분개마저 하였다.

"당신들이 아무리 그래도 안 되는 건 안 됩니다. 모두 그냥 돌아가 십시오."

라는 대답을 듣고 나는 흥분해 있는 대원들을 가까스로 설득하여 등산로 계곡을 내려오다가 조금 편편한 등산로 양옆과 계곡둔덕에 층층으로 무궁화동산을 만들었다. 동산 입구에 '사단법인 무궁화 봉사회'라는 푯말을 세우고 보니 제법 그럴싸하게 멋도 있어 보였다.

우리는 너무 좋아서 '무궁화동산'에 빙 둘러서서 두 손을 높이 들고 목청껏 소리 높여 만세 삼창을 외쳤다.

"대한민국 만세!"

"나라꽃 무궁화만세!"

"사단법인 무궁화봉사회 만세!"

그리고 우리 모두는 두 손을 가슴에 모으고 기도를 했다.

우리의 이 목소리가 저~ 멀리 북으로는 백두산에서부터 남으로 한라산까지 퍼져나가, 삼천리금수강산에 무궁화가 만발하는 영원한 대한민국이 되길 기도하였다.

＊ 이 작품은 2013년 산림청이 주최하고 한국문인협회가 주관한 제2회 '무궁화문학상공모'에서 입상 〈수필부문〉한 작품.